プルーストの想像世界

中村栄子

駿河台出版社

目　次

第1章

ジッドとプルースト
——序に代えて——

アンドレ・ジッド（一八六九―一九五一）とマルセル・プルースト（一八七一―一九二二）、二年違いでパリの裕福なブルジョア家庭に生まれ、優れて文化的な環境に育ち、ヴァカンスにはたっぷりと田舎の生活を楽しみ、一九世紀末とベル・エポックの爛熟した文化の腐葉土から新しい文学を創造するという使命を全うしたこの二大作家を対比してみると、生き方においても、モラルや思想においても、文学・芸術の理念や方法においても、共通点と相違点、共鳴と反発がきわめて鮮明に立ち現れ、それによってそれぞれの独自性と作品の特色を言い当てることができる。思いつくままに、最も対照的な局面を抽出してみよう。

歩く人と横たわる人

ジッドは大旅行者、大歩行者であり、ごく短い間も一つの場所に滞留することを好まず、読書や執筆もパリとノルマンディ（キュヴェルヴィルとラ・ロック）にあった自宅だけでなく、招待された親戚や友人の家、旅行先のホテル、待合室、列車や船の中、散歩の途中、公園のベンチ、カフェなど、至る所で行われた。特に作品の着想や主要場面のヒントは移動中に得られた。『パリュド』や『法王庁の抜け穴』などはその顕著な例である。彼は常に数冊の本（最初は『聖書』、次いでウェルギリウスの『牧歌』が枕頭の書であった。蔵書を売り立て、文学を捨てて出発したはずのコンゴ旅行中も、大古典作品を手放さなかった）と手帳を持ち歩き、永遠の文学世界と刻々に変動する外部世界の接点に身を置いて感受し、思索し、表現した。そこから彼の『日記』の重要性が生まれる。

プルーストも若いころは少し旅行をしたが、それはフランス国内とスイスのわずかなリゾート地、ヴェネツィア、オランダに限られた。手帳に風景のスケッチ画や作品のアイデアを記入したこともある。なかでも「カルネ1」には『失われた時を求めて』の端緒を知るうえで決定的な書き込みがなされている。しかし、原稿の執筆は全面的に、自宅あるいはホテルの寝室で、夜中に、寝たままの姿勢で行われた。ジッドもプルーストも、古典的な書き言葉の語彙と統辞法を用い、日常生活ではほとんど使われない接続法半過去形の動詞を多用した文語体で書いたが、精力的に動き回った人の文章が、簡潔かつ直截にテーマや観念を提示し、敏速に、直線的に結論に向かうのに対して、人生の大部分をベッドの中で過ごした人の文章は、大規模な静止画面を構成し、どんなに些細な細部も見落とすことなく、一つ一つの部分を細密画のように丹念に描きあげている。文章は無数の関係代名詞によって際限なく分岐し、枝葉末節に大輪の花を咲かせる。そこでは、時の流れは停止し、すべては語り手＝作者の書きつつある現在の意識によって照射され、時間的関係を捨て去って想起され、配置されている。そこで中心になっているのは、普通の小説のように出来事の確固とした物語＝歴史ではなく、それについての語り手の想念とコメントである。語り手＝主人公と出来事の関係は、語り手の立つ時点によってたえず変動しているのであるから、話の内容、つまり作品内世界は複雑微妙に変化してやまない。ちょうど夜中に目覚めた主人公が闇の中で見つめるカレイドスコープのように。

それに対してジッドの作品は、作者の分身である主人公の物語であり、多少の逆行や回顧を取り込みながら結末あるいは目的をめざして時間の軸に沿って進行する。そして、作品の中央に転回点が設計され、それまで好調であった主人公の生き方は挫折し、後半では破局に向かって直進することが多い。つまり主人公の生き方は前半においては肯定的に、後半においては否定的に呈示される。この原則は三部作を含むジッドのすべての作品に共通する特色であり、彼はそれをレシと呼んでロマンと区別した。レシでは、主人公はいわば作者のスケープ・ゴートにほかならず、その破滅によって作者に別様の生き方を迫る反面教師の役を果たすのである。『失われた時を求めて』でも、主要人物の一人スワンは、語り手＝作者の反面教師として描かれている。しかしこの場合、スワンはあくまで登場人物として三人称《彼》で呈示されており、ジッドの場合のように作者の《私》を背負った分身ではなく、多数の登場人物のうちの一人という位置を与えられているにすぎない。

一般に小説（ロマン）の主人公は、作者の分身であることが多く、特にプルーストの場合は、語り手も、その語り手によって呈示される主人公も《私》であり、作者も《私》として小説の中に介入することがあるから、三者の区別がつきにくく、主人公は作者自身であるような錯覚を起こしやすい。しかも、主人公はこの小説の中で、二回、マルセルと呼ばれているので、その印象がさらに強まっている。プルーストについて最初の本格的な伝記を書いたジョージ・ペインターは、しばしば作家と主人公を同一視した。それはきわめて自然に行われ、伝記は小説より面白いものとなった。また語り手はしばしば自分を他の登場人物と対等の客体として、その一員として語っている。そこで語り手と主人公を別のスタンスとみなす研究者もある。しかし、語り手と主人公は完全に同一人物であり、その間に乖離があるとすれば、語り手が自分自身を客観視するときの距離から生じたものであり、それは時間的なものであるから、小説の始めの方ほどその距離は大きく、したがって主人公の輪郭が鮮明である。しかし、小説の始めから終わりまで彼は固有の生をもたず、名前も、年齢も、容貌も、性格も、そして言葉も奪われている。主人公に起こったことはすべて、語り手によって回顧的に物語られるに過ぎないのだから、波乱万丈のこの小説の中で、主人公の身には何も起こらないに等しい。そして結末において一大転機が訪れ、主人公は語り手と合体し、あるいは語り手の資格と言葉を獲得して小説冒頭の一文を語り始める。冒頭の主人公はいわば死者のように横たわる人のイメージ=隠喩と化し、語り手がその声なき言葉を伝えるのである。《長い間、私は早くから寝た。》この言葉は彼が一日の早い時刻に就寝しただけでなく、生涯の早い時期から死の床に横たわっているという印象を与える。その印象は、寝室がピラミッド型になっているような記述によって強化されている。シャトーブリヤンの回想録の題名『墓の彼方での回想』を彷彿とさせるこの一文については、次章において改めて問題にしよう。

言い換えれば、ジッドにおいては、書くことは即ち生きることであった。「もし書くことを禁じられたら死んでしまう」とジッドが言ったのに対して、「もし書くことを強制されたら死んでしまう」とヴァレリーが応じたというエピソードがあるが、ジッドにとって書くことは生きることと同義語であり、彼はいわば主人公を代理人として、可能な生き方の実験を行なったということができよう。彼は自分の願望や思想を貸し与えた人物の破局によって叡智=諦めを学んだ。そこで彼は分身と作品に対して徹底的に批判的であった。そこから彼の作品の倫理性と観念性が生まれる。プルーストも書くために病弱の身にむち打って生き延びたのであり、夜ごと物語を語り継ぐことで生き延びた『千一夜物語』の語り手シェヘラザードに我が身をなぞらえたのだが、ジッドのように生き方の探求として書いたわけではない。彼には母に対する罪悪感はあったが、悪徳もスキャンダルも呑み込んでひたすら書きつくすことに耽溺する生き方に対する自己批判は全く見られない。むしろそのように書いて作品を完成することが母に対する唯一の贖罪であると信じていた。もっとも文学の目的が人間と人生の真実を追求し、それを表現することにある、という根本原理においては、自己批判に徹したジッドも、自己肯定を貫いたプルーストも、同じ目的を達成したということができよう。

《真の人生、ついに発見され、解明された人生、したがってただ一つ完全に生きられた人生、それは文学だ。》

ただしジッドは、一連の否定的物語を「レシ」と呼び、それを不満として、長い間の模索の後、『贋金つかい』を唯一の肯定的作品として書きあげ、それだけに「ロマン」の資格を与えた。その模索の時期（一九〇九～一九一九）がプルーストの本格的な小説執筆の時期（一九〇九～一九二二）とほぼ重なるのは偶然の一致とは思われない。『失われた時を求めて』を書き始める直前の試作、不眠の夜の明け方に母親と交わす文学論、という形で書き進められた方法論探求の原稿には、「サント＝ブーヴに反して、ある朝の思い出」というタイトルが付けられ、その一部が刊行され、残余の部分の内容も紹介されているが、そこには後にロマンに発展する物語の萌芽が多分に認められる。そして「ある朝 une matinée」には、別に「午後のパーティ」という意味があって、小説の最後を飾るゲルマント大公のパーティの意味も含まれているのではないか、と推測することが可能である。ノート十冊に及ぶその原稿の内容と小説の関係については別に考察することにして、ここではプルーストが「ある朝の思い出」を「レシ」と呼んでいることに注目しよう。この時期、彼は《私はロマンシエ（小説家）だろうか》と自問しているが、それと「本格的なロマン」に向かうジッドの模索の時期が『ＮＲＦ』誌の発刊とほぼ同じ時期であることに注目せざるを得ない。

日記と書簡

ジッドは一八歳から死の直前まで克明に日記を書き続けた。旅行中の日記は「旅行記」として別建てになっている。なかでも『ソ連から帰って』と『コンゴ旅行記』は優れたルポルタージュであるばかりでなく、政治的な問題提起の書として大きな反響を呼び、「行動の文学」の模範となった。プルーストはまったく日記を書かず、その代わりに大量の手紙を書いた。それはある程度日記の役割を果たしているが、一般に人は相手の気に入らない本当のことは手紙には書かないものである。プルーストは特にその傾向が強かった。並外れて丁重な社交辞令をそのまま彼の真意、真情として受け取るわけにはいかない。もっとも彼の言辞のほとんどは相手の同情、好意、協力を求める甘えの表現であって、そこに何らかの悪意が隠されているわけではない。ジッドも大量の手紙を書いた。その総量はおそらくプルーストの数十倍にも達するのではないかと思われる。ジッドが相手方からもらった手紙もよく保存されていた。それは宛名人別の「往復書簡集」としてほとんど余すところなく刊行されている。プルーストの手紙は、フィリップ・コルブの綿密な編集と考証によって編年体の『マルセル・プルースト書簡集』二十一巻にまとめられ、豊富な注記とともに信頼度の高い情報源となっている。しかしそれは日記に代わりうるものではない。

ジッドの日記がどこまで本当に「真摯」であるかについては異論もあろう。彼自身がそれを自戒していた。『ジッドの日記の裏面、彼の真摯さの隠しているもの』という暴露本も出版された。しかし、それはほんの瑣末事を問題にしているにすぎない。また彼の文章は、古典的で規矩正しく、完璧といえるほどのものでありながら、しばしば両義的であり、否定疑問形で書かれていることが多く、断定的な意見によって相手を説得するより、相手をとまどわせ、皮肉や反語によって反省を迫る性質のものである。そのような彼の言動や文章は、宗教的、あるいは政治的、イデオロギー的に強固な信念をもつ人々、例えばクローデル、バレス、共産主義者たちなどには理解されず、彼がなまじ柔軟な思考力の持ち主で相手の立場を理解できただけに、不誠実な媚態という印象を与えることがあった。しかし、生身の人間がこれ以上の真摯さをもって自他に対することは不可能ではないか、と私は考えている。それは、厳格なプロテスタントの教育によって培われた「絶えざる自己検討（examen de conscience）」の習性に由来するもので、彼がキリスト教を否定した後も、生涯にわたって生き方の基本であり続けた。

プルーストの生き方はその正反対であった。彼は自意識の緊張や厳格な自己検討とは無縁な状態で、感覚的な印象に心身を全開し、それを全面的に受容し、自我を無意識の宰領に委ねた。意志的に「歩く人」ジッドに対して、プルーストは半醒半眠の状態で「横たわる人」である。小説冒頭の数ページはその実態を巧みに描き出している。彼は三十歳を過ぎたころから毎日ほとんどすべての時間をベッドの中で過ごした。それは喘息の持病がおもな原因であったが、社交や外出の疲労と時間の浪費から身を守り、最小限の体力で最大限の仕事をこなすための自衛策でもあった。彼はそこで実に精力的に、おびただしい量の読書、原稿の執筆、校正、文通、思索、夢想、幻視に集中し、驚嘆すべき仕事を達成した。『失われた時を求めて』の執筆開始から刊行に至るまでの短期間になされた、際限のない書き換え、加筆、削除、入れ替えなどの過程を知るとき、われわれは畏怖の念を禁じ得ない。作品の「芸術的完成」を目指してのこれほどの献身には宗教性さえ感じられる。ジッドは文学創造の必須条件として、キリスト教の徳目の一つである「自己放棄」を挙げたが、それは「自愛心＝自尊心を捨てて謙虚になる」という意味の観念的な原則にすぎず、プルーストの方こそ全身全霊をなげうって美神への自己犠牲を実行したのである。小説の最後の一巻に「絶えざる崇拝」という表題が付けられた時期もあった。それはすなわち美神崇拝であろう。

人間関係においては、プルーストは、相手がだれであれ、偽善や虚言をいとわず、もっぱら相手の気に入られるようにつとめた。それが手紙の文面によく表れている。ただし、母親とわずかな親友——特にレーナルド・アーン——に対してだけは全面的に自己中心的であり、嫉妬ぶかく甘え、だれはばかるところなくその愛と庇護を求めた。そして幼いときから、愛する人を失う不安におびえた。その不安と死別の悲嘆は結局、芸術の不滅性によってのみ克服できるものであった。

ジッドの作品（レシ、ロマン）の特色として、そこに日記あるいは手記が組み込まれて重要な役割を果たしていることが挙げられる。『アンドレ・ワルテルの手記』と『田園交響楽』は全面的に日記の形式で物語が構成され、『狭き門』の主体は後半の「アリサの日記」であり——前半ではアリサの手紙が大きな役割を果たす——、『女の学校』三部作は手記によって構成される三面鏡であり、『パリュド』と『贋金つかい』の骨格は作家の日記によって形成されている、という具合である。それはジッドの人生と文学において日記がいかに重要な役割を果たしたかを示している。彼にとって、文学作品のそれぞれが人生実験であり、それを構成する日記はその臨床報告のようなものだったのである。

当然のことながら、プルーストの小説には日記は存在しない。一箇所だけ「見いだされた時」の冒頭部分で語り手が「ゴンクールの日記」の数ページを読むところがある。それはプルーストの得意とする「模作」であって、架空のヴェルデュラン夫人のサロンなるものの情景や会話が精密な写実体の文章で再現されている。そこには、すぐれた観察家でもあったプルーストの一面が示されているのだが、彼はそれを、自分にはゴンクールのような観察と写実の才能がないから作家にはなれない、という認識を表明するために書いている。その少し後には、野原の真ん中で停車した汽車の窓から見える美しい草花や並木を描写しようという感興さえも湧かない我が身の詩的能力の欠如を嘆くくだりがある。二つとも文学の価値そのものに対する深刻な懐疑の表明でもあるが、実は逆に、文学とは決してそういうものではない、という所信表明に至る助走として挿入されているに過ぎない。草花や並木は、たとえばバルザックの風景描写の及び難さに対する嗟嘆を表すものと読むことができるが、プルーストはゴンクールの『日記』のような客観的・写実的記述にはたいして価値を認めていなかった。自分もそういうものを書こうと思えば書けるのだが、別のものを書く、と言いたかったのではないだろうか。ゴンクールが身の回りの現実を描写しているのに対して、プルーストが呈示したのは全面的に想像された、非現実的なフィクションの世界なのである。

一方、プルーストの小説には、多くの時間が堆積する場所がある。たしかにそこでも時間は経過しているのだが、その痕跡＝印象がいつまでも消えずに残り、他の痕跡と融合することも、変質することもなく保存され、折に触れて他を制して表面に立ち現れたり、他との組み合わせでモザイク模様を描いたりする。その最たるものが小説の最後を飾るゲルマント大公のサロンである。そこに集う人たちはすべて、自分の人生のすべての時間を体内に保持した姿で語り手の前に現れる。それは小説の始めにすでにコンブレーの教会に象徴されていた。《言ってみれば、それは四次元の空間を占める建物で——第四の次元は《時間》の次元だ——内部は数世紀にまたがって広がり、柱にはさまれた梁間から梁間へ、小祭壇から小祭壇へと、わずか数メートルの距離だけではなく、次々と継起するいくつもの時代、そこからこの建物が勝ち誇って生まれた多くの時代を、征服し、乗り越えているように見えた。》また別のところでは、それは幾重にも積み重なっていながら歴然と識別される地層にたとえられている。

さまざまな時間が現実に現れたときの姿形を失い、溶解し、融合した状態で保存されることもある。プルーストはそれを瓶詰めのジャムにたとえた。小説の冒頭に現れる「ベッドに横たわる人」のイメージは、暗い室内の棚に置かれた果物ジャムの瓶というイメージによってさらに補強されている。そこから一歩進めて、彼は人間存在を「時間のいっぱいつまった壺」としてイメージしていたのではないか、と考えられるのであるが、それについては別に考察する。ここでは、「日記の人」ジッドが、絶えず自己変革し、変貌した軌跡を『日記』に刻印しながら、前進し続けたのに対して、プルーストは壺のような空間に閉じ込められた時間の内部を探索し、現在に回収し続けたことに注目するにとどめよう。

左岸と右岸

同じパリでも、ジッドはセーヌ川の左岸（南側）、プルーストは右岸（北側）に生きた。大別して、左岸は文教・行政地区で、教育機関が多く、知識人や文化人が多く住み、右岸は商業地区で実業家や商人が多く住んでいた。今でもその違いは歴然と残っているが、二十世紀初頭まではほとんど異質の文化圏を形成していたのである。ジッドはリュクサンブール公園の一角をなぞるメディシス通りに生まれ、そこからほど近いヴァノー通りで死去した。その間幾度か転居したが、移転先は六区に限られていた。一時期、一六区（右岸）のオートウイユに大きな家を建てたことがあるが、奇抜すぎる設計のため住み心地が悪く、間もなく売り飛ばしてしまった。そういうわけで、パリの小説ともいうべき『贋金つかい』の諸事件はこの公園を中心に展開するが、右岸のサン＝ラザール駅界隈もちょっぴり顔をのぞかせる。マラルメの住むローマ街がこの駅の前にあり、ジッドは若いころそのサロンの常連であった。また彼はキュヴェルヴィルへの往復のためひんぱんにこの駅を利用した。

プルーストは生没の場所こそ十六区であったが、生涯にわたって八区と十七区の大通り（ブールバール）に面したあちこちの大きなアパルトマンに移り住み、行動範囲もそのあたりに限定されていた。彼の小説ももっぱらその範囲で展開する。作中貴族社会を指す言葉としてひんぱんに使われているフォブール・サン＝ジェルマンは、本来は、七区のアンヴァリッドの東側にあって、古いオテル・パルチキュリエ（個人邸宅）の建物が残っている街区（ヴァレンヌ通り、ユニヴェルシテ通り、サン＝ドミニック通り、グルネル通りなど）を指す地名なのだが、小説の中で、ゲルマント大公や、ゲルマント公爵の邸宅がその界隈にあるわけではない。彼らの遠縁にあたる没落貴族は六区のケ・マラケ、トゥルノン通り、七区のラ・シェーズ通りに住んでいることになっているが、ゲルマント家については、《今でもラ・シェーズ通りにはゲルマントというお宅があってね》、と語り手の家の使用人が言うにとどまっている。それではこの名門の邸宅はどこにあるのか。それは《右岸》にあり、昔から受け継いだ屋敷ではなく、少し前に移り住んだ借家らしいとされている。すると、以前のゲルマント邸はラ・シェーズ通りにあったというのだろうか。語り手は、賑やかなブールバールから、《ゲルマント公爵邸（オテル）の一翼にあり、彼女のアパルトマンに隣接するアパルトマンの一つ》に引っ越したが、それはヴィルパリジ侯爵夫人のサロンのすぐそばだ、という記述がある。そのサロンはフォブール・サン＝トノレ通り（八区）にあるらしいから、ゲルマント公爵の邸宅もその辺になければならない。その界隈には大邸宅（オテル・パルチキュリエ）もないわけではなく、作中、あれこれの家名が挙げられている。また、大統領官邸はその一つを改装したものである。しかし、語り手が引っ越してきたのは、小さな建物がひしめき合い、物売りの呼び声が飛び交う庶民的な街区のようで、中世以来続いた名門の屋敷がそうであるとして語り手が喚起する、広々とした、古めかしく、閑静なお屋敷というイメージからはほど遠い。そういう屋敷は七区に多く残っていて、プルーストもそれをイメージして書いているのではないかと思われる。ラ・シェーズ通りのすぐ近くには、国立政治科学院（通称シアンス・ポ）があり、プルーストはその前身である自由政治学院に通学したことがある。その建物は、一八世紀の富豪モントマールのオテル・パルチキュリエをそのまま利用したものだから、往時の貴族の屋敷のありようを偲ばせていたと思われる。幻想のお屋敷街と実景の商業地区のイメージが交錯し、それがヴェネチアの景観にたとえられたりして、すべてが幻想の空間に変容しているのである。ゲルマント大公のモデルとされるコンスタンタン・ラジヴィル大公の邸宅はイエナ広場（一六区）にあったが、プルーストがつきあっていた息子レオン・ラジヴィルはラ・トゥール・モブール大通り（七区）に住んでいた。彼は他の貴族の若殿たちとも付き合いがあったが、おもに八区の有名なレストランで落ち合っていた。小説の最後を飾るゲルマント大公の午後のパーティは、八区のボワ大通り（現在のオッシュ大通り）に新築された邸宅で催されたとされている。ついに大公夫人の座にのしあがった元ヴェルデュラン夫人の財力によるもの、というわけであろう。しかし、それ以前の、噴水つきの中庭をもつ彼の大邸宅がどこにあったかは分からない。そこへ行くため語り手はコンコルド広場を通るのだが、橋を渡るのか、否かは書かれていない。

語り手はゲルマント夫人の動静をうかがうため、自分のアパルトマンから中庭を覗き見る。フランソワーズもたえず家の中を偵察している。また語り手の父親が階段を下り始めると、相談事のある公爵が中庭に出てくる、という記述もある。するとゲルマント家は中庭をはさんで向かい側の建物に住んでいることになる。ところが別の箇所では、その家は馬車の出入りする門構えをもつ中庭の奥にあって、家の裏には語り手には見えない庭があるとされている。そしてその家はアパルトマンではなく、横に厩舎を備え、玄関には小灌木や高価な植物（の鉢植え?）のあるオテル・パルチキュリエのようである。《夫人のオテル》と書かれている箇所もある。ゲルマント家はその邸宅の一部に住んでいるのであろうか。また中庭に面して、シャツ仕立て職人ジュピヤンの店や、貸店舗があり、語り手はその貸店舗の中にひそんでシャルリュスとジュピヤンの会話を盗み聞きする。中庭をめぐってこれらの建物全体はどのように配置されているのだろうか。どう読み直してみても、語り手が《ゲルマント家に隣接するアパルトマンの一つ》に住んでいるという構図にはならない。《隣接》という言葉の意味が問題だけれども。委細を尽くしたように見えるプルーストの記述には、このように辻褄の合わない場合が多く、特に地理的・場所的関係についてはそうである。コンブレーとレオニおばさんの家の記述はその最たるものであり、プルーストの記述が決して現実の観察から出発したものではなく、記憶にもとづくものでもないことを示している。「フォブール・サン＝ジェルマン」も、パリ在住の貴族たちというほどの意味合いであって、それに対応する区画が現実のパリに存在するわけではない。しかも、バルザックの小説やサン＝シモンの『回想録』への漠然とした言及があちこちに紛れ込んでいる。プルーストは小説の最後で、コンブレーについて、《それはどうしてもフランスの地図に組み込むことのできないパズルの一片であった》、としているが、ゲルマント家についても、それをパリのどこかに組み込もうとする努力は徒労に終わらざるを得ない。

一九七一年私は、フォブール・サン＝トノレ通りのエリゼ宮の近くで開かれた小さなプルースト展を見た。家具類や衣装によって当時の室内やサロンの風俗を再現したもので、すべて古ぼけていたが、プルースト家やゲルマント家の招待客になったような気分であった。会場は普通のブチックを借りたような感じで、貴族の邸宅らしさは何もなかったが、近くには挿絵や映画に見られる貴族の大邸宅のモデルとしてふさわしいエリゼ宮があり、他にも探せばオテル・パルチキュリエが残っているのかも知れない。また近くにはそれをそっくり利用したジャックマール・アンドレ美術館がある。七区にあるべきフォブール・サン＝ジェルマンは、小説の中で、八区の商業地域に紛れ、呑み込まれ、ヴェネツィアと同じまぼろしの空間と化した。そしてゲルマント大公邸は《近寄りがたいアラジンの宮殿》と化したのである。

『贋金つかい』のパサヴァン伯爵家は七区のバビロン通りに門構えのあるオテル・パルチキュリエとして設定されている。それはサン＝ジェルマン大通りに近く、ジッドがよく歩き回った界隈である。彼の分身ともいうべき作家エドワールとは対照的に、パサヴァンはぜいたくな生活をし、俗受けのする作品を出版し、文芸雑誌の編集をまかせると言って若者を誘惑する作家として描かれている。そのモデルはプルーストだという説が戦前の日本に伝わったそうである（中村真一郎の談話）。パサヴァン（passe avant「前進せよ」）はプルーストの小説の中で、ゲルマント家の進撃の号令とされている。ジッドはそれを人物名として借用し、自分がよく知っている本来の貴族の居住区に住まわせたのである。

ジッドとプルーストの作品をほとんどすべて出版しているガリマール社も七区にある。プルーストが

たところであっ「スワン家の方へ」の出版者を探し始めたとき、ちょうど『NRF』が出版部を開設したところであったので、彼はそこにも原稿を持ち込んだ。ジッドらの拒絶とその後のいきさつはよく知られている。最初ジッドは、貴族や大ブルジョワとのつき合いにうつつを抜かし、フィガロ紙に寄稿し、処女作『楽しみと日々』を高価な超豪華版で出版して得意になっている「右岸の人」をまじめな作家とは認めず、分厚い原稿の束に目を通そうともしなかったのである。ジッドの拒絶はいわば左岸と右岸の文化的異質性に由来していた。プルーストにもそれがよく分かっていて、自分の作品は、ブールヴァール（右岸の商業地区）でなら引き受け手に事欠かなかったのに、ぜひNRFから出したいと必死の奔走をしたのは、《私の作品がそれにふさわしい高貴な雰囲気の中にあるのを感じたかった》からであり、それ以上にジッドに読んでもらいたかったからだ。ジッドの丁重なおわびの手紙を受け取り、その拒絶が誤解に過ぎなかったことを確認できた今は、《『失われた時』を「見いだした」のです。》と書いている。もっとも、二人の距離が一挙に縮まったわけではない。

同性愛

ジッドとプルーストの最大の共通点は同性愛であろう。しかし、それにも相違点がある。ジッドは自分の同性愛について多くの「赤裸々」な告白を行った。それは、彼が実行していた少年愛は、一方の男性が女性の役をつとめる性倒錯と違って、隠蔽すべき悪徳でも、破廉恥な行為でもなく、自然で健全な、青少年の精神と知性の発達上有益な、むしろ推奨されるべき行為だ、と彼が確信するに至ったからである。『コリドン』（一九一一年匿名で少部印刷。一九二四年刊行）『一粒の麦もし死なずば』（一九二〇年秘密出版。一九二六年書店で発売）にその理論と、そこに至るいきさつが述べられている。そして、一九一八年の『日記』に挿入された「断章」には、この問題に関する彼の一般的な考察が簡潔に要約されている。

《もし、ソクラテスやプラトンが若者を愛さなかったならば、ギリシアにとって何という損失だったろう。／ソクラテスやプラトンが若者を愛さず、若者の気に入るように努めなかったら、われわれはみなもう少し賢明でない人間になっていたであろう。

憤慨する代わりに、一体いま何が問題なのかを知ろうと努めたらどうだろう。議論する前に必ず定義しなければならないのだ。論争の大部分は誤解を大きくしているだけだ。

私は、言葉に示されているとおりに、若い少年に熱中する人のことをペデラストと呼ぶ。そして、成人に欲望を感じる人のことはソドミットと呼ぶ（ヴェルレーヌは、判事にあなたがソドミストだというのは本当か、ときかれて「判事殿、それはソドミットと申します。」と答えている）。／愛の喜劇で女の役割を引き受け、相手に所有されることを望む男のことは、私はそれをアンヴェルティ（倒錯者）と呼んでいる。

これら三種類の同性愛は、必ずしもはっきりと区別されるわけではない。一方から他方への横滑りがありうる。しかし多くの場合、相互の違いは大きく、相互に深刻な嫌悪感を抱くほどである。その嫌悪は非難を伴っていて、その非難はしばしば、あなた方異性愛者がこれら三種類の同性愛に対して容赦なく浴びせる非難にすこしも引けを取らないものである。

私がその一人であるペデラスト（なぜ私は率直にそう言ってはならないのか。あなた方はすぐに、その告白は明らかに大見栄だ、と言い張らないでもらいたい）は、私が最初思っていたよりはるかに少数であり、ソドミットははるかに多数である。私は実際に受けた告白にもとづいてそう言うのであり、他の時代、他の国においては事態は別様であると信じることにやぶさかではない。アンヴェルティについては、私はほとんど付き合いがないが、精神的あるいは知的な奇形という非難に値するのは彼らだけだとかねて思ってきた。そして彼らだけが、あらゆる同性愛者が一様に被っている弾劾のうちのいくつかをまともに浴びてしかるべきだと思ってきた。》

プルーストの同性愛の実態はどうだったのか。アゴスティネリを始め、彼が同性愛の関係をもった男性は数多かったようであり、レイナルド・アーンともそういう関係ではなかったか、と私は推測している。また、当時の貴族や富豪たちの例にならって、この世界のプロたちとも付き合いがあったようである。同時に女友達も多かったのだが、アゴスティネリの場合を除き、実情はほとんど分かっていない。

ジッドと違って彼は直接の証言を残さなかったし、小説の中で描かれている異性愛が同性愛の転位によるものばかりだとは考えられないのである。ジッドのように、幼いときから敬愛の的であった従姉に対する世にも純粋で、世にも熱烈なプラトニック・ラヴが同性愛と共存した場合もある。むしろ前者が後者を必要とし、後者によって保持された。彼の場合、精神と肉体が完全に分離してしまい、ペデラスティにわずかなはけ口を見いだしたのである。通常彼は性的満足を自慰（マスターベーション）によって得ていた。それについては後述する。

プルーストの場合は、母親を愛し、母親と一体化するあまり、それに病弱が加わって、他の女性への正常な愛が不可能になったのではないかと思われる。彼の同性愛はその結果であろう。『失われた時を求めて』の語り手とアルベルチーヌの間には不在の母親のまぼろしが介入し、また、かつて母親の抱擁を妨げたベルの音が響きわたって、最後の瞬間にふたりの結合が不可能になる、という場面もある。ふたりの同棲は母親が不在の間だけ可能であった。ふたりの愛が悲劇的なのは、同性愛の転位だからではない。たしかに、不運な死をとげたアゴスティネリに対するプルーストの愛惜の情と自責の念がこの物語の根底にあるだろうが、その背後には亡き母への痛恨の情がある、と私は読んでいる。

第四巻「ソドムとゴモラ」に登場する同性愛者たち、特にシャルリュス氏の言動、ジッドがプルーストから直接聞き出したことなどからすれば、プルーストはソドミットの一人であるが、シャルリュス氏はジッドの分類による倒錯者として描かれている。そしてシャルリュス氏は、ロベール・ド・モンテスキュウ伯爵をはじめとする貴族たち——先に挙げたラジヴィル大公も屈強な馬丁や従僕を大勢かかえていることで有名であった——の生態を観察し、それにもとづいて文学的典型として創造されたと思われる。次に挙げる手紙の応酬にそれが示されている。

《(プルーストよりジッドへ、一九一四年六月一一日)〔…〕シャルリュス氏に対して寛容であってくださったことにも感謝いたします。私は男らしさに夢中になっている同性愛者を描きたかったのです。なぜなら、彼は無意識のうちに女になっているのですから。彼だけが本当の同性愛者だと主張しているわけでは決してありません。しかし、これは大変興味深い、これまで一度も描かれたことのないタイプなのです。ただし、すべての同性愛者がそうであるように、彼は他の人たちと違っています。ある種のことにかけてはより悪く、それ以外の多くのことにおいてはより優れています。「ある人の関節炎、あるいは神経病やみの体質とその感受性との間にはある種の関係がある」などと言えるのと同じく、シャルリュス氏が、兄のゲルマント公爵には分からないこれほど多くのことが理解でき、兄に比べてこれほど鋭敏であり、敏感なのは、同性愛のお陰だと私は確信しています。不幸にして、いつものように客観的であろうとする努力がこの作品を格別に憎むべきものにしてしまうでしょう。事実、第三巻では、この第一巻で姿を見せただけのシャルリュス氏は重要な場所を占めますので、同性愛に敵対する人たちは私が描く場面に憤慨するでしょう。他の人たちもまた、彼らの理想的な男らしさが女のような体質の結果

として呈示されることを喜ばないでしょう。》

《(ジッドよりプルーストへ、一九一四年六月一四日)［…］シャルリュス氏はすばらしい肖像画です。これによってあなたは、一般に行われている同性愛者と性倒錯者との混同に貢献することになるでしょう。というのは、人々は、あなたが手紙に表明されたような微妙な違いを認めないでしょうから。一個人にすぎないシャルリュスは典型と見なされ、一般化を促すでしょう。私の言っていることはあなたの肖像画への賛辞なのですよ。［…］

あなたの客観性への努力がそれほど理解されなかったからといって、あまり落胆しないでください。とりわけひどく驚かないでください。［…］私の『背徳者』や『狭き門』に起こったのと同じことがあなたの作品にも起こっているのです。すべての批評家が作品を個人的な告白とみなし、一方の作品がもう一方の作品の成立を不可能にしているわけではないことなど分かろうともしなかったのです。あなたの作品も私の作品も堅固に永続し、誤った解釈がすべて摩滅してしまうことを期待しています。そして、あなたもそれを確信なさっていることと期待しています。》

ジッドは、グラッセ社から自費出版された第一巻だけを読んでこの返事を書いたのだが、プルーストの念頭にはすでに、後に「ソドムとゴモラ」と「見いだされた時」で本格的に展開されるシャルリュスの過激で奇矯な人物像が形成されていたわけである。それはジッドの分類によれば性倒錯にほかならない。ジッドは一読してそれを見抜き、世間で一般に同性愛と性倒錯が同一視されている実情から、後者にまつわるおぞましいイメージが作品全体の理解を歪め、作者までが同じ病癖を分ち持つかのように誤解されることを心配したのである。同性愛についての正しい世論を醸成することを自己の文学の使命とする覚悟を固めつつあったジッドにとって、プルーストのやり方は逆効果をもたらすように思われたのであろう。プルーストは同性愛を、世論に背いて擁護すべき人間的価値とは考えておらず、結局は糾弾され、断罪されて然るべき、背徳的で醜悪な罪悪とみなしていた。しかし、そこにも人間性の真実があり、この罪悪、このスティグマ（烙印）によって、同性愛者は通常の異性愛者たちの与り知らない深刻な人生のドラマを生きることができる。作家の使命は、フィクションによって、この罪悪の暗黒面を徹底的に呈示することであり、ジッドのように、それを正当化したり、弁護したりすることではない。文学は一種の贖罪であり、小説の成功がすべてを聖化し、罪深い作家の人生を救済するであろう。プルーストはそのような信念をゴモラ族の一人ヴァントウイユの娘とその女友達に託した。二人は背徳的な行為によって父親の愛を裏切り、悲嘆と絶望の死に追いやったつぐないに、残された解読不可能に近い楽譜を長い歳月をかけて解読し、七重奏曲の楽譜を完成した。その曲の演奏を聴いて語り手は感動し、発奮して、文学作品の創造に集中しようと決意する。そういう芸術至上主義は、ジッドの目には世論への卑怯な迎合、真理への裏切りと映じたのである。「ソドムとゴモラ」の一部を読んで彼は非常に憤慨し、それを『日記』にぶちまけている。

《(一九二一年一二月二日) 私はプルーストの作品の最後の数ページ [「ラ・ラスプリエールまでの車中」という表題で『NRF』の十二月号に掲載された「ソドムとゴモラ」の一部分] を読んだが、最初は飛び上がるほど憤慨した。彼が考えていること、彼が何者であるかを知っているので、そこに見せかけ、自己防衛の願望、この上なく巧妙な擬装以外のものを見ることは難しい。というのは、この擬装を告発してもだれの利益にもならないからである。そればかりでなく、このような真実に対する侮辱は、すべての人に喜ばれる恐れがある。この侮辱は異性愛者たちの偏見を正当化し、その嫌悪感におもねるものであり、同性愛者たちは、プルーストの描いた人物たちと自分がほとんど似ていないことをアリバイとして利用するだろう。要するに、ここには卑劣さの全面的な協力があるわけで、プルーストの「ソドム」以上に、世論を間違った方向にさらに押し込んでしまうような著作には出会ったことがない。》

ジッドはプルーストが《考えていること、彼が何者であるかをよく知っている》と言う。事実、彼はその数ヶ月前に、プルーストの寝室で同性愛について語り合った。そのために、プルーストがジッドの家に迎えの車を差し向けたのである。

《(一九二一年五月一四日) プルーストは自分のユラニスム (男性同性愛) を否定したり、隠したりするのではなく、それをさらけ出し、それを自慢する。彼はもっぱら精神的にのみ女性を愛し、恋を味わった相手は男性だけであった、と言う。彼の会話は、のべつ幕なしに挿入文で遮られ、だらだらと続く。彼はボードレールもユラニストだったと確信していると言う。「彼がレスボスについて語るときの口調、まずそれを語りたいという欲求だけでも、十分にそれを確信させてくれますよ」と言うので、私はこう反論する。「彼がユラニストだったとしても、いずれにせよ、自分では自覚していなかったのでしょう。彼が一度たりとも実行したとは考えられません……」すると彼は叫ぶ。「何をおっしゃるのです。私はその逆だと信じていますよ。どうしてあなたは彼が、あのボードレールが、実行していたことを疑うのですか。」

彼の声の調子には、それを疑うことはボードレールを侮辱することだ、という響きがある。私もプルーストの言うことが正しいと信じたい。そして、ユラニストの数は、最初私が考えていたより多いと信じたい。いずれにせよ、プルーストがこれほど徹底的にユラニストだとは思っていなかった。》

プルーストがジッドにこのように語ったのは、仲間意識を誇張するねらいもあったに違いない。女性に対する愛はもっぱら精神的なものであった、という点ではジッドも同じようなことを告白したが、それはずっと後のこと、マドレーヌ夫人の死後(『今や彼女は汝の中にあり』一九四七年)であり、夫人との結婚こそ「白い結婚」で終わったが、他の女性との間には女の子を儲けている。ジッドの場合は女嫌いの不感症で、プルーストは女好きの不能症というふうに区別できるかも知れない。もともとプルーストが自分の作品を『ＮＲＦ』から出版したいと切望した理由の一つは、ジッドを取り巻く同性愛の知的エリートたちの仲間入りをしたかった、少なくともシャルリュス氏の登場する小説が高い評価を得ないはずはない、と信じたからであろう。晴れて仲間入りを果たした後も、ジッドの賛辞が得られないばかりか、名うてのユラニストであるアンリ・ゲオンの書評も芳しくないことを不満に思っていたとも考えられる。もっとも、彼らの評価は題材とは関係なく、文体と形式にかかわるものであり、この点に関しては厳格な古典主義を貫いていた。新しい小説への模索も、観念性・抽象性の高い「純粋小説」を指向し、内容の新奇さや豊かさを追求するものではなかった。そこで切り札として異論の余地ない古典的詩人シャルル・ボードレールが持ち出されたのではないだろうか。

プルーストにとってシャルルは同性愛者の固有名であった。異性愛の代表者として描かれているシャルル・スワンさえも、同性愛とは無縁でなかったことが、死後に仄めかされる。シャルリュスが最も愛着した音楽家モレルもシャルルであり、シャルリーと呼ばれていた。シャルリュス男爵の本名はパラメード・ド・ゲルマントであって、シャルリュスは呼び名だが、それはシャルルのラテン語綴りにほかならない。つまりこの呼び名は、シャルル族＝ソドム族の元祖ないしは族長という意味を表している。またプルーストの友人には、シャルル・ハースやシャルル・エフリュッシなどシャルルを名乗る同性愛者があって、スワンのモデルになったとされている。そんなわけで、「見いだされた時」では、同性愛はシャルリスムと呼ばれるに至った。

『失われた時を求めて』の登場人物はほとんどすべて、男性はソドム族、女性はゴモラ族の烙印を帯びている。スワンのオデットに対する愛は嫉妬によってますます深みにはまり込むのだが、その嫉妬が最も激しかったのは、彼女に同性愛の疑念を抱いたときであった。語り手のアルベルチーヌをめぐる嫉妬心は、もっぱら女友達に向けられていた。同性愛に対する嫉妬の方が、異性愛に対するより深刻だという説がある。ジッドもマルク・アレグレをめぐってジャン・コクトーへの嫉妬心に駆り立てられ、それを『田園交響楽』の牧師と『贋金つかい』の作家エドワールに仮託した。彼は、愛と嫉妬の両価性（アンビヴァランス）＝表裏一体性を、愛を表にして描いたが、プルーストは「ソドムとゴモラ」と「囚われの女」ではおもに嫉妬の苦悩と錯乱を、「花咲く乙女たちの陰に」では、おもに愛の甘美さを描いた。「スワンの恋」では、それが表裏一体をなしている、と言うことができるかも知れない。

《（一九二一年五月水曜日（一七日または二四日））今夜もまた私たちの話題はもっぱらユラニスムであった。彼は、「不決断」のせいで、同性愛の思い出のうち、優美で、やさしく、魅力的な面はすべて「花咲く乙女たちの陰に」に転位して異性愛の部分を養い、その結果、「ソドム」にはグロテスクで下劣なものしか残さなかったのは悪かったと思う、と言う。しかし私が、あなたはユラニスムに罪悪の烙印を押そうとした、と言うと、非常にショックを受けたようで、抗弁する。そこで結局、私たちにとって卑劣で、嘲笑や嫌悪の的と思われるものが、彼にはそれほど嫌悪すべきものとは思えない、ということを理解する。

彼がこのエロスを、若々しく、美しいものとして呈示することは決してないのだろうか、と聞くと、彼は答えて言う。まず、彼が魅力を感じるのは、決して美ではなく、美は欲望とはほとんど関係がない。また、若々しさについては、それこそ最もたやすく転位できる（最もよく転位に応じる）ものだと考えている、と。》

こうして、同性愛に関するジッドとプルーストの違いが明らかになる。ジッドは、少年愛に徹することによって、若々しく、美しい同性愛を描き、プルーストはその部分は異性愛に転位し、同性愛にはグロテスクで醜悪な部分だけを残し、それをシャルリュス氏に集約した。そこでシャルリュス氏は、同性愛に対する社会の偏見と嫌悪を助長することになる、とジッドは批判したわけである。彼にとって同性愛は、隠蔽すべき汚辱でも、贖罪すべき罪悪でもなく、むしろ誇るべき、ギリシア時代以来の伝統をふまえた「文化」であった。そこで彼は、日記や自伝や対話や小説などの形式でそれを主張したのである。それに対してプルーストは、オスカー・ワイルドと同様に、そんなことをしてはいけない、決して「私」を主語にして語ってはならない、といましめた。彼の《私》つまり語り手は異性愛のみに関与し、同性愛は語り手の周囲にいる登場人物たちに起こることとされたのである。

オナンの罪

同性愛については罪悪感から脱却したジッドも、オナンの罪、つまりマスターベーションを罪悪・堕落と感じることからは、いつまでも、たぶん性衝動がなくなるまで脱却できなかった。そしてごく晩年に至るまで、この「罪悪」あるいは「悪癖」から解放されなかったようである。同性愛の相手を見つけにくいキュヴェルヴィルでは特にそれがひどく、自己嫌悪感や絶望感を伴っていたことを『日記』から窺うことができる。プルーストには、その行為自体に対する罪悪感はほとんどなかったようで、「コンブレー」では思春期の思い出として甘美な表現を与えている。その違いは、「悪癖」を徹底的に封じ込めようとした厳格なピューリタンの教育と、それに対して寛大な教育との違いに由来するようである。ジッドの受けた純潔教育がどんなに厳格なものであったか、「悪癖」に対する両親、特に母親と学校（私立の宗教学校）の対応がどんなに深刻な心的外傷を生んだか、『一粒の麦もし死なずば』には自伝として、『贋金つかい』には少年ボリスに託して巧みに語られている。『アンドレ・ワルテルの手記』の後半部はいわばオナニーとの闘いという形で展開し、ワルテルは悪戦苦闘の果てに狂死するが、ジッドは北アフリカで発見した少年愛によって、その危機を脱することができた。最初は現地の娼婦を相手に「正常化」に成功しそうであったが、肺結核で倒れたのを心配して母親が駆けつけ、厳しくいさめたので中断され、それ以後、女性との接触は長い間沙汰やみになった。一九二三年に女の子を産んだエリザベート・ヴァン・リセルベルグとの関係が始まるまでその状態が続いたと思われる。その代わりとなった同性愛も、結局相手の男性――できる限り若い少年――と快感を分かち合う自慰行為にほかならなかったのである。実質的に同じ行為が、孤独になされるときは絶望的な自己嫌悪と罪悪感を伴い、相手と快感を分かち合うときは全心身が幸福感に満たされる、という余人には窺い知れない実情が『日記』などにあからさまに書きしるされている。

プルーストがどのような宗教教育を受けたかは分からない。父はカトリックで、母はユダヤ教徒であり、葬儀もそれぞれの典礼によって行われた。もともとオナンの罪は、ソドムの罪と同じく、旧約聖書において厳しく弾劾されている。旧約の戒律に忠実であるべきユダヤ教徒を母とするプルーストが、小説の中で、ソドムは罪悪として描きながら、オナンの罪はむしろ美化しているように見えることは注目に値する。最近書かれた二種類の分厚いプルースト評伝――ロジェ・デュシェーヌ『手に負えないマルセル・プルースト』(一九九四年)、ジャン＝イヴ・タディエ『マルセル・プルースト』(一九九六年、吉川一義訳二〇〇一年)――によれば、父親は医者らしく実際的に対処し、息子に一〇フランを与えて娼家に行かせた。息子はパニックに陥って溲瓶を壊しただけで不首尾に終わった。彼は再び娼家に行くため、溲瓶の代金三フランを加えた一三フランを祖父(母親の父ナテ・ヴェイユ)におねだりした。リセ・コンドルセの最終学年(一七歳)のときの出来事であり、同じころ彼は同級生のジャック・ビゼに言い寄っていたらしい。両親はビゼとの交際を阻止しようとしたが、成功しなかった。体をほてらせたジッドが道端に立つ夜の女から逃げ、二三歳まで接吻一つしたことのない純潔な唇を窓ガラスに押し当てて脱出の時を待ち望んだのとは大違いである。

ところで、だれの迷惑にもならない、全く個人的なこの「悪癖」は、それだけ容易に、だれにも知られずに、いつでも、どこでも繰り返すことのできる快楽であり、自制することが難しい。その点喫煙の習慣に似ている。『贋金つかい』の牧師は、喫煙をオナニーの隠喩に使い、それを止める努力がなかなか実らないことを日記に書きしるしている。そういうわけで、これに耽溺する青少年は、あらゆる誘惑に抵抗する精神力を失い、精力の浪費によって健全な心身の発達を阻害され、立派な男性に成長することが難しい。逆もまた真なりで、もともと意志薄弱や虚弱体質に生まれついた子供はオナニーがひどい、という通念がこの時期のブルジョワ社会では支配的だったようである。さきに挙げたプルースト評伝は二つとも、この問題に関するティソ博士の論文『オナニスム、マスターベーションから生じる病に関する論考』（一七五〇年）の絶大な影響を指摘している。マルセルの父アドリアン・プルースト博士は、この本にもとづいて書かれた『神経病患者の衛生学』という著作の共同執筆者だった。これらの著作によれば、少年期から思春期にかけてジッドを苦しめた心身症も、後の肺結核も、プルーストの神経症や意志薄弱も、喘息もすべてオナニスムに起因し、二人の同性愛はその必然的な帰結にほかならないことになる。ジッドは八歳のとき「悪癖」のせいでアルザス学院を数ヶ月停学させられたことがある。仰天した母親は医者の診察を受けさせた。医者は診察室にあったアフリカ原住民の武具を見せて、これで性器をちょん切るぞと脅した。ジッドは、その脅しには平気だったが、父親の沈痛な表情と沈黙がこたえた、と回想している。彼はそれ以来、父に対する罪悪意識にさいなまれ、約三年後にやってきた父の死を天罰と感受し、心身症を呈して通学が不可能になった。フロイトのエディップス・コンプレックス理論が人間研究の全領域を支配するのに先立って、オナニスムを諸悪の根源とみなす精神衛生学が社会の通念となっていたわけである。そういう予備知識をもってすれば、プルーストが小説の最後に近い「逃げ去る女」のヴェネツィチアの場面で、語り手の無気力・無為の一生が「就寝のドラマ」の夜における両親の譲歩から始まった、とされていることが納得できる。デュシェーヌは、真実は逆で、おやすみの抱擁を母親に拒絶されたため、プルーストはますますオナニーにのめり込んだ、としている。いずれにせよ、母親のおやすみの抱擁とオナニーは密接に関連していたとみなすことができよう。

ジッドもプルーストも晩年まで主にオナニーによって性欲を解決した。ジッドの場合、歓喜に満ちた少年愛はその一形態にほかならず、孤独な行為は絶望的な罪悪感と無力感を伴った。プルーストは、エロチックな夢想にふけりながら行ったようであり、それが「コンブレー」で、語り手の遠い思い出として牧歌的に表現されている。彼は若い村娘を抱擁する場面を夢想しながら散歩した後、アイリスの匂う小部屋で、窓から差し込んでいる一本のカシスの小枝に向かって欲望を解放する。また彼は、他人の快楽を覗き見してサディックな満足を味わったようである。それがまずこの小部屋の場面に続くモンジューヴァンでの覗き見の場面に表れ、「ソドムとゴモラ」に引き継がれ、最後に「見いだされた時」における男娼宿の場面に集約されている。総じて彼は、自分自身の性欲に絶望や罪悪感を味わったことはなく、精力的にそれを解放した。さきに引用したジッドとの対話でも、《美は欲望とほとんど関係がない》、つまり、欲望は醜悪かつ凶暴なものでありうると割り切っていて、それから目を背けなかった。エロチシスムとサディスムが表裏一体をなしていたのである。もともとサディスムは、牢獄に幽閉されたサド侯爵のエロスの発現としての妄想の産物にほかならないのである。晩年まで自己検討の習性を失わなかったジッドのサディスムは、もっぱら自分自身に向けられた。『法王庁の抜け穴』（一九一三年）のラフカディオは、ジッド好みに理想化された青年だが、誘惑に負けたときは、ナイフで自分の太ももを切りつけ、その回数を日記に記入した。そこには、プロテスタントの心性と、オナニーと、日記の関係がよく示されている。

『楽しみと日々』（一八九六年）中の一編「若い娘の告白」では、母親の接吻が性の快楽以上の甘美さをもつとされ、リラの匂いに象徴されている。十四歳の少女がいとこの手引きで《快楽》を味わい、その後、母親の接吻に《無上の歓喜》を味わって《無垢の心》を取り戻すが、最初の快楽の味を忘れることができずに母親を裏切り続け、その罰として母を失う不安におびえながら成人し、結婚の寸前に、ジャックという青年――ジャック・ビゼを想起しよう――と抱き合っているところを母親に目撃される。母親は昏倒し、娘はピストル自殺をはかって絶命するまでの間にこの告白を書いた、という筋立てである。すべては精いっぱいに婉曲な美文調で記述されているので、この《快楽》が果たしてオナニーなのか、情事ではないのか、という疑問が残る。また情事と決めて疑わない解説も多い。少なくとも最後の抱擁の場面はそうであろう。しかし私は、全体としてオナニーに違いないと読んでいる。それは、娘が十四歳であること、母親の接吻が快楽の習慣の引き金になったらしいこと、快楽がリラの匂いに象徴されていること、問題の核心が性の過失自体というより、母親を裏切り、致命的な痛手を与えたことにある、という点などが主な理由である。始めに何が起こったかは明らかでないが、母親の接吻によって一度は罪悪感から解放された娘は、その快感を忘れることができずに母を裏切り続け、その罰として母を失う不安に悩まされ、《病弱で、意志薄弱な大人》になったとされている。ここでオナニーと母の接吻はいわば二者択一のものであるから、オナニーによって母を失う不安が切実だったわけである。『失われた時を求めて』における「就寝のドラマ」をそういう観点から読むと、雄弁だがあまり説得的でないレトリックの背後に、同じような秘密が隠蔽されているのが分かる。少女と少年の違いはあるが、両方とも、行為そのものではなく、それが母を裏切り、母に致命的な痛手を与えたことが問題となっているのである。

オナニーの象徴は、「コンブレー」ではアイリスの匂いと赤黒いカシスの花であり、「若い娘の告白」ではリラの匂いと色であることが、『ジャン・サントゥイユ』に明白に示されている。それを「若い娘の告白」の母親の接吻の場面と読み比べてみると、両者の等価関係が明らかになる。

《時には、止めた小舟に、中学生が女の子といっしょに乗っているのを見かけた。ジャンは自分の中に、リラや暗い色のアイリスと同じほどに新鮮で、うっとりとする、地上のありふれた快楽の色合いとはまるで違う快感の驚嘆すべきエッセンスを発見したばかりであった。その快感は、暑い太陽によってますます高揚するように思われた。》（『ジャン・サントゥイユ』）

《神のような甘美さが私の母と、戻ってきた私の無垢から立ち上ってきました。やがて私は鼻孔の下に、それと同じほど純粋で、同じほどさわやかな匂いをかぎました。実は一本のリラの木の枝がすでに花を咲かせていて、母のパラソルのかげに隠れて見えないままに、芳香を放っていたのでした。木々のこずえでは、小鳥たちが力の限りさえずっていました。》（『楽しみと日々』）

この物語は、プルースト自身の母との関係を美化して転位したものではないだろうか。母と娘の関係としてはかなり不自然な話だが、彼の伝記や、友人たちの証言や、手紙などによってなじみの深い、息子と母親の近親相姦的な関係として読み直してみると、すべて納得のいく話になる。これほど強烈な接吻の魅力と、それを失う不安との間に引き裂かれた少年に、小説の主人公を置いてみれば、「就寝のドラマ」の場面の謎が氷解するのである。あの場面は、単に母の接吻を待ちあぐねて駄々をこねる幼い子供の話ではなく、それも含まれているに違いないが、もっと成長して思春期に達した少年が、母親の姿を想像しながらオナニーに耽り、おそらく母親の接吻と同時に射精して心身の安らぎを得た、という作者自身の秘密を、婉曲に、文学的に表現しているのではないだろうか。実際に起こったことではなく、フィクションにすぎないのかも知れない。多分そうであろう。しかし、その根源に、母親に対する性的欲望を想定しないわけにはいかない。その夜母親が枕元で読んでやる作品が、養母と結婚して幸福になる捨て子の話『フランソワ・ル・シャンピ』であることがその有力な証拠である。「就寝のドラマ」は『ジャン・サントゥイユ』にも少し違った形で描かれているが、独立した断章になっているせいか、主人公はごく幼いという印象を受ける。また『楽しみと日々』にも幼い主人公（三人称）のおやすみのキスへのこだわりが描かれている。そこでは、母親が夜会に出かけるときは、八時には盛装した姿でおやすみのキスをすませ、夜会の始まる十一時までの時間を友人宅で過ごすことにしているので、あきらめてすぐ寝入ることができる、とされていて、主人公はごく幼い健康な子供のようである。『失われた時』でも、母の接吻がなければ眠れないほど幼い子供というイメージと、母に読んでもらう作品のレベルとの隔たりが大きい。この場面も草稿の段階では、母親の接吻だけがあって、読書はなかった。読書の場面はそれと別になっていて、主人公が眠れない夜、皓々たる月光のもとで、同じジョルジュ・サンドの『魔の沼』を読んでもらうことになっている。そこには幼児ではなく成長した少年の姿がある。「就寝のドラマ」でも決定稿の直前まで『魔の沼』であった。母が『フランソワ・ル・シャンピ』の恋愛の場面をとばして読んだのでよく分からなかった、と語り手は言い訳をしているが、それは逆に、敢えてこの作品が選ばれた理由を仄めかしているのではないか。つまり、作者は、『楽しみと日々』を執筆した二十三歳ごろから、「コンブレー」の決定稿を仕上げた四十二歳ごろまで、ほぼ二十年にわたってこの場面をいろいろと想像してみたのであり、想像される主人公の姿は五歳ごろから十五歳ごろまでの広がりをもっている。それは回想物語として当然であるが、プルーストの場合、それを書きつつある語り手＝作者の現時点からのコメントが加わる。ここでは語り手の晩年の述懐が加わっている。「コンブレー」の決定稿が仕上がったころは、すでに小説の全体像が出来上がっていたことが、小説の冒頭の夢うつつの状態で喚起される場所に、ヴェネツィア訪問とコンブレーへの帰郷までが含まれていることによって知られる。そのことは草稿と作品刊行の歴史の研究によっても明らかにされている。単純素朴な幼時の回想に見えるこの場面には、長い時間が圧縮されているのであり、しかも肝心なことは語り手の述懐の底に隠蔽されているのである。

《私には分かっていた。私が身をおいた状態は、両親からとりわけ重大な罰が加えられるかも知れないものであったし、それは実のところ、他人が想像するよりはるかに重大なもの、他人には本当に恥ずべき過ちのみが引き起こすと思われるような罰だったのである。[…] 今になってみると、神経の衝動に負けてそこに陥ってしまうという共通した性格のあることが分かるのだ。しかし、当時、この神経の衝動という言葉は口にされなかったし、過失を犯す原因もはっきりと言われはしなかった。その原因が分かっていれば、それに負けても許されるとか、またはひょっとすると、それに抵抗する能力が自分にはないのだとさえ、私は考えたことだろうに。しかし私は、後で厳しく罰せられるというだけでなく、まず苦悩が先にやってくるということによっても、それが悪いことだと思い込んでいた。そして私には、たったいま犯した過ちが、それ以前の厳しく罰せられたさまざまな過ちと同じ種類に属するものであること、ただし比較にならないほど重大なものだということが分かっていた。》（「スワン家の方へ」）

これほど持って回った口調で言い訳される過失とは一体何だろうか。以前から厳罰に処せられていた行為とは何か。それと同じ種類のものでありながら比較にならぬほど重大な過失とは何か。来客中に母親の邪魔をしたとか、夜遅くまで寝ないでいたというような日常茶飯事ではないらしい。プルーストの母親はしつけに厳しい人であったらしいから、一般家庭では想像もつかないほどの厳罰で臨んでいた、というふうに読めないわけではない。しかし、《神経の衝動》とか、《それに抵抗する能力》という言葉をティソ博士の学説にあてはめてみると、性教育が問題になっているのではないか、と考えられるのである。当時その学説は広く受け入れられ、特に教育に熱心な家庭では子供をオナニーの弊害から遠ざけるのに懸命であった。もし誘惑に負けて罪を繰り返せば、その子は健康な大人に成人して人並みの人生を送ることができず、両親は心配のあまり早世してしまう、と恐れられていたようである。オナニーは、放蕩よりも悪い結果をもたらす悪癖であった。プルーストの草稿の中には、主人公が早く両親を失うという筋書きもある。きわめて厳格なピューリタンの母親のもとでジッドに何が起こったかはすでに見た。

彼は八歳のとき停学を命じられて以来健康がすぐれず、その後父親を失ったことで極度の不安から心身症を呈して、正常な学校教育を受けられず、私塾と家庭教師による不規則で気まぐれな勉学を続け、バカロレアには合格したが、大学には行かず、作家修行に入った。それに対してプルーストは、パリ大学の法学士号と文学士号（哲学）を取得し、人並みに兵役もこなした。母親はエチケットには厳しかったようだが、息子の健康状態へは並々ならぬ配慮を示した。だから彼のように、もともと意志薄弱で情緒不安定な、「神経の衝動」に支配されやすい子供は手加減して育てられたのではあるまいか。そして結局、父親は譲歩し、母親もそれで安心した。問題はそれに続く文章にある。

《その夜、ママンは私の部屋で過ごした。[…] ママンが私の部屋に来るのを断り、寝なくてはいけないと素っ気ない返事をさせた一時間後に、そういった人間的な扱いのおかげで私は大人なみの高い地位にまで引き上げられ、一挙に苦悩の思春期、涙の解放、とでもいったものに達してしまったのだ。[…] 私はまるで、親不孝な秘密の手でもって母の魂に最初のしわをつけたような、そこに最初の一本の白髪を生えさせたような思いだった。》

《苦悩の思春期、涙の解放》とは、きわめて婉曲に射精を暗示しているのではないだろうか。それはオナニーの罪に近親相姦の罪を重ね、母親をけがす行為であった。母親はそれを許した罪を被り、語り手は母殺しの下手人のような罪悪感に苦しみつづけるであろう。その問題はここでは掘り下げられないが、小説の終わり近くになって、主人公が母親と一緒にヴェネツィアに旅行したとき、語り手はこの夜の出来事の意味に立ち戻ることになる。

《あのころの母はまだ私に期待をかけていたので、どんなに私を愛しているかを気取られまいとしていたが、その期待もその後とうとう実現されずに終わってしまった。今では母も、たとえ冷たい様子を見せても何も変わらないことをはっきり感じていたので、ふんだんに愛情をふりまいてくれたが、それは、もう治らないことが確実になった病人に、それまで禁じられていた食物を出すようなものだった。》

（「逃げ去る女」）

毅然とした態度で息子のわがままを阻止しようとした母は、その夜の出来事以来、息子を病人として受け入れ、すべてを許す慈悲の母に変わった。そういう母親に息子は罪悪感を抱き続ける。「若い娘の告白」では、娘が息子に代わっているわけである。その娘と母親の接吻のときと同じように、息子は母親の接吻によって味わった至福の快楽の記憶にすがりながら、孤独な快楽を繰り返すことになっただろう。オナニーに対する当時の通念からしても、アドリアン・プルースト博士の「神経病患者の衛生学」に照らしても、それは息子が人生の落伍者になることを容認することにほかならなかった。「就寝のドラマ」で、《神経の衝動》という当時の精神医学の用語らしいものが現れるのはそういう事情によると思われる。そればかりでなくプルーストは、自分は病的な体質・気質に生まれついたのだから、仕方のないことだったのだ、と弁解しているように思われる。「見いだされた時」では、戦死した模範的男性ロベール・ド・サン＝ルーに託して、そういう感懐がしみじみとした口調で語られている。

《ロベールは戦争の始まるずっと以前に、悲しげな顔でよく私に言ったものだった。「なあに、ぼくの命のことなんか話すのはやめようよ。ぼくはあらかじめ宣告を受けた人間なんだ。」彼は、それまでうまくみなに隠してきた悪徳、だが自分ではよく分かっていた悪徳のことを暗示したのであろうか。ことによると彼は、その重大さを誇張して考えていたのかも知れない。ちょうど初めて性の営みをする子供たちのように、あるいはそれよりさらに幼いときに、ひとりで快楽を求める子供たちが、花粉を振りまくとすぐに死ななければならない植物に似たようなものだと自分を想像するように。おそらく、サン＝ルーにとっても子供たちにとっても、こうした誇張は、まだ慣れることのできない罪の観念から来ているのだろう。と同時に、まったく新たな感覚は、最初のうちは恐ろしいばかりの力を持っている、ということからも来ているのだろう。――その力も後になると衰えてゆくのである――。あるいはまた彼は、敢えて言うなら、かなり若いうちに帰らぬ人となった父親の死を理由に、自分は若死にすると予感していたのであろうか。》（「見いだされた時」）

第2章

プルーストの寝室

――吉田城に捧げる――

『失われた時を求めて』の冒頭の一文《長い間、私は早くから寝た。》については、多くの考察がなされた。それは、プルースト自身が決定稿に至るまでこの箇所を少なくとも九回書き換え、しかも初校刷りの上でもふたたび決定稿以前の文に戻そうとし、それを削除して結局決定稿どおりに印刷刊行した、といういきさつに示されているように、作者が最もこだわった文であり、そこに作者と作品の関係が集約されていて、最も多義的・象徴的な文となっているからである。この文をどう読むかは、小説全体をどのように読むかと密接にかかわっている。初校刷りを閲覧して前記の事実を発見し、学会機関誌に報告した（二〇〇五・五）吉田城は、大著『失われた時を求めて草稿研究』（一九九三年）において、関係のあるすべての草稿帳を閲覧してこの文の成立過程をつぶさに紹介し、解説してくれた。彼の早すぎる死を哀悼するとともに、かけがえのない研究者を失った無念の気持ちを表すため、著書のカバーに惹句として印刷されている、論文「冒頭の一句をめぐって」の結論部分をここに引用し、拙論のまくらとすることを許していただきたい。

《一人称で始めるのか、それとも部屋の描写から始めるのか。単純過去と半過去と複合過去のどれを用いるのか。時間的・空間的な限定をするのかしないのか。安眠の場面かそれとも不眠の場面か。これらの問題を小説構造と連係させながら試行錯誤の中でひとつひとつ解いていき、最後にたどりついたのが一人称の「私」であり、複合過去であった。》

ここには小説の冒頭部分の成立過程に含まれている問題点が的確に要約されている。草稿帳からの豊富な引用にもとづく吉田城の論証については縷言を控えて、ここでは他の研究者の著述や論文も可能な限り読み合わせ、何よりも『失われた時を求めて』自体を分析的に精読して私自身が得た結論を要約して述べることにする。私は吉田論文以前に本稿とほぼ同じ趣旨の論文をフランスの研究誌に発表した(一九八七年)が、その後も考察を重ね、吉田論文にも啓発されて、持論をさらに進展させることができた。問題はフランス語動詞の時制と文体論にかかわることなので、それを日本語で論述することには多少の無理があるが、フランス語にうとい読者にも分かるように説明したいと思う。

「眠りから覚めた男」

刊行本では、小説は、どこかよく分からないところにある寝室で、早々と就寝した語り手が、暗がりの中で目を覚まし、またまどろみ、夢うつつの状態やまんじりともしない状態で想像したり、思い出したりした事柄を、取りとめもなく記述することから始まる。そこに、寝室の内外の気配や状況、語り手の少年時代の就寝時にかんするさまざまな思い出、過去に滞在したことのあるホテルや友人宅の思い出などが語られ、滞在したことのある町の名が列挙される。それらの場所はすべて、語り手が小説の展開の中で滞在することになるところだから、作者の脳中には冒頭においてすでに、そこまでの筋書きがでぎあがっていたこと、語り手はそれを経験ずみの人として設定されていることになる。そして、執筆開始の時には早寝の習慣は終わっている。それは動詞「寝る」が完了を表す複合過去形であることによって知られる。語り手は小説の最終巻「見いだされた時」においてタンソンヴィルにあるジルベルトの屋敷に滞在し、それからサナトリウムに行き、第一次大戦後のパリに戻り、ゲルマント大公邸での啓示を経て執筆を開始する。眠りから覚めた語り手はまずタンソンヴィル滞在を思い出し、その後のことは思い出に含まれていないので、「早くから寝た」時期はそのときまで続いたとも考えられるが、小説の中では、タンソンヴィル滞在中は夜おそく散歩をすることになっている。つまり、思い出の内容には早寝の習慣が終わった後のことも含まれているわけであり、「早くから寝た」長い期間がいつ始まっていつ終わったか分からない。その次の滞在場所とされながら小説には出てこないサナトリウムで、早い時刻から寝ていた、と想定することも可能である。そこでの療養生活は、物語の前後関係からして相当に長い間続いたとみなされるので、「長い間」という漠然とした表現がふさわしいと考えることもできよう。草稿には、《医者に療養生活を命じられて》早くから寝た時期がある、という文案がある。しかし、他の草稿には、《二十歳までは健康で早くから寝ていたが、その後は一晩じゅう起きていて、朝になって寝床に入る生活になった》という逆の限定もある。単に「かつては」「それ以前は」早くから寝ていた、というのもある。早寝は健康な習慣なのか、病気のせいなのか。刊行本の文面からすれば、かつては早くから就寝してすぐに眠りに落ち、健康な夢見が多かったが、ときどき孤立無援の不安におそわれることもあった、という趣旨のことを言おうとしているようである。すると早寝の場所にサナトリウムをあてるのは不自然ではないだろうか。また、早寝はかならずしも安眠を意味するわけではなく、むしろ長い不眠の時間の始まりでもありうる。

それと関連して、このような回想は安眠の途切れ目に現れたのか、それとも不眠の産物だったのかが問題になる。われわれは、プルーストが早くから夜と昼を逆にした生活を送ったこと、特に『失われた時を求めて』はもっぱら夜を徹して書かれたことを知っている。冒頭部分の文章も、夜中にしっかりと目覚めて想像力を働かせている作家の手になるものであり、寝ぼけた男のとりとめのない空想というのはフィクションに過ぎない。作者はそれを隠そうとしない。《ふつう私はすぐまた眠ろうとはせずに、かつてコンブレーの大叔母の家で、バルベックで、パリで、ドンシエールで、ヴェネツィアで、あるいはまたその他のところで、家の者の送った生活を思い起こし、それらの場所、そこで知った人々、その人々について見たことや聞いたことなどを思い浮かべて、夜の大半を過ごすのであった。》これは『失われた時を求めて』への序文にほかならない。

それならばなぜ、プルーストは「眠りから覚めた男」に序文を書かせたのだろうか。まず考えられるのは彼の仕事ぶりである。母親の死（一九〇五年）以後、彼は夜も昼も大半の時間をベッドの中で過ごした。この小説の萌芽とみなされる「ある朝の思い出」は、不眠の夜が明けて、これからベッドに入ろうとする主人公がしばらく母親と会話を交わす場面であるが、それを書いたころはすでに母親は他界し、プルーストの生活に早寝とか徹夜とかの区別はなかったのである。一晩じゅう仕事をすると言っても、ベッドに横たわった状態であるから、ときどきほんの一刻の深い、あるいは浅い眠りに落ち、また目覚めて仕事を続ける、という具合ではなかっただろうか。夜と昼は逆転するのではなく、区別がつかなくなり、夜の方が昼間より長時間集中して仕事ができたということではないだろうか。そして彼の想像力は睡眠時と覚醒時の境界を超えて活動し、ほとんど同質化していたのではないか、と推測させる文章が冒頭部にある。

《眠っている男は自分のまわりに、時間の糸、歳月とさまざまな世界の秩序を、ぐるりと巻き付けている。目覚めると、人は本能的にそれに問いかけて、自分の占めている地上の場所、目覚めまでに流れた時間を、たちまちにそこに読み取るものだが、しかし糸や秩序はときには順番が混乱し、ぷつんと切れることもある。》

われわれは睡眠中にどんな夢を見ているのか知るすべはなく、自然に、あるいは強い衝撃を受けて目覚めたとき、その直前に見ていた夢の情景や感覚を思い出し、それをある時と場所に位置づけたり、ある解釈をほどこしたりするものである。たっぷり時間をかけて、長い期間にわたってそれに専念すると、夢の中をさかのぼる範囲、つまり夢の持続時間が長くなり、内容が豊富になり、読み書きや会話も加わり、ついには短い物語を形成することさえある。またある程度夢の内容を操作することもできるようになる。プルーストはそういう夢＝無意識と意識の重なり合う境界に好んで身を置き、その臨床報告のようなものとして冒頭部分を書いたのではないだろうか。眠り込む直前に読んでいた本の主人公に自分がなり代わる、という書き出しにそれが表れている。自分自身の生の時間の糸とそれに絡まるイメージに取り巻かれて眠っている蜘蛛のような男というイメージは、眠りから覚めた直後、さめやらぬ夢の残影を手がかりに、自分の過去の時間と空間に向かって想像力を全開している人の隠喩にほかならない。彼の小説はそのようにして書き始められたのであることを草稿帳から窺い知ることができる。次の一節はまず、その隠喩が意識と想像力のどのような状態を表しているかを具体的に説明しているように思われる。

《いずれにせよ、私がこんなふうに目を覚ますと、私の精神は、自分がどこにいるのかを探し当てようと盛んに活動したが、成功しなかった。私のまわりですべてが闇の中を回転していた。事物も、場所も、歳月も。》（「カイエ8」）

プルーストは、このような眠りから覚めたときの意識の混乱や、アイデンティティの喪失と同じことが、寝入りばなにも起こるとしている。普通、人は寝入りばなには深い眠りに落ち、よほどのことがなければ目を覚まさず、したがって寝入りばなに見た夢は覚えていないものだが、プルーストがたびたび寝入りばなのことを言うのは、眠りがきわめて浅く、短く、すぐに目を覚ましていたからではないかと思われる。冒頭文に続いて、《三十分ほどすると、もうそろそろ眠らなければならないという思いで目が覚める。［…］眠りながらも、たった今読んだことについて考え続けていたのだ》という文章がある。睡眠と覚醒の切れ目が曖昧なのである。

草稿帳のうち最初期の数冊を整理分析した研究者の報告によると、彼の小説は直線状に書き進められたわけではなく、さまざまな話題と時期と場所の記述の断片が、ある核心から放射線状に拡散しているそうである。その核心がどこにあるかはこれまで問題にされなかったが、小説の出発点とみなされている「カイエ3」によれば、核心はまさにこの寝室にあることが明らかである。主人公は、朝を迎えた明るい寝室で母親に会い、自分の投稿した文章が掲載されている「フィガロ紙」を受け取り、窓外に光る風見鶏を見てヴェネツィアの鐘楼とコンブレーの教会の屋根に想いをはせ、母親とともにしたヴェネツィアへの旅を思い出し、バルコニーにたわむれる陽光や外を通る若い娘たちを観察する。それらはすべて、他の多くのテーマとともに、大小のブロックに成長し、小説に組み込まれて行くのだが、最も重要な母親とのヴェネツィア旅行のテーマは、刊行本では最終巻の直前に置かれていて、作家の校正さえ経ていない。語り手の原体験として冒頭部分の次ぎに置かれている「就寝のドラマ」の寝室は、コンブレーにある語り手の大叔母の家に置かれているが、『ジャン・サントゥイユ』ではオートゥイユにあったプルーストの母方の大叔父の家のようである。しかし、実際はパリのプルーストの自宅の寝室で長期にわたって繰り返されたドラマであったに違いないことを私たちは前章で確認した。無意志的想起の原型である「紅茶に浸したマドレーヌ」体験も、語り手が母親とともに住むパリの自宅の寝室で起こったことらしい。結局、放射線状に拡散する小説世界の核心は、パリにおけるプルーストの寝室であった。しかし、それはフィクションのなかに紛れ込んでしまっている。

このように、冒頭部分をいわばプルースト小説の「方法序説」として読めば、彼が「眠りから覚めた男」というフィクションにこだわったいま一つの理由が明らかになる。それは『千一夜物語』中の「眠りから覚めた男の物語」への言及である。母親と二人暮らしの男が、ある夜偶然出会った商人を自宅に招いて歓待する。それは商人に変装した回教王（カリフ）であった。回教王は男を薬で眠らせ、宮殿に運び込み、自分の衣服を着せる。翌朝、回教王として目覚めた男は、かねて憎んでいた人物たちを罰し、母親に大金を贈らせ、王者の生活を楽しむ。しかし夜になると彼はもとの衣服を着せられ、もとの家に連れ戻される。男は急激な身分の変転を受け入れることができず、正気に戻れといさめる母親をなぐり、暴れ回り、ついに投獄される。獄中で正気に返った男は回教王によって再び宮殿に運ばれ、大臣の位につく。プルーストはこの話に、睡眠中の場所の移動と変身というテーマを見いだして利用したのではないかと思われる。

この話の題名のフランス語訳は Histoire du dormeur réveillé だが、その dormeur という語自体が、ある草稿では小説の主人公を指すために使われ、それがさきほど引用したように「眠っている男」に書き換えられているわけである。刊行本では、この場面以外のコンテクストでも「眠っている男」が夢との関連で一一回も現れ、この話に対するプルーストの関心の強さを示している。もう一つ、夜中に目覚めて不安におびえる病人が、ドアの下からもれるかすかな光や、カーテンレールに反射する暖炉の残り火の光を見て朝が来たと思って喜ぶくだりと、それを受けて「コンブレー」の最後に現れる本当の夜明けの情景も『千一夜物語』への言及に違いない。シェヘラザードは、一晩じゅう物語によって回教王を魅了しおおせて夜明けを迎えたら生き延びることができる。病身のプルーストは、我が身をこの語り手になぞらえて、作品を書き継ぐことに延命の希望を託したのである。

《[…] 昼間は、せいぜい眠ろうと努めることができるだろう。仕事をするのは夜だけだろう。しかし多くの夜が必要だろう。たぶん百夜、おそらく千夜。そして私の運命の主人が、あの回教王シャリアールほど寛大ではなく、朝になって私が物語を中断するとき、私の死刑判決に猶予を与え、次の夜にその続きを物語ることを許してくれるかどうか分からないという不安の中に生きるだろう。》(「見いだされた時」)

そこで、書くことで不安を克服しながら迎える朝の光は、芸術による死の克服の歓喜にほかならない。「カイエ3」で主人公の寝室から見える風見鶏は、サン＝マルコ広場の鐘楼の上で翼を広げる黄金の天使と、コンブレーの教会の屋根の輝きを想起させる。しかし現実のプルーストは、一日じゅう厚いカーテンを下ろして、眠りと競いながら仕事に没頭した。《[…] 異様な人間である私は、死によって解放されるのを待ちながら、鎧戸を下ろして生き、世の中のことは何も知らず、フクロウのようにじっと動かず、またフクロウのように闇の中でだけ少しばかり目が見えるのだ。》(「ソドムとゴモラ」)

別の時代の『アラビア物語』を書くという語り手の決意は小説の最後に表明されるのだが、それが実質的に小説執筆を起動させたのではないか、と私は考えている。それについては第五章「『千一夜物語』」に譲るとして、ここではまず、「眠りから覚めた男」その他多くの物語のもつ夢幻性と魔術性、つまり自由自在な場所の移動と自由自在な変身の話にプルーストが非常に関心をもち、それを自作の創作原理としたことを指摘しておきたい。もっとも、彼の「眠る男」は空間だけでなく時間の糸も掌握しているのだが、『千一夜物語』には過去や未来への飛翔の話は見当たらず、それはプルーストの独壇場というほかない。

冒頭部分には《時間と空間をたいへんなスピードで飛び回る》という表現があって、それはG・H・ウェルズの『タイム・マシン(時間探索機)』(一八九五年)への言及だろうと考えられている。それは宇宙船のような機械に乗って、短時間で紀元八十万年の未来世界を探検し、現在に戻って来るという話である。しかし、この機械は未来に向かって飛ぶのであって過去に向かって時間を遡行するわけではない。プルーストの想像力はもっぱら過去に向かって開かれ、過去の記憶を探索し、それを現在に回収する力としてはたらいた。彼の想像する「楽園」は来世に見いだすべきものではなく、かつて幸福であった時と場所の思い出のなかに探し求めるべきものであった。《本当の楽園とは失われた楽園にほかならない。》

冒頭部分では睡眠の始まりと終わりにおける時間と場所にかんする意識の混乱が問題になっている。夕食後に椅子に腰掛けたまま眠り込むと、もろもろの世界はすべて軌道を外れてしまい、眠る男は《魔法の椅子》に乗って全速力で時間と空間を飛び回り、《まぶたを開けたときは、数ヶ月以前に別の土地で寝ていると思うだろう》というのであって、未来の未知の土地に向かって飛ぶわけではない。そして、これは明らかに『千一夜物語』への言及である。そこでは人は絨毯や、ベッドや、鳥に乗って瞬時に空間を移動する。「魔法の椅子」は空飛ぶ乗り物としては登場しないが、「眠りから覚めた男」には、腰掛けたらすぐに崩れてしまう椅子に永久に座り直さなければならないという刑罰の話がある。枠組みが崩れるという意味素から、プルーストが故意に読み替えたのではないだろうか。

このように、広大な空間と時間を一瞬のうちに駆け抜け、あるいは時間と空間の秩序を撹乱して人を異世界に運ぶ乗り物が、想像力の活動ぶりを表す隠喩として、小説という想像世界の開幕を告げる。『千一夜物語』にはこのほかにも、どんなに遠く離れた場面も眼前に見ることのできる眼鏡とか、岩山の奥に秘められた財宝を透視させる目薬とか、想像を絶する異界や金殿玉楼を眼前に出現させる魔神（ジーン）とか、超自然の威力を示すものが登場する。これらはすべて想像力の無限の可能性を表す隠喩としてプルーストを魅了したに違いない。「見いだされた時」には、ついに魔神が登場する。しかし彼は、何よりもまず日常生活における睡眠と覚醒のあいだの意識の混乱状態に関心をもち、それを想像力の活動の一局面として把握した。そして、その局面と一般に無意志的記憶と呼ばれている記憶回復の現象との類似関係に注目した。つまり彼は、人が眠りから覚めるときの意識回復の過程と記憶回復の過程がよく似ていることに着目し、そういう精神現象をこれから書く小説の出発点に置こうと考えたわけである。

彼は『サント＝ブーヴに反して』への「序文草案」に、紅茶に浸したビスコットの味とか、不揃いな敷石というような、記憶蘇生の契機となった事例をすでに列挙しているのだが、その中に一つだけ『失われた時を求めて』で利用されなかった事例が含まれている。それは破れた窓ガラスを塞いでいる緑色の布であるが、それをどこで見たかを思い出そうとするときの精神状態が、眠りから覚めた人が現在の自分の居場所を確認しようとするときの意識の状態と同じものだとした。

《悲しいかな！　私たちはしばしばその物体に出会い、忘れかけていた感覚が私たちを身震いさせる。しかしそれはあまりにも遠い昔のことなので、その感覚を名指し、呼びかけることができず、それは生き返らない。先日、配膳室を通っているとき、破れたガラス窓の一部を塞いでいる緑色の布切れを見て私は急に立ち止まり、内心の声を聞こうとした。夏の輝きがやってきた。なぜだろうか？　私は思い出そうとした。一筋の光の中に数匹のスズメバチがいるのが見えた。テーブルの上にはサクランボの匂いがあったが、思い出せなかった。一瞬のあいだ私は、夜中に眠りから覚めて自分がどこにいるのか分からないので、今いる場所を突き止めるため体の位置を確かめようとしている男のようであった。地上のどの場所の、どの家の、どのベッドにいるのか、生涯のどの年にいるのかも分からないのだ。そんなふうに、私はしばらくの間ぼんやりと、やっと目を覚ましかけた私の記憶をどの場所、どの時代に置くべきかを緑色の四角な布切れのまわりに探した。私が生きてきた間に出会った、あるいは忘れてしまった漠然とした印象のあれかこれかと迷った。それはほんの一瞬のことだった。すぐに何も見えなくなり、記憶はふたたび永遠の眠りに落ちてしまった。》

この緑の布の例は、不揃いな敷石の例と同じではない。後者はつまずいたときのショックによって偶然に、一挙に記憶がよみがえる場合であり、そこに主体の努力は介在しない。緑の布は、後に小説の中で「ユディメニルの三本の木」として詳述される木立との出会いの場合と同じで、あれこれと記憶の中を探ってみても、既視感の源泉を突き止めることはできない。ついでにわれわれは、プルーストが「無意志的記憶」と呼んでいるものと「想起＝レミニサンス」と呼んでいるものとの違いに留意しなければならない。前者は字義どおり、望まずに、意図せずに、衝撃的に記憶がよみがえることであり、小説の中ではバルベックのホテルにおける祖母の記憶の蘇生だけに使われていて、それ以外はすべてレミニサンスと呼ばれている。後者の中にも、「見いだされた時」におけるヴェネツィアやバルベックの風景のように衝撃的に蘇生する記憶もあるから、両者の区別はつけにくい。この問題については第3章「記憶と身体」、第4章「レミニサンス」において事例に則して解明することにする。ここでは、「眠りから覚めた男」の混乱した意識の状態と、過去の記憶と現在の状況の間で茫然自失する意識の状態とが同一視されていることに注目しよう。その類似については、「見いだされた時」において、ゲルマント邸での衝撃的な記憶の蘇生を語った後で、簡単に指摘されている。次にあげる引用文では、眠りに落ちるときの意識の状態が問題になっているが、これまで検討してきた小説冒頭部分の記述からしても、目覚めるときの混乱の方が適切であろう。

《もし現在いる場所がすぐさま勝ちを占めなかったら、私は意識を失っただろう。なぜなら、これら過去の記憶の蘇生は、それが続いている瞬間は非常に全面的であって、〔…〕私たちの全心身が過去の場所に取り囲まれていると信じるか、少なくとも過去の場所と現在の場所にはさまれてつまずいてしまうのである。それは眠りに落ちる時にときどき味わう名状しがたい幻覚に似たような、不確定な状態から生まれるめまいに似ていた。》

プルーストはこのように、一般に夢と呼ばれている、眠りから覚めるときによみがえるイメージや感覚や感情などを意識の統御のもとに置く努力――それを彼は《掌握すること＝理解すること》と呼んだ

――と記憶回復の努力との類似に強い関心をもち、その理由を突き止めようとした。

《眠っているあいだ見る夢に、私がこれまで常に強い関心をもったのは、夢には持続はないが強い力があって、たとえば愛のなかに主観的な要素があることをよりよく理解させてくれるからではなかろうか［…］また「夢」は「時」に対して途方もない遊びを仕掛けて私を魅惑した。しばしば私は、一夜のうちに、ある夜の一分間に、私たちがそこで味わった感情がまったく見分けられないほどはるか彼方に追いやられていた遠い昔の時が、大変なスピードで襲いかかってくるのを見なかっただろうか。それらは青白い星ではなく、巨大な飛行機のように、目もくらむほどの光を発して迫り、時が私たちのために貯蔵していたものをすべてふたたび目に見えるようにし、まるでそのすぐ隣にいるような感動と、衝撃と、光輝をもたらすのであった。そして目が覚めると、時は飛び越えた距離を奇跡のように復元するので、ついには「夢」こそ「失われた時」を見いだす方法なのだ、と私たちは信じてしまうほどである。しかし、それは間違っている。》（「見いだされた時」）

同じような精神現象であるにもかかわらず、夢が失われた時を見いだす方法でありえないのはなぜか。プルーストは、小説全体がこの疑問に対する回答だと言いたいのではないだろうか。夢は言語によって再構成することができない。精神分析の「夢解釈」は夢を言語化する一つの試みであろうが、それは夢のごく小さな断片を対象とするに過ぎない。それに対して記憶の世界は、無意識と夢の部分を含めて徹底的な言語化が可能である。しかし、それは記憶の喪失＝忘却と蘇生という回路を通って初めて可能だというのがプルーストの創作原理である。

それならばなぜ、プルーストは夢と記憶蘇生との類似性を強調したのであろうか。それは同一の想像力が双方を支配していることによるのではないか、と私は考える。想像力は、容易に時間と空間と身体の秩序を超越し、現実と非現実の隔壁を突き破り、不在のものを眼前に出現させる力である。彼は小説の冒頭で、寝入りばなや目覚めのときの意識の混乱を描き、過去のさまざまな時期の出来事を無秩序に喚起することによってその原理を示唆した。彼は語り手の「私」を「眠りから覚めた男」に擬してそれを語らせている。語り手は小説の最後でようやく自己の創作原理を獲得して語り始める決意をし、そこに至るまでの暗中模索を回顧したのがこの小説の内容なのであるから、冒頭でその原理をもっているはずはない。語り手は、それと知らず作者の方法論を実演する操り人形の役割を演じているのであり、この場合の「私」には作者の作意が重なっているとみなされる。しかし語り手は最初から、小説全体がその回想記にほかならない人生を送った人物として登場するのであるから、語りの言葉が回想記全体の内容と矛盾してはならない。《長い間、私は早くから寝た》という一文に、プルーストが印刷の直前までこだわったのはそのためであろう。「長い間」は語り手の人生のいつからいつまでを指すのか、という問題は、作者によって故意に不問に付され、語り手は作者の背後に隠れてしまっている、と考えれば納得がいく。「私」は、たいていは語り手であるが、このように作者自身とみなしたほうがよい場合がある。また語り手が遠い過去の自分を客観視して、他人のことのように語ることがある。それを「主人公の私」として別立てする研究者もある。これら三つの「私」は、文脈の上で読み分けるしかないわけで、ほとんど見分けがつかない。そのあいまいさが小説に奥行きを与え、深い味わいを与えているのだから目くじらを立てるには及ばない。特にこれは語り手の自伝というフィクションであるから、「私」を語り手と主人公に腑分けするのは無意味であろう。強いて腑分けしている研究者にもなんらかの原則があるわけではない。そこで最近の研究論文からは「主人公」という呼び方はほとんど消え去った。語り手の「私」と作者のそれとの腑分けは容易である。それは動詞の時制を見ればよい。

「私」＋複合過去

フランス小説の叙述文や歴史記述は、二十世紀前半まで、固有および普通の名詞や三人称代名詞を主語とし、動詞は単純過去と半過去を基本として書かれた。ジッドとプルースト以来、主語に「私」を用いるようになったが、動詞はやはり単純過去と半過去が基本であった。単純過去は日常の話し言葉には絶対に使われることのない書き言葉＝文学言語であり、話し言葉には必ず複合過去を使った。したがって小説中でも、会話や手紙の部分には複合過去が使われた。アルベール・カミュの小説『異邦人』（一九四二年）が「私」＋複合過去で書かれたことは一種の文体革命であり、多くの議論を呼んだ。『失われた時を求めて』も、単純過去と半過去が基本時制である。ところが冒頭の一文は「私」＋複合過去である。なぜだろうか。古典的文法の規範を厳格に守っているプルーストがあえてそうしたのには相当の理由があるはずである。彼はフロベールの小説の時制に関心を示し、評論を書いたほどである。まして『失われた時を求めて』は、まさに「時」に関する小説なのだから、それにふさわしい時制上の工夫がなされているはずである。そこで私はこの小説全体に現れる「私」＋複合過去の用例をすべて検出し、プルースト自身の他の作品、および他の同時代作家の作品と読み比べてみた結果を分析してみた。登場人物たちの会話はもちろん対象外とした。用例は次の二種類に大別される。

（一）単純過去の代わりに用いられている場合。これは少数であるが、「私」の経験や認識や感情などを語る場合と、固定し永続した状況を語る場合に使われる。理解した、知った、見つけた、感じた、味わった、愛した、望んだ、生まれた、生きた、などなど。これはジッドやヴァレリーなど同時代作家に共通する文法であり、自伝的作品によく使われている。もっとも、故意に単純過去で《私は誕生した》と書いた例もある（ジッド）。それは記述に客観性をもたせるためである。

（二）小説は本質的に過去の物語であるのにかかわらず、現在形の動詞が使われることがある。それは過去に対する現在ではなく、超時間性を表し、作者の書きつつある現在にかかわっている。したがって「私」＋現在の場合、その「私」は通常作者である。プルーストもしばしばこの「私」＋現在を利用した。それは大体次の場合に分類されるが、そういう作者の発言の中に複合過去が使われることがあり、傍線で示した。それも超時間的なものである。

1　作者の物語への介入やコメント。スタンダールやジッドが愛用した方法で、小説世界と作者の関係を明らかにし、自作を解説したり、批判したり、弁解したり、示唆を与えたりする。

《ジュピアンの店に戻る前に、これほど奇怪な情景に対して読者がきっと憤慨なさるだろうと思って、作者がどんなにつらい気持ちでいるかということをぜひ申し上げておきたい。》

《この本の中では、フィクションでないような事柄は何一つ存在せず、モデルのあるような登場人物は一人もなく、すべては例証の必要に応じて私の手で作り出されているのだが、私はフランスを賞賛するために言わなければならない。フランソワーズは［…］

2　それとは別にプルーストは、自分の文学・芸術論や創作原理、人間観などを現在時称でふんだんに作中に持ち込んだ。理論編ともいうべき「見いだされた時」にそれが集中している。その具体例は大量であるから割愛したい。

3　プルーストが「隠喩」と呼んで愛用したレトリックがある。それはふつう「比喩」とか「換喩」とか呼ばれているものを含み、たとえ話や、よく似た別のもの、密接な関係のあるものによる言い換え、あるいは対比によって、間接的にものごとの特色や本質を言い表す修辞法である。その基本時制は現在であり、それは超時間性のしるしであるが、たとえ話には短い物語（レシ）に成長したものがあり、その場合は主動詞の現在を軸に、それ以前に完了した事態や行為は複合過去で表される。したがってそれは話し言葉の複合過去とは別の、先行や完了という局面を表す修辞的時制である。冒頭部分から実例を引いてみよう。傍線を引いた言葉が複合過去である。語り手は真夜中に目を覚まして、旅の宿で発作に襲われた病人のような不安を感じる。ただし、このレシの主語は「病人」である。

《やがて十二時だ。それは、どうしても旅行に出かける必要に迫られた病人が、見知らぬホテルに泊まることになり、発作を起こして目が覚めたときに、ドアの下から差し込む一条の光を見つけて喜ぶ瞬間である。助かった、もう朝になったのだ！　じきに従業員が起きてくる、ベルも押せるし、助けにもきてくれる。楽になれるという希望が苦しみに堪える気力を病人に与える。ちょうどそのとき、彼は足音を聞いたと思う。足音は近づき、そして遠ざかる。ドアの下からもれていた朝の光は消えてしまった。十二時だ。いまガス灯を消したところだ。最後の従業員も行ってしまい、こうしてひと晩じゅう、薬もなしに苦しみ続けなければならないのだ。》

4　物語的現在と呼ばれるレトリックがある。過去の記述のなかに突然現在形の動詞が現れ、その場面に直接立ち会っているような印象を読者に与える。状況の現実感を生み出すために、多くの作家によって使われた。次の文ではモレルに対して殺気立っているシャルリュスの姿が強調されている。

《しかし後戻りしなければならない。私はシュルリュス氏と並んで大通りを下って行くのだが、彼はつい先刻私を漠然とした仲介者に選んだのだ。》

(三)　もう一つ複合過去の使われる場合がある。一定の期間継続あるいは反復した事柄は、それが完了した場合は定過去と呼ばれる単純過去あるいは複合過去で表す。実際に継続・反復しているにかかわらず半過去にならないのは、その期間が一つのまとまりとして把握され、その間単一の行為がなされたとみなされるからである。その場合、「寝る」のように一回ごとに完了する動作を表す動詞の複合過去は、その期間中同じ動作が反復されたことを表す。冒頭文の《長い間、私は早くから寝た》は、まさにその場合に該当するわけである。しかし、複合過去のこのような用法を挙げているのは、数種類の大辞典のうちの一つにすぎない。またプルースト固有の文法はそれとは違っていた。彼は作品全体をつうじて、「長い間」の後では必ず単純過去を使っている。longtemps という漠然とした副詞だけではなく、pendant longtemps という明確な期間限定の前置詞を伴っている場合もそうである。したがって冒頭文の複合過去はきわめて意図的な例外なのであり、その理由は再検討に値する。彼が初校刷りに施そうとした修正は、《長い間、私は早くから寝た》を削除して、《長い歳月の間、毎晩、床に就くとすぐ、私はある本の数ページを読んでいた》という、以前に削除した文を復元することであった。その《読んでいた》は習慣を表す半過去形である。草稿では決定稿に至るまで終始この箇所には半過去を使うように文章をアレンジしていたのであって、複合過去を使うことは大英断だったに違いない。

なぜ最後まで躊躇しながら、みずからの文法に反するこのような大英断がなされたのか。それは、この一文が作者の立場から語り手を序論の担い手として導入するためではないだろうか。「寝る」という具体的な動作が問題ではなく、「寝ている人」の姿をいきなり出現させ、その人が眠りから覚めたときの想像力のはたらき具合を呈示するという仕掛けなのである。この「眠りから覚めた男」という仕掛けは、その男が暗闇の中で幻視する、時空を超越した万華鏡の世界が、これから展開する小説世界の内容であるという、作者プルーストの小説原理のたとえ話、つまり隠喩であって、冒頭文はその隠喩を起動させる役割を果たしているわけである。その事はこの文と小説の結末の文を突き合わせてみればよく理解できる。

さきに述べたように、「長い間」を語り手の人生に具体的に組み込むには小説全体の筋書きが決定されていなければならないが、「スワン家の方」が書き上げられたころ、小説の最後に置かれている「ゲルマント大公夫人の午後のパーティ」の部分もほぼ刊行本のような文章になっていた。それを「見いだされた時」として後半部に置き、「失われた時」を前半部とする二部構成の小説にするという構想があったらしい。実際は猛烈なスピードで中間部が書き進められて三部構成となり、さらに部立ては増えていったのだが、最後部は最前部と同時に、平行して書かれたことが知られている。そして、最終文は「時間 le Temps」という一語で閉じられていた。刊行本では次のような文章である。

《それゆえに、もし作品を十分に完成できるだけの間、その力が私に残されているとしたら、かならずや私はその作品のなかでまず、たとえそれが人間を怪物のような存在にすることになろうとも、途方もない一つの場所を占めるものとして人間たちを描くことになるだろう。空間の中で人間に割り当てられた場所はごく狭いものだけれども、それに反して人間は、歳月の中に身を沈めた巨人族のように、彼らの生きてきたはるかに遠く離れたさまざまな時期に同時に接触しており、その時期の間をこれほど多くの日々が満たしているのだから、際限なく引き延ばされた広がりを占めているのだ――「時間」の中で。》

「時間」という名詞を文末に置くために文脈が無理にねじ曲げられているので、読みにくい文章だが、端的に言えば「人間は時間の中で際限なく広い場所を占めている」ということである。それを言うためプルーストは、「時間」というキーワードを最後に置き、主語の「人間」との間に大きな間隔を空けてそれによって広大な広がりという観念を具象化し、それを「広大な時間の中の巨人」というイメージに仕立てた。この結末文の直前には、雲をつく竹馬に乗っていまにも崩れ落ちそうなゲルマント大公を見て、語り手がめまいを感じるというくだりがある。そのように時間の中でそそり立つ人間のイメージと、冒頭文の長い間ベッドに横たわっている人間のイメージが互いに呼応して「広大な時間の全幅を占めている人間」という観念が視覚化されているわけである。そこで、「長い時間」は、語り手の人生の一定の期間にかかわることをやめて、結末文の観念的・隠喩的な「時間」に直結することになる。それを明確にしているのがこの語の直後にあるカンマである。この副詞は通常主動詞の直後に置くことになっているから、文頭に置かれてカンマで主文から分離された場合は、主動詞との関係が希薄になる。つまり「寝た」は「長い間」から独立し、プルーストの統辞法が要請する単純過去ではなく、複合過去に置いてもかまわないことになる。

「寝る」は、さきほどの分類（一）の経験、認識、感情などを表す動詞ではなく、また（三）で指摘したように反復態として使われているわけでもない。最も納得のいく解釈は、この一文をその後に続く隠喩の多い文章を開始するための最初の隠喩とみなすことであろう。結末文のイメージとの関連からしてごく自然にそういうことになる。

しかし、複合過去だけで隠喩になりうるのか、という問題が残る。プルーストの隠喩はすべて現在形で書かれ、複合過去はそれに対する完了あるいは先行を示すものであることをすでに見た。そこで、この文では現在形の動詞が省略され、あるいは隠され、完了の意味だけが残っているとみればどうであろうか。「早くから寝た」を「長い間」から切り離し、反復態としてではなく、一回限りの行為を示すものとみれば、その結果「私」は現在も寝たままの状態である、という意味になる。英語の現在完了に相当する用法である。実はフランス語の複合過去にもその意味はあるのだが、なぜかほとんど注目されず、私の知る限りでは、ピエール・ギローだけが時制の研究の中でそれを指摘した。プルーストが意識的に冒頭文の複合過去を現在完了の意味に使ったと証明することはできない。しかし、他の文中でも彼が定過去として単純過去ではなく複合過去を使っているのは、ある行為や事態や認識が定着し、その後変化しなかった場合だけなのである。ここでは「寝たままの状態が続いている」わけである。彼は寝るという行為ではなく、寝ている状態を呈示しようとした。それも、一日の早い時刻から寝ているだけでなく、人生の早い時期から死の床に横たわっているという意味が込められている、と私は読む。ここでは、語り手は天蓋つきの大きなベッドを想像しているが、先の方では、コンブレーとバルベックの寝室の天井はピラミッドにたとえられている。そんな形の天井はありえないのだから、それはエジプト王の墳墓を連想させるためのイメージではないだろうか。しかし、行為ではなく状態を印象づけるには、最初から語り手を寝ている人として呈示すればよかったのであり、実際に《私は一時間前から寝ていた（半過去）》という草稿文もある。またごく最初のころの草稿では、寝ている人は戸棚の中の「リンゴ」とか「ジャムのびん」にたとえられている。次に挙げる刊行本の文章と草稿の文章とを読み比べればそれがよく分かる。

《(刊行本) 私はふたたび眠ってしまう。そしてたいていは、もはやときどきほんの一瞬、わずかに羽目板のはじける音を聞いたり、目を開けて闇の万華鏡をじっと見つめたり、あるいは意識にちらりと射し込む薄明かりのおかげで、家具や寝室などすべてのものが浸っているこの眠りを味わったりするあいだ、目を覚ますだけで、すぐさま私がその一部にすぎない全体の無感覚に合体する。》

《「カイエ65」私は目を開けて闇の万華鏡をじっと見つめたり、羽目板のはじける音を聞いたりすると、すぐさま眠り込み、寝室の無感覚に合体した。まるでリンゴとかジャムのびんとかが、ほんの一瞬、ぼんやりと意識を取り戻し、戸棚の中は真っ暗で、木材がはじけているのだと分かって、大急ぎで他のジャムのびんと同じような甘美な無感覚に合体しに戻っていくように。》

プルーストが、寝ている状態を表す半過去や、習慣を表す半過去を冒頭に置かなかったのは、ジェラール・ジュネットが言うように、半過去には物語を起動させる力がないからであろう。またあまり深読みせずに、長い間反復された行為を表す複合過去と説明することもできよう。しかし、そうすれば、小説の冒頭を結末にぴったりと結びつけ、「時間」を小説の主人公として冒頭に寝かせた隠喩が見えなくなってしまうのである。

レオニおばさんの寝室

プルーストはこのように、真っ暗な寝室の中で眠る人の姿を客体として描くことも試みたのだが、結局、眠りから覚めた人の想像力のありようを描くことに主力を置いた。それは夢の中でのように容易に時空と個体を超越して活動する想像力こそがこの小説の構成原理であることを明らかにするためであったと考えられる。しかし他方では、戸棚の闇の中で眠るジャムのびんという隠喩はレオニおばさんにおいて十分な展開をみせた。それは人生から完全に引退し、自分の寝室のベッドの中だけで生きている人の姿である。《レオニおばさんは、その夫、つまり私の叔父にあたるオクターヴの死後、はじめはコンブレーを、ついでコンブレーの自分の家を、次に自分の部屋を、次に自分のベッドをもう離れようとせず、いつも心痛と肉体的衰弱と病気と固定観念と信心とどっちつかずの状態で床についたまま、二度と降りてこようとしなかった》というような状態が、自家製のジャムの匂いにたとえられている。

《それはたしかにまだ自然の匂いであり、近くの田園の匂いのように時節の色香なのだが、しかしもうすっかり家に引きこもった人間特有の、封じ込められた匂いになっている。果樹園を離れて戸棚にしまわれるその年のすべての果物のゼリー、上手に作られた、とてもおいしく透明なゼリーと化した匂いである。》

つまり、びん詰めのジャムは、自然環境のエッセンスという観念を介して、人間存在の純粋化された極限状態のイメージに転じた。このような女性がプルーストの身辺に存在したわけではない。現実の家族関係ではプルーストの父の妹にあたる人がイリエに住んでいたが、そのエリザベート・アミヨは晩年まで夫を助けて家業の雑貨店を切り盛りしたそうである。小説ではレオニおばさんは語り手の母方の大叔母の娘であり、コンブレーにあるその大叔母の家で語り手は休暇を過ごした。そのときレオニおばさんが《紅茶または菩提樹の煎じ茶に浸したマドレーヌ》を語り手に与えるわけだが、『サント＝ブーヴに反して』の「序文草案」では、祖父が朝の挨拶に来たジャンに《紅茶に浸したビスコット》を与えたとされている。それは「就寝のドラマ」と同じくオートゥイユにあった母方の大叔父の別荘で起こったことのようである。母の実家ヴェイユ家の人たちは、その家によく集まり、プルースト一家もしばしば週末や春夏の休暇を過ごしたので、記憶の層はイリエよりはるかに厚かったはずである。「序文草案」では、ずっと後に《紅茶に浸したパン・グリエ》が喚起したのは、円形花壇と小道のある庭であったとされ、コンブレーの風景ではない。庭はこの別荘の方が大規模であり、そこにはオレンジ用の温室もあった。祖父は最晩年をそこに寝たきりで過ごしたようである。一七歳のときオートゥイユから母にあてた手紙に、プルーストは《おじいさんはすっかり紅茶をあきらめました》と書いている。健康の衰えが原因ではないかと思われる。レオニおばさんのように特異な人物のヒントとなった人があるとすればこの祖父であろうが、男女の違いばかりでなく、生粋の都会人であり、実業家であった人の生活習慣や人柄とレオニおばさんを無理に関連させる必要はなかろう。記憶の中に喚起される情景がこのように違うということは、それが実際の出来事とは無関係に、全面的に想像力から生まれた幻想にほかならないことを示している。レオニおばさんはやはり、「横たわる人」のイメージが、果物のような生命を獲得し、人物像に成長し、固有の生存圏を身辺に形成して、隠喩から物語へと発展したものとみるべきではないだろうか。

ジャック・ボレルは『プルーストとバルザック』で、バルザックの『アルシの代議士』に登場するモロおばさんをレオニおばさんの祖母だとしている。彼女もいろいろな病気にかかっていると空想してそれを吹聴し、自宅のサロンに引きこもって窓のそばを離れず、訪問客を相手に《アルシじゅうの出来事、人々、ものごと、世帯のことに審判を下しながら人生を過ごした。》ロジェ・デュシェーヌは『手に負えないマルセル・プルースト』で、この話はかなり後になって書かれたものだから、プルーストが自分自身のことを描いているのだろうと結論し、「レオニおばさんの神話」という見出し語を使っている。この神話にはどんな意味があるだろうか。

レオニおばさんは、寝たきりの衰弱した病人の姿で登場するが、実は旺盛な好奇心と批判精神の持ち主で、寝室の窓の下で起こることを何一つ見逃さず、女中のフランソワーズや、定期的に来訪する近在の女性や、村の司祭を相手に辛口の談論を楽しむ、したたかな存在である。そして、不眠や健康の不調に関する嘘が見破られたり、不定愁訴が無視されたり、逆に真に受けて同情されても不機嫌になる。彼女は《ペルシャ王のように》わがままで、自分の権力の維持に細心である。そういう「手に負えない」老女のご機嫌を取り結ぼうと懸命な取り巻きたちとの駆け引きの情景は、サン＝シモンの『回想録』に描かれた宮廷絵巻のパロディとして読むことができるのではないかと思われてくる。それを示唆する文章がある。

《［…］どうしようもない自分の偏執や、無為の生活から生まれる意地の悪さにただ誠実に従っているばかりの、年老いた田舎住まいの女性である叔母は、ただの一度もルイ十四世のことなど考えたことはなかったのに、起床、昼食、休息といった自分の日常茶飯事が、有無を言わせぬ特異性によって、サン＝シモンがヴェルサイユ宮殿の「からくり」と名づけたものと似たような関心事となったことが分かった。また叔母は、自分の沈黙や、自分の顔にかすかに表れる上機嫌や尊大さが、フランソワーズにとっては、ルイ十四世の沈黙や上機嫌や尊大さが廷臣にとってそうであったのと同じほどに熱心かつ小心な解釈の対象であると分かった。廷臣が、いや最も権勢のある諸侯たちさえもが、ヴェルサイユの小道の曲がり角で王に請願書を手渡すときにそうであったように。》（「スワン家の方」）

プルーストは一九一〇年前後にサン＝シモンの『回想録』を熟読し、それが『失われた時を求めて』の構想を練るうえで決定的な役割を果たしたと考えられている。彼は、一九〇四年一月八日付け『フィガロ』紙に「ヌイイのモンテスキュウ邸での祝宴――サン＝シモン公爵『回想録』の抜粋」と題する模作を発表した。その後一九〇八年始めごろ「ルモワーヌ事件」を題材にして書いた多くの模作のなかに「サン＝シモンの『回想録』より」という一編も含まれていたが、それは新聞や雑誌に発表されなかった。他にも草稿断片が四種類残っているらしい。彼は、バルザック、フロベール、ゴンクール兄弟など重要な作家たちが「ルモワーヌ事件」を題材にして記事を書いたという設定で、それらの作家たちの書き癖をちりばめた文章を書いて見せたわけで、そこには彼の非凡な文才が存分に発揮されていて好評を博した。サン＝シモンの模作もその一つであるのに発表されなかったのは、仕事の仕上がりに満足できなかったせいかも知れないが、それを単なる模作の段階にとどめず、『失われた時を求めて』に吸収合体させたからではないだろうか。作中二九回にわたってサン＝シモンへの言及がなされ、それもさきほどの引用のように、人間関係の機微や人物像を描くときの模範として利用しているのである。ゲルマント家を中心とする大貴族たち、そこに出入りする中小の貴族や高級官僚、大富豪とそれを取り巻く学者や芸術家、戦争と外交というような社会絵巻の模範として『回想録』の果たした役割はきわめて大きい。

なるほどレオニおばさんの君臨するコンブレーの寝室は、ヴェルサイユにおける国王の寝室とは似ても似つかぬものである。しかし、ある人物の恣意や願望や気まぐれに支配される内輪の人間関係があり、そこに外部社会の姿が集約して反映されているという構図は同じである。レオニおばさんのベッドのまわりにかしずくフランソワーズや語り手の家族と、それを取り巻く村人たちは、フランス全土から参上して国王の起床と就寝にうやうやしく伺候した貴族たちの戯画ではないだろうか。

　このように、小説の冒頭にいきなり現れる「寝ている人」と、次ぎに現れる「寝たきりの人」を隠喩として対比してみれば、作家プルーストの寝室が、時間と空間を超越して展開する想像力の世界の中核にある語り手の寝室と、語り手が観察する社会絵巻の極小の縮図であるレオニおばさんの寝室に分離し、それぞれに『千一夜物語』とサン＝シモンの『回想録』が模範として対応していることが分かる。作者は小説の結末で、これらの二大傑作がいずれも徹夜の仕事の成果であることに注目した。

　『失われた時を求めて』のこのような読み方は図式的すぎるかも知れない。しかし、プルーストは書くにあたってまず世界を二分化することから始めた。寝室の次には全コンブレーが「スワン家の方」と「ゲルマントの方」に二分化される。ソドムとゴモラ、大貴族のサロンと大富豪のサロン、公爵家と大公家、ジルベルトとアルベルチーヌ、祖母と母、スワンとシャルリュス、スワンと語り手、というように、この小説はある共通軸をもつ二項の対立または並立に満ちている。その対立や並立によって両項は互いに相手の特性を照らし出しながら自己の本性を明確にするのである。二分割は一般に認識と表現の基本原理であり、他の作家、たとえばジッドなども愛用しているが、プルーストはその原理を徹底的に普遍化して、「失われた時」と「見いだされた時」が表裏一体となる小説世界を構成したのである。

　しかし、プルーストが最初に描いた自分自身の寝室は、二分化とは無縁の、自我と外界、主観と客観、内向きの想像力と外向きの想像力の対立を知らない、健康な幸福感に満ち、円満具足した世界であった。

次の文章は、彼が一七歳のとき、リセ・コンドルセの学友たちと一緒に刊行した文芸雑誌『リラ』に発表されたものである。

《ランプが弱々しくぼくの寝室の暗いすみずみを照らし、大きな強い光の円形を描き、そこに突然琥珀色に染まったぼくの手と、ぼくの本と、ぼくの机が見えてくる。壁には、赤いカーテンの目に見えない隙間から入ってきた月光の細い流れが青白く光っている。

沈黙した大きなアパルトマンの中で、みんなが寝静まっている……ぼくは、仲良しの月のやさしい黄褐色の顔を見おさめるため窓を開ける。眠っているものすべてのさわやかで冷たい息づかいのようなものが聞こえる。青い光がこぼれ落ちる樹木——その美しく青い光は、電灯に照らされた極地の風景のように、路地の奥に見通せる彼方で、敷石を青白く変色させているのだ。その上には、無限の青い野原が広がり、そこにはか弱い星の花が咲いている……ぼくは窓を閉めて、寝た。ぼくのベッドの脇の小テーブルに置かれたランプが、コップや、冷たい飲み物のびんや、ていねいに装丁された小さな本や、友情や愛の手紙に取り囲まれて、奥にある本棚をぼんやりと照らしている。神々しい時刻。ぼくは、自然のように手慣れた事物を征服することができないので、祭り上げた。それらをぼくの魂と親密な、あるいは豪華なイメージで包んだ。ぼくは聖域の中で、イメージの饗宴に取り囲まれている。ぼくは事物の中心であり、それぞれのものがぼくに華麗な、もしくは憂鬱な感覚と感情を抱かせ、ぼくはそれを享受する……

ぼくは華麗な幻覚を眼前に見る。このベッドの中は暖かい——ぼくは眠りに落ちる。》

第3章

記憶と身体

プルーストの創作原理を究明する上で最も重要なキーワードは「無意志的記憶」であって、この語は研究者にとっても、読者にとっても、「開けゴマ」の役割を果たしている。人はこの呪文を唱えるだけでプルーストの小説という宝庫に分け入り、その創作の秘密をつかんだと思う。しかしなぜそうなのか。自明の理のように通用しているこの概念は、精神活動のどのようなメカニズムを言い表し、またなぜ創作原理でありえたのか。プルースト自身がそれを説明し、例示しているが、われわれは果たしてそれを正しく理解しているのだろうか。彼の説明の言葉には少しずつ食い違いがあり、事例も一貫性を欠き、多くの研究書をめくればめくるほど、そして『失われた時を求めて』を読めば読むほど、その疑問は深まる。そこでひとつ、虚心に原作を読み、手紙や評論などに書かれた彼自身の言葉だけに依拠し、それらすべてを忠実に理解し、考慮に入れてこの語の素性と小説との関係を明らかにしてみよう。

無意志的記憶とは、忘れていた過去の出来事や情景や面影が偶然に、ある感覚や印象の類似によって眼前に再現するという現象に対して、プルースト研究の関係者が一般に、自明の理としてつかっている文学言語である。それはプルースト自身が自作を語るにあたって使い始めた言葉であり、彼以前には、文学言語として「無意志的」と「記憶」が結びつけられることはなかった。辞書には「無意志的 involontaire」という見出し語はあるが、それは本人の意思にかかわらず現れる無意識的、身体的反応というような意味であって、用例にはまさにプルーストの「そのつもりはなく仲違いを引き起こした人」という意味の語句が添えられている。「記憶 mémoire, souvenir」(一般に前者は単数で使われて「記憶力」を、後者は複数で使われ「思い出されることがら」を指すことが多いが、プルーストはあまり厳密に区別していない）の項目には一つだけ、アンドレ・モーロワがプルースト研究の中で使っている「無意志的記憶による喚起」という言葉が用例として出ている。小説の中では、全体のちょうど中心部にはめ込まれている衝撃的な祖母の面影の蘇生のエピソードにだけこの用語が使われていて、それ以外の記憶の蘇生や喚起はすべてレミニサンス réminiscence」とされている。またそのどちらにも属さない、プルースト自身があえて分類していない事例もある。しかし、第一巻「スワン家の方」刊行当時、プルースト自身が自作の解説や書簡で、それは無意志的記憶の物語だと書き、それ以後今日に至るまで、批評・研究はすべてこの語で統一されている。ただし、最近出た『マルセル・プルースト辞典』（二〇〇四年）では、見出し語は「レミニサンス」だけであり、それは無意志的記憶の同義語とされている。ということは、後者は解説に及ばないほど一般的、日常的な概念なのだろうか。しかし小説の中では、かずかずの記憶再生のうち、祖母の記憶の蘇生だけにこの語が使われているのであるから、それは格別の意味を担っているに違いない。小説の中での両者の使われ方を総覧してみると、それは同義語の場当たり的な使い分けではなく、記憶再生のプロセスの本質的な相違に対応しているようである。『失われた時を求めて』の刊行本とその草稿類、『ジャン・サントゥイユ』『サント＝ブーヴに反して』『プルースト書簡集』などを精査することで両者の関係を明らかにしてみよう。

無意志的記憶

この語がプルーストの作品の中に初めて現れるのは、『失われた時を求めて』における祖母の記憶の蘇生の場面である。しかしこの概念そのものはすでに『ジャン・サントゥイユ』にその萌芽が見られる。「ジュネーヴの湖の前における海の思い出」という断片で、ちらりと見えた湖水が一年前に見たブルターニュの海を想起させた、という経験が語られ、「芸術と人生」という断片では、幸福や快楽はその現場ではなく、ずっと後になって、ある偶然の機縁でそれを思い出した時に初めて認知される、という考えが述べられている。そしてその文章は、無意志的記憶の特質のうち最も重要な「偶然」という語で中断されている。また、調子はずれのピアノの音色から同じ音色を聞いた昔の団らんの情景を思い出す、という書きかけの断片には「無意志的記憶」という見出しが付けられているが、これらの見出しはすべて編集者の手になるものである。つまり、この言葉がプルースト文学のキーワードとして定着した後からさかのぼって編集者によって利用されているわけである。そしてそこに書かれている事例はすべて後にレミニサンスに分類される性質のものである。

『サント＝ブーヴに反して』の「序文草案」には、「見いだされた時」で列挙されている事例の大半が登場する。それは、紅茶に浸したビスコットの味、不揃いな敷石、スプーンの受け皿に触れる音で喚起される車窓から見た風景、既視感の源泉を突き止められなかった木立、破れた窓ガラスを塞いでいる緑の布である。この最後の事例は小説では利用されなかった。これらはすべて小説においてレミニサンスと総称されているのだが、「序文草案」ではなんの呼称もない。また「序文草案」と小説の決定稿の間には大量の草稿類が介在しているわけだが、その中でこれらの事例は何度も書き換えられ、説明文も修正されている。その全過程を知ることによってわれわれは、作家がそこに付託した理念と意図をより厳密に把握することができるのだが、それらはすべて最終的にレミニサンスと総称されている。

小説の中で無意志的記憶のエピソードが登場する章には「心の間歇」という見出しが付けられている。これはプルーストが最初は小説全体の、次いで第一巻の書名にするつもりであった用語であり、第一巻が「スワン家の方」に変わるのは、刊行の直前、一九一三年五月に過ぎない。「間歇」とはときどき高熱がぶり返したり、脈拍が止まったり、というような医学的症状や、降雨や地下水・火山のマグマの噴出などの自然現象が断続的、あるいは突発的であることを言い表し、精神現象にはあまり用いられない。辞書にはプルーストの「心の間歇」が比喩的用例として記載され、モーロワの説明が引用されている。《プルーストは、絶望か忘却かの二者択一、小康状態と再発、心の間歇を描いた》（『マルセル・プルーストを求めて』）。実はプルーストにとって、これらすべてが間歇性のものであり、絶望と忘却も単に精神的・心理的な次元ばかりではなく、身体的・生理的な現象として認識されていたようである。だからこそ彼はこの言葉を小説全体の表題にしようと考えたのではないだろうか。

「心の間歇の「心」は、したがって、心情や心理ばかりではなく、心臓を主とする臓器を含み、後者に重点が置かれている。そして、祖母の記憶の蘇生は何よりも身体的現象として記述されている。ホテルに到着したとき、語り手は《心臓疲労の発作を起こしそうだったので、その胸苦しさを懸命に押さえながら、靴を脱ぐためにゆっくりと用心深く身を屈めた。けれども深靴の最初のボタンにふれたとたん、(彼の)胸はある未知の神々しい存在に満たされてふくれあがり、嗚咽が身体を揺り動かし、涙がはらはらと目からあふれ出た》とされている。そしてこの出来事は《私の全心身の動転》という、きわめて簡潔な語句で総括されている。そこに初めて祖母の生きた姿がよみがえるのである。

《たったいま私は、記憶のなかで認めたのだった。愛情のこもった、心配そうな、またがっかりした祖母の顔、初めてここに着いた晩とそっくり同じような祖母の顔が私の疲労の上に屈みこんでいるのを。[…]シャンゼリゼで彼女が発作を起こして以来、はじめて私は無意志的で完全な記憶のなかに、彼女の生きた現実を見いだしたのだ。》

つまり無意志的記憶は「全心身の動転」から生まれたものであり、そこに初めて完全で生きたままの昔の姿が現れたというわけである。このブロックからずっと先の方で、もう一度、《無意志的記憶によってもたらされた》悲しみという言葉で祖母を失った悲しみが語られる。私が「心身」と訳した personne という語は、「人格」というような観念的な意味ではなく、具体的な「身体」そのものを指している。

からだ全体が衝撃を受け、そのため心が動転したのである。
記憶や悲嘆の身体性というテーマは、祖母の記憶が蘇生する場面のすぐ後で、語り手が祖母の姿を求めて冥府に下る夢を見る場面に、『オデュセイア』と『アエネーイス』をモデルにして叙事詩的に展開する。そこでは冥府が内臓のイメージを借りて描かれている。

《[…] たちまち眠りの世界が（知性も意志も、その世界の入り口で一時的に麻痺してしまい、仮借のない真の印象から私を奪い返すことができなくなってしまうのだが）、からだの奥深くで、神秘的な光に照らされて半透明になった臓器の中に、祖母の生存と無という二つのものの苦痛に満ちた総合を反映し、屈折させるのだった。眠りの世界、そこでは内的な認識が器官の混乱に依存しており、心臓や呼吸のリズムを早めている。なぜなら、同じ量の恐怖、悲嘆、後悔も、こんなふうに血管に注射されると、百倍の力で作用するからだ。私たちが地下都市の動脈を踏破すべく、六つに折れ曲がって流れる「忘却の河（レテ）」のような、自分自身の血液の黒い流れに乗って船出するやいなや、名だたる人物たちのおごそかな姿が現れ、私たちに近づき、涙にくれる私たちを残して去っていく。》（「ソドムとゴモラ」）

実は、「見いだされた時」の冒頭近くにもこの語が現れる。それは最終稿に添付されていた、アルベルチーヌの忘却に関する注記的な文章で、新しい事例ではない。しかし、プルーストがいかに無意志的記憶を身体的な現象とみなしていたかがよく分かる箇所である。

《私の記憶は、無意志的な記憶でさえ、もうアルベルチーヌへの関心を失っていた。けれども手足の記憶というものがあって、それは心の記憶の色あせて不毛な模倣にすぎないのだが、こちらの方が長生きするように思われる。あたかも知性のない動物や植物が、人間より長生きするように。足や腕には、麻痺したままの追憶がいっぱいにつまっているのだ。一度私は、早めにジルベルトのそばを離れたときに、タンソンヴィルの部屋で真夜中に目を覚まし、うとうととしながら、「アルベルチーヌ」と呼んだことがある。彼女のことを考えたわけではないし、彼女の夢を見たのでもなく、ジルベルトと混同したのでもない。レミニサンスが腕の中で孵化し、パリの私の部屋でそうしたように、私の背中のうしろにある呼び鈴を探させたのだ。そのとき呼び鈴が見つからなかったので、「アルベルチーヌ」と呼んだのである。》

無意志的記憶は頭脳や精神からは消え失せたようでも、また五臓六腑にさえその痕跡が残らなくなっても、人体のさらに下等な部位にしびれたままの状態で生き残っている、とプルーストは考えた。それは衝撃的に出現する無意志的記憶ではなく、静かで微弱なレミニサンスである。そして睡眠中の姿勢や手足の動きなどによって突然めざめることがある、と彼は言う。たしかにそうかもしれないが、この場合も祖母の記憶の蘇生の場合とどれほどの違いがあるのだろうか。祖母の姿も、ほとんど意識から消え去っていたのに、前屈みの姿勢から思いがけず立ち現れたというのではないか。やさしく靴を脱がせてくれた祖母の思い出に満ちた同じホテルの同じ部屋に投宿したのであるから、そのような現象が起こるのは自然の成り行きであろうが、プルーストは語り手が身を屈めたときの全身的衝撃をことさらに強調している。それまではあらゆる状況が、同じ深靴をはいていたらしいことを含めて、祖母の記憶を喚起するには至らない。そこには、無意志的記憶の出現を、突然の啓示のように非日常的で超自然的な事件としてドラマチックに演出しようとする作者の作意が表れている。そしてこの場面は、一碗の紅茶から全コンブレーの情景が立ち現れるという劇的場面と双幅をなしているのである。それに比べると睡眠中に腕の中で生まれるレミニサンスは微弱なものにすぎないことをプルーストは用語の使い分けによって示しているのであろう。

それに関して吉田城の草稿研究はきわめて重要な資料を提供している。「カイエ65」には、夢の場面をはじめとして祖母の姿の現れる断章がいくつかあるが、それに加えて、旅先の疲労と雑音と不眠のなかで突然祖母を思い出す場面がある。

《そしてこのとき、あの感情――最初にケルクヴィル［＝バルベック］に着いたときに覚えた感情であるとすぐに分かったのだが――が半ば開き、あの晩のように私の祖母を垣間見させ、私にくれたのだった。あのとき祖母が入ってきて、私の服を着替えさせ、慰め、熱い湯たんぽをもってきてくれた。だが祖母は今晩来ないだろうし、もうけっして来てくれないのだ。》

このように、もともとは状況の一致によって記憶がよみがえるはずであったのが、決定稿では身を屈める動作に書き換えられたのである。そこでは、駅に到着してから以前と同じ部屋に入るまでのあらゆる細部で、状況の不一致が強調され、語り手は祖母の面影が蘇生した後はじめて、かつてノックによって祖母と心を通わせ合った壁の存在に気がつくことになる。

もう一つそれに似た記憶再生現象がある。無水状態で枯死しかけていた下等動物や植物が、水分を補給されて生き返る、あるいは凍結していたものが加熱によって蘇生するという現象は「再生 reviviscence」と呼ばれるが、この語は記憶の再生にも応用され、プルーストもそれを一度だけ使った。アルベルチーヌがある朝突然語り手のアパルトマンから失踪したときのことである。《アルベルチーヌさまは、ご自分のトランクを降ろさせて出て行かれました》というフランソワーズの言葉を反芻しながら、家の中にある彼女の痕跡を探し回っていた語り手は、バルベックで母のトランクの横に積み込まれた、黒く細長い棺桶のような彼女のトランクを思い出す。トランクという言葉が葬送のイメージを触発し、彼女の消失を実感させたわけである。そして言外に、プルーストが母の死去にさいして味わった苦痛が表現されている。これは正確には記憶の再生というより、一般に「連想」と呼ばれている現象であろう。

もっともプルーストにとって、すべてのイメージは記憶として身体のどこかに保存されていて、それがある契機によって再生するのであろう。彼は言う。われわれの認識は、部分的、漸進的に、時間をかけて完了する。それはわれわれの身体が有機的な統一体ではなく、いくつもの孤立した壺の集合体のようなものだからだ。祖母の記憶が一気に、衝撃的に蘇生したのと、アルベルチーヌの記憶が「植物的再生＝ルヴィヴィサンス」であることとの違いに注目しよう。後者は一瞬の衝撃的な出来事ではなく、徐々に、波及的に、しかし無意志的に実現する。

《「われわれの自我は不可分な統一体ではなく、いくつもの自我に分断されている」　その一つ一つに私の「アルベルチーヌを失った」悲しみを教えてやる必要があった。それは不吉な状況全体から自由に引き出した抽象的な結論ではなかった。われわれが選んだわけではなく、外部からやってきた、ある特定の印象の、間歇的で無意志的な再生であった。》（「逃げ去る女」）

祖母の死とアルベルチーヌの死は、ともにプルーストにとって母の死の換喩（言い換え）にほかならなかった。それについては、小説全体における三者の関係を明確にする必要があるが、それは稿を改めて検討することにして、当面の問題に限れば、「逃げ去る女」の終わり近くでもう一度無意志的記憶という言葉が現れる。母とともにヴェネツィアに滞在している語り手に、死んだアルベルチーヌから結婚しますという電報が届く。それは電報局員がジルベルトの綴りを間違って判読したせいであったが、アルベルチーヌの死に立ち会っていない語り手には、彼女の生存を疑う余地はない。しかし、彼はちっとも喜びを感じない。《祖母が死んだことを事実として知ったとき、私は最初まったく悲しいと思わなかった。そして、本当に祖母の死がつらくなったのは、無意志的記憶のおかげで彼女が私にとって生きた人になったときにすぎなかった。一方、アルベルチーヌが私の心の中でもう生きていない今、彼女が生きているという報せは、意外にも喜びをもたらさなかった》と語り手は説明する。このエピソードによっても、無意志的記憶が祖母＝母のイメージの蘇生にだけに保留されていたことが明らかである。吉田城は、悔恨と悲嘆に満ちた不幸な記憶と、芸術創造に導く幸福な記憶の区別だろうと見ている。たしかに、レミニサンスだけが「見いだされた時」における創作開始に結び付いているのである。

このように、小説全体における無意志的記憶という言葉の現れ方を総覧してみると、二つの特徴が明らかになる。一つは、それは身体の内部に閉じ込められて仮死状態にある記憶が、ある条件のもとで一挙にかつ全面的に蘇生するか、あるいは波及的に蘇生するものであること。そして、一挙に、ドラマチックに蘇るのは死せる祖母＝母の記憶に限られている、ということである。

もっとも、プルーストは最初からこれほど明確な区別をしていたわけではない。「カイエ57」は一九一一年に書かれ、その直前に書かれた「カイエ58」とともに、「見いだされた時」の初稿とみられているが、それに加筆された多くの断章も「見いだされた時のためのノート（一九一三―一九一六）」として同じ本にまとめられている。その断章には、《ヴェネツィアの記憶のルヴィヴィサンス》という表現が見られ、それは無意志的記憶の同義語のようなものとして書かれている。そこにはまた、無意志的記憶という語が数回現れるが、それは厳密に他と区別してつかわれているのではなく、単に意志的・意識的ではないというにすぎない。現在もプルースト論の世界では一般的にそういう意味で大まかに使われているわけである。さきほど刊行本でルヴィヴィサンスが《無意志的で間歇的な想起》と説明されているのを見たわけだが、それはこのノートの名残であろう。そうするとプルーストは、この語を一九一三年以後に使い始めたことになる。

祖母の記憶の蘇生の場合、自我は記憶の総量を閉じ込めている一個の壺とみなされていた。《おそらく、われわれの精神性が閉じ込められている壺のような肉体の存在が、われわれに、自分の内部のすべての財産、自分の過去の喜び、自分の一切の苦悩をつねに所有しているかのように想像させるのであろう。》実はそうではないから、全心身が一個の壺ではなく、無数の壺の集合体のようなものであるから、われわれは「心の間歇」をもつのであり、「無意志的記憶」が発現するのはごくまれな偶発事、奇跡的な出来事にすぎない。それは全身の壺が一挙に揺さぶられる雷電の一撃のようなものであり、最愛の人の記憶についてしか起こりえない、とプルーストは言っているのではないだろうか。それ以外の場合は、記憶はたくさんの壺に閉じ込められて出番を待っている、というふうに想像していたようである。

《身振りや、最も単純な行為は、口を塞いだ千個の壺のようなものの中に閉じ込められた状態にとどまり、壺の一つ一つには、色彩、匂い、温度のまったく異なるものが詰め込まれている。しかもそれらの壺は、われわれが単に夢や思考のなかだけにせよ変化してやまない歳月の、ありとあらゆる時点に配置されているので、さまざまな高度に位置し、きわめて多種多様な雰囲気を感受させている。その変化は、われわれが気づかないうちに実現しているのだが、にわかによみがえってくる記憶とわれわれの現状との距離は、異なった二つの年月、場所、時刻の記憶の間にある距離と同様にあまりにも巨大であり、それぞれの特殊性を度外視しても比較対照することなどとうてい不可能と思えるほどである。たしかに、忘却のおかげで、記憶と現在の瞬間のあいだに何の係累も結ばれず、どんなつなぎ目も投じられなかったにせよ、記憶がもとの場所、もとの日付から動かず、谷底や山頂にあってその距離と孤立性を保っているにせよ、記憶は突然われわれに新しい空気を呼吸させる。なぜなら、それはまさしく人がかつて呼吸した空気だからである。それは詩人たちが楽園に君臨させようとして果たさなかった、あのひときわ純粋な空気であり、それがかつて呼吸された空気であるからこそ、この深い更新の感覚を与えることができるのである。なぜなら、真の楽園は失われた楽園にほかならないのだから。》(「見いだされた時」)

プルーストは、このように壺による比喩で、記憶が身体の内部にどのような状態で蓄積保存されているかを想像してみせた。人々がひとたび呼吸した空気は、千個の壺の中に密閉して保存され、ある契機でそれが噴出すると、人々は清新な楽園の空気を吸い込むような思いがする。その楽園とは、プラトン主義のいうイデアのようなものであり、プルーストはそれを「本質」あるいは「内心の祖国」と呼んだ。

サント＝ブーヴとベルクソン

プルーストは、サント＝ブーヴの文学評論や作家論をよく読んで、「サント＝ブーヴの方法」という小論を書き、そこにサント＝ブーヴと正反対の立場に立つ彼自身の所信を表明した。詩人や作家は自分だけの言葉で自分だけの内面の声を響かせることに徹すべきで、その仕事は、彼の社会的な在り方とはなんの関係もない。サント＝ブーヴは、作家や詩人の社交生活だけを見てその作品を評価するという誤りを犯した。しかも時流に投じて、実証主義に徹しようとしてますます真の文学から遠ざかった。

《どんなときも、サント＝ブーヴは、詩的霊感や文学上の仕事は独特なものであり、文学の仕事は、他の人たちの活動とも、作家自身の他の活動とも、まるで違うものだということが分からなかったようである。文学の仕事とは、自分に向かっても他人に向かっても同じように使う言葉は捨て、ひとりきりでいるときでも、自分になりきらないままものごとを判断するときに使う言葉は沈黙させ、孤独の中で、あらためて自分自身に向き合い、おのが心の真の響きを聞き分けてそれを表現しようとすることなのだが、サント＝ブーヴは、そういう文学の仕事と会話とのあいだに、どんな境界線も引こうとしなかった

のだ。[…]

彼はまた、作家と社交界の人とを隔てる深淵が見えなかったし、作家の自我は著作の中にだけ姿を現すもので、彼が社交界の人びとに見せているのは［…］彼らと同じ社交人の姿にすぎないことも理解できなかったので、テーヌや、ブールジェや、その他大勢の人びとから、彼の栄誉とたたえられたあの有名な方法を創始することができたのだ。その方法とは、一人の詩人ないし作家を理解したければ、その人と面識や親交があって、女性関係などでどう振る舞ったかを語ってくれる人びとの意見を熱心に聞いて回ること、つまり、詩人の本当の自我が投入されていない点をすべて調べあげることだった。》

このように厳しい批判のかたわら、彼は、「社交人」のサント＝ブーヴが、大新聞の文芸欄に『月曜評論』を連載してその反響をたのしみ、月曜日の朝はそわそわとその新聞を買いに走らせる様子を我がことのように想像している。その姿は「ある朝の思い出」に彼自身の姿として描かれた。その続編である『新月曜評論』に、サント＝ブーヴはレミニサンスの定義を書いている（一八六四年一一月二八日）。

《レミニサンスという言葉は、たしかに、混乱し、漠然として、浮動する、不確実な、無意志的な記憶を意味している。詩を作るとき、自分でははっきり自覚せずに他人のまねをし、だれかがすでに書いたものと同じ半句を書いてしまう詩人は、レミニサンスがあると言われる。頭が弱くなり、自分の記憶をよく統御できない人のことを、「彼にはレミニサンスしかない、彼には記憶力がない」と言うことができるだろう。レミニサンスとは、要するに、精神がそれについての明確な意識をもたないような古い痕跡の偶然の目覚めである。》

プルーストがこの定義を読んだという確証はないが、「サント゠ブーヴの方法」や「サント゠ブーヴとボードレール」などを書いたころ、彼は『サント゠ブーヴ全集』を購入したと手紙に書いている。そして、それを集中的に読破したようであるから、この定義について、自分自身のこととしてさまざまな考察をめぐらした可能性が高い。まず彼は、一度読んだ文章は忘れずに覚えていて、原典にあたって確かめずにほぼ正確に引用することができた。もっとも、彼は寝たままの状態で仕事をしていたので、いちいち原典にあたることは容易でなかっただろう。そこで晩年になるほど記憶違いの引用が増えている。

その一方で彼は、大作家の文体を上手にまねて優れた模作をものした。それは模作というより、モデルにした作家の好みの話題や、書き癖や、愛用語などを巧みにちりばめた創作である。「見いだされた時」の始めに置かれた「ゴンクールの日記」は、本当にゴンクール自身が書いたのではないかと疑われるような文章である。つまり彼は、強力な文学的レミニサンに恵まれ、それを大いに活用したわけである。ただし彼は文体練習という明確な目的のもとにそうしたのであって、それを記憶力の減退とか、意識の混乱のせいにされるのは心外であったろう。たしかにサント゠ブーヴの言うとおり、レミニサンスは、偶然に、無意識的に、無意志的に蘇生する古い痕跡＝印象に違いない。そこに生まれるイメージは、混乱し、漠然とした、浮動する、不確実なものであろう。ユディメニルの三本の木はまさにそのような性質のものとして記述されている。重要なことは、サント＝ブーヴの定義では否定的な価値しか与えられていないレミニサンスに、プルーストは根源的な重要性を与え、創作の出発点に置き、小説の主題も題材もそこに定めたということである。その代表が紅茶に浸したマドレーヌの味であろう。またサント＝ブーヴが無意志的な記憶という用語をレミニサンスの説明のために使っているということは、これが文学言語ではなく、ごく一般に通用する日常的な言葉であったことを示しているのではないだろうか。それは現代の言語辞典および『マルセル・プルースト辞典』の扱いと同じである。

ところが、レミニサンスを代表し、プルーストの小説中最も華麗なレトリックで入念に記述され、まさに《失われた楽園》を出現させたとも言える、紅茶に浸したマドレーヌの味から誕生した「スワン家の方」の刊行に当たって、彼はレミニサンスではなく、無意志的記憶という用語で作品の紹介と解説を行った。

《お分かりでしょう。芸術家は自分の作品の素材を無意志的記憶にだけ求めるべきだと思います。なぜなら、その記憶はまさしく無意志的なもので、似たような瞬間の類似によって引き寄せられ、自発的に形成されるので、それだけが本物の刻印を持っているのです。》

《これはきわめて現実的な本ですが、いわば、無意志的記憶を模倣するために（ベルクソンはこの区別をしていないのですが、私にとってはこれだけが本物なのです。意志的記憶、知性と視覚の記憶は、過去について不正確な複製しか提供しません。それが本物と似ていないのは。下手な画家の絵が春に似ていないのと同じことです。そんなわけで、私たちが人生を美しいと思わないのは、それを「想起」しないからです。昔の匂いをかぐと、私たちは突然うっとりとします。古い手袋を目にするやいなや、私たちは涙にくれるのです）恩寵によって、レミニサンスという花柄によって支えられています。》

これらの発言によって、プルーストが無意志的記憶という用語を自分の創作原理を表明するために採用し、レミニサンスには詩的雅語ないしは隠喩の地位しか与えなかったこと、それは《ベルクソンの理論に反して》であることが明らかになる。ところで、これら二つの引用のうち最初の発言は、「スワン家の方」刊行に際してある新聞に掲載されたインターヴュ形式の解説であるが、そのなかで彼はベルクソンとの関係についてもっとくわしく説明している。

《それは、単に同じ人物たちが、バルザックのある種の作品群でそうであるように、さまざまな様相のもとにこの作品のなかで再登場するというだけではありません。そうではなくて、同じ一人の人物のなかで、ある種の深い印象、ほとんど無意識的な印象が再登場するのです、とプルースト氏は言う。

《彼は続ける。その点で私の本は、一連の「無意識の小説群」の試みのようなものでしょう。私はそれを「ベルクソン的小説群」と呼んではばかりません。彼の説が正しいとすればね。なぜなら、いつの時代でも文学は、その時代の支配的な哲学に結び付こうと努めたのですから。しかし、それも正確ではありません。というのは、私の作品は、無意志的記憶と意志的記憶の区別に支配されているからです。この区別は、ベルクソン氏の哲学にないだけでなく、反論されているのです。》

このように、プルーストはベルクソンの理論に対して両義的であった。記憶の無意識の層を探索するという点で、ベルクソンと問題意識を共有しているという自負をもち、それが自作の声価を高めることを期待しながら、彼はそれを予想外の、望まざる成り行きとみなし、自作がベルクソン哲学の小説化と見なされることに憤慨しているのである。

《ぼくは、「ベルクソンの哲学を導入しようと望んだと宣言した」として、賞賛と非難を浴びせられているのだが［…］ ぼく自身が感じたことを――光と力がぼくに与えられている限り――明晰な観念に変える努力で精一杯なのに、ベルクソン氏の哲学を小説にしようとするなどとんでもない話だ！》

ベルクソンは、『物質と記憶』（一八九六年）で、記憶の喚起は意志的な行為であることを強調している。純粋な印象や知覚——彼はそれを物質的なものとみなした——の層と、それが純粋で非物質的な記憶として保存されている無意識の層は連続しており、記憶は現在の意識によって「再認」されて現実化し、イメージとなる。また再認は《過去と現在が相接するにいたる漸進的運動》である、つまり過去＝記憶と現在は連続していると主張した。

《思い浮かべることは回想することではない。もちろん記憶は、現実化するにつれてイマージュのなかに生きようとする。しかし、逆は真ではなく、純粋な単なるイマージュが私を過去へ連れて行くのは、実際に私が過去の中へ過去をもとめに行き、そうして過去を闇から光へと導いた連続的発展に従って進んだ場合のみであろう。》（田島節夫訳による）

つまり、ベルクソンにとって記憶は、主体の意識的・意志的な努力によって過去から現在へと連続的に上昇し、イメージとして物質化する非物質的なものであった。それに対してプルーストは、記憶と意識の不連続性、つまり記憶再生の「間歇性」と「偶然性」を想定した。さらに彼は、記憶の超時間的な持続＝純粋持続というベルクソンの理論に対しても、「ソドムとゴモラ」において反論している。もしそうならば、なぜわれわれの記憶は三十年前にさかのぼるに留まらず、誕生以前や他人にまで及ばないのか、と彼は言う。それは、さきほどの壺のたとえ話で分かるように、記憶は純粋な、非物質的なものではなく、われわれの身体の中に閉じ込められた物質的な存在であり、われわれの身体の死滅とともに消滅するものであり、しかもわれわれの意志や知性による統御の埒外にあると考えていたからであろう。その考えはたぶん、プルーストが、ベルクソンの理論に触発されて、自分自身の経験に照らして記憶と身体の関係について考察を重ねた結果、記憶の身体性＝物質性を確信するに至った結果であろう。《おそらく、われわれの精神性が閉じ込められている壺のような肉体の存在が、われわれに、自分の内部のすべての財産、自分の過去の喜び、自分の一切の苦悩をつねに所有しているかのように想像させるのであろう》と彼は言う。この《精神性》を「記憶」に置き換えて読むと彼の言いたいことが明らかになる。つまり記憶はわれわれの身体に閉じ込められて仮死状態にある物質であり、それを解放し、蘇生させるには、知性や意志ではなく、偶然の力の介入が必要だと考えた。彼はその考えをケルト神話に託して次のように述べているが、この考察は、紅茶碗の中からコンブレーの記憶が出現する場面の直前に置かれ、いわばその解説の役を果たしている。

《私はケルト人の信仰を、きわめて理にかなったものだと思うが、それによれば、死別した人たちの魂は、何か人間以下の存在、たとえば動物や、植物や、または無生物のなかに閉じ込められている。なるほどその魂は、私たちがたまたまその木のそばを通りかかり、これを幽閉しているものを手に入れる日まで、多くの人にとって決して訪れることのないその日までは、私たちにとって失われたままだ。しかし、その日になると、死者たちの魂は喜びにふるえて私たちを呼び求め、こちらが彼らだと認めるやいなや、たちまち呪いは破られる。私たちが解放した魂は死に打ち勝ち、戻って来て私たちといっしょに生きるのである。

私たちの過去についても同様だ。過去を思い出そうとつとめるのは無駄なことであり、知性のあらゆる努力も無益だ。過去は、知性の領域外の、知性の手の届かないところで、予想もつかないような何か物質的な物体（その物体がわれわれに与える感覚）のなかに隠れているのだ。私たちが生きているうちにこの物体に出会うか、出会わないか、それは偶然によるのである。》（「スワン家の方へ」）

さきに見たように、『サント＝ブーヴに反して』の「序文草案」には、記憶再生の事例が五つ列挙されているが、それはこの引用文と同じ趣旨の文章で始まっている。それによって、プルーストが小説を書き始めようとしたとき、すでに記憶について独自の見解を持ち、記憶再生の場面をいくつか想像していたことが明らかになる。というよりむしろ、それらが明確化したから、小説を書くことが可能になったのである。「序文草案」の文章は論説調で、物語的な潤色がないのでプルーストの考えが直接的に表明されている。

《日増しに、私が知性に与える重要性は減少していく。日増しに深く私は理解する、作家が私たちの印象から何ものかを取り戻すこと、つまり彼自身の何ものかと芸術の唯一の題材に到達することができるのは、知性の埒外に限られるということを。知性が過去の名のもとに私たちに戻してくれるのは過去ではない。事実、ある種の民間伝説において死者の魂にそういうことが起こるように、私たちの生は絶えず、死去するやいなや何か物質的な物体に化身し、身を隠す。魂はそこにとらわれ、私たちがその物体に出会わない限り永久にとらわれたままである。私たちがその物体をとおして魂を認知し、その名前を呼ぶと魂は解放される。私たちは魂が身を隠している物体、あるいは感覚――なぜなら物体はすべて私たちとの関係では感覚なのだから――とは決して出会わないかもしれない。そんなわけで、私たちの人生のある時間は決して蘇生しないだろう。》

この「序文草案」が書かれたのは一九〇九年ごろとされている。そして「見いだされた時」の草稿帳である「カイエ58」（一九一〇年）と「カイエ57」（一九一一年）には、視覚は知性の制御を最も受けやすいとして軽視され、それ以外の身体感覚を重視するという考えが示されている。

《受け皿にぶつかるスプーンの音、ナプキンの糊、中庭の不揃いな敷石は、ケルクヴィルとヴェネツィアと汽車の旅の途中で私が体験した瞬間を戻してくれたことを思い出して、偶然に再発見した過去と、私の意識的な記憶、私の視覚的な記憶が私の意志の要請に応じて提供する不正確で冷淡なファック・シミレとの間にどのような深淵があるかを理解した。あたかも視覚は他の感覚に比べて、より知性に近く、すでにより抽象的で、より現実とかけ離れているかのように［…］》

このように一九〇九年と一九一一年の間に、魂＝記憶の隠れ場所は、身体の外にある物体から身体の内部にある壺のようなもの――「カイエ58」では堅固な要塞とされている――に移り、それを再生させる契機としては、視覚による認知から、視覚以外の身体感覚による再体験が重視されるようになった。「序文草案」以後のプルーストの努力は、記憶の再生を、最も知的な感覚である視覚による「再認」としてではなく、身体的反応として、また体内に閉じ込められた物質の運動として記述する方向に向かっているのである。「見いだされた時」の刊行本では無意志的記憶はまったく問題にされず、レミニサンスという総称とその事例だけで創作論が展開されている。この最終巻は、一九一六年から一九年にかけて書き上げられ、決定稿は一九二二年春に完成し、プルーストは《私は完結という語を記入した。もういつ死んでもいい》と言ったと伝えられている。死期の到来を目前に小説の完結を急いでいた彼に、原稿を十分に推敲する余裕はなかったかもしれないが、さきほど見たように、無意志的記憶とレミニサンスはそこでも注意深く使い分けられているので、不注意による見逃しがあったとは考えられない。また草稿帳にも積極的な反証は見られないのである。

このように二種類に大別されるプルーストの記憶再生現象と、ベルクソンの理論との違いが「カイエ

58」にある次の文章に最もよく表れている。

《記憶のなかの絵画は、すべてが単色で、似たようなものである。しかし偶然が、われわれの意志と理性の介入を受けることなく、いま味わった同じ感覚からかつて経験した感覚を目覚めさせ、過去の一時期を化学的に分離するとき、そのときその時期は、われわれの体内のさまざまな環境を、それに混入することなく、液体の中にある気体の泡のように変質せずに通過し、その特殊な、忘れていた味わいを意識の表面に送り届けるだろう。》

一九一九年、ノーベル文学賞受賞のおりにプルーストが友人にあてた書簡によれば、『失われた時を求めて』は一九一一年ないし一二年には大半が書き上げられていた。《[…]一九一三年に「スワン」が出版されたときは、全巻が書き上げられていました。「花咲く乙女たちの陰に」だけではなく、「ゲルマントの方」と「見いだされた時」も、それに、「ソドムとゴモラ」の重要な部分さえも書かれていました[…]》と彼は打ち明けている。「ソドムとゴモラ」の重要な部分とは、祖母の記憶が衝撃的によみがえる場面を含む「心の間歇」の章に違いない。ここで初めて小説の中に無意志的記憶という言葉が現れるわけだが、そうするとこの用語は、草稿帳を含めて、一九一三年ごろに限って使われたわけである。ただそれについては、ベルクソンの理論との出会いが重要な契機になったのではないかと推測される。ただし『物質と記憶』（一八九六年）、『創造的進化』（一九〇七年）以後、特にこの時期にベルクソンが記憶の問題にかんして何か意見を表明したかどうかは分からない。また無意志的というのは、単に意志的ではないという反ベルクソン的考察だけでなく、思い出したくない、悲しい過去を心ならずも思い出す、という感情が込められているのではないだろうか。それはレミニサンスが、文学芸術の歴史と作品創造につながる、幸福な、喜ばしい、光輝にみちた回想であるのと大いに性質を異にしているのである。作品に即して具体的に検証することでそれが明確になるだろう。

面影の出現と鏡

プルーストがなぜ祖母の姿の衝撃的な出現だけを無意志的記憶と呼び、それ以外の記憶再生をレミニサンスと呼んで区別したのか。両者は一般に同義語として通用しているほど多くの共通点をもっているのに、どんな違いがあるのか、という問題については、次章で、さまざまなレミニサンスの具体例の成立過程を精査することである程度解明できるはずだが、それに先立って、両者を区別する明白で、実際的な相違のあることに注目したい。それはまさに、前者が祖母の記憶の蘇生とその派生的現象、つまり愛する人の死だけに関係し、レミニサンスには死者の記憶はまったく含まれていないということである。その中間に、樹木が死者の姿を彷彿とさせる、ということが起こる。それは樹木のシルエットが人の姿を思わせることによる擬人化であって、生き生きとした祖母の姿の出現とは異質なものである。レミニサンスの代表であり、この小説の起点にあった「紅茶に浸したマドレーヌの味」が無意志的記憶と呼ばれた時期があったが、さきに見たとおり、それは「スワン家の方」刊行に際して、反ベルクソンの立場を表明するためであり、その後は、草稿類にも刊行本にもこの用語は現れない。両者は別の起源をもつ、別の性質のものではないかと考えざるをえない。

祖母の記憶の無意志的な蘇生にかんする物語は、「心の間歇」という特別の表題をもつ一章をなし、小説の構成の中で明確な独立性を示している。これはプルースト自身の感情の内奥の秘密にかかわる、格別に思い入れの強い一章である。祖母＝母の死からそこに至る自伝的要素とフィクションの関係も、かなり明確にあとづけることができる。拙著『小説の探求――ジード・プルースト・中心紋――』（二〇〇三年）において、私はジッドの作品の分析をつうじて、「中心紋」は作家の生から作品が生まれるときの「へその緒」のようなもので、作品はそれを中心にして構成されている、という結論に達し、「心の間歇」は『失われた時を求めて』の中心紋とみなすことができる、という見解を示した。ここでは、無意志的記憶の素性を明らかにするという立場から、その見解を再確認したい。

プレイヤッドの新版には、「心の間歇」に関連する草稿が収録されている。吉田城の草稿研究の本にも同じ草稿が紹介されていて、そこには語り手が旅先（バルベック、カーン、ミラノ、パドヴァ、ベネツィア）で、夢の中で祖母と出会う場面がさまざまに描かれている。吉田はそのなかの「カイエ65」に、《私が膝を曲げ、祖母を思い出すときに付け加えること》という注記があることに注目し、《記憶をよみがえらせる媒体として、単なる状況の一致ではなく、身体の動きが導入されていること》を重大視している。このカイエは一九〇九年後半に書かれたようであり、同じころ「カルネ1」には、《祖母の死後、出現》というメモがあり、そのころ祖母の記憶の蘇生の場面が考案され始めたことが分かる。

ところで、「カルネ1」には、一九〇八年夏に書かれたとされる、海沿いの道で母に出会う夢と、ホテルの部屋で母に再会したという意味に取れるメモがある。

《夢。夕暮れどき断崖に沿って、急ぎ足に人びとの後について行く、人びとを追い越す、だれなのかよく分からない、この人はママンだ、しかし彼女はぼくの人生に関心を示そうとしない、彼女はぼくにこんにちはと言う、ぼくは何ヶ月ものあいだ二度と彼女に会えないだろうと感じる。彼女はぼくの本を理解してくれるだろうか。だめだ。》

《旅行中に母と再会する、カブールに到着、エヴィアンと同じ部屋、四角な鏡［…］カブール、服を着ながら絨毯の上を歩く、戸外の太陽、ヴェネツィア。／カブール、大階段を降りる、大理石の広場、大きな幔幕にはためく強烈な陽光と風、ヴェネツィア》

母と再会したのが、カブールのホテルの部屋の四角な鏡の中だったのか、そこに到着する以前の旅先だったのか、そして本当にどこかで母のまぼろしに出会ったのか、この文章ではよく分からない。しかし、それまでにプルーストと母とのあいだに起こったことと、小説の中で、バルベックのホテルで語り手と祖母とのあいだに起こることを照らし合わせてみると、ホテルで母のまぼろしに出会ったという読み方が妥当なように思われる。プルーストの書いたことはすべて、事実とフィクッションの区別がつけにくいが、ほとんどの場合が後者であるのに、このメモだけは事実に即しているように思われる。吉田城もその見解である。一九〇五年九月、プルーストの母は息子とともにエヴィアンのホテルに到着した直後、尿毒症の発作でたおれ、パリに連れ戻されて間もなく他界した。悲嘆のあまりノイローゼが高じたプルーストは、しばらく精神病院に入るが、病気はむしろひどくなり、なにごとにも気乗りのしない状態が続いた後、一九〇七年夏、カブールのグランド・ホテルに滞在して活気を取り戻す。メモは、次の年の夏同じホテルに到着し、たぶん前年と同じ部屋に入ったときに書かれたものである。その部屋は、重体の母とともに過ごしたエヴィアンのホテルの部屋と同じような構造で、おそらく四角な鏡があったにちがいない。そこで、亡き母の気配を強く感じたのであろう。そして鏡の中に母の姿の幻覚を見たのであろう。それが小説では、祖母の死の一年半後に、数年前に祖母と一緒に滞在したときと同じホテルの同じ部屋に泊まることになり、その部屋に入って靴を脱ぐため身をかがめたとたんに、祖母のまぼろしを見る、という話に転位されているわけである。

その部屋の奥には、足付きの四角な立ち鏡が斜め向きに置かれて、室内にいる人を居心地悪くしている。そのことは、小説冒頭で語り手の夢に現れる寝室群の描写にも、「花咲く乙女たちの陰に」で、問題のホテルに初めて投宿したときの部屋の状況にも、ほとんど同じ文言で特筆されている。そこに独り取り残されて不安と圧迫感で息がつまり、死ぬ思いをしていた語り手は、外出から戻ってきた祖母によって救われる。そのとき祖母は、かいがいしく語り手を介抱し、靴を脱がせてくれた。その記憶が、祖母の死後、同じ部屋に入ったとき、そのときの祖母の姿そのものとなって出現した、という話になっている。その限りでは、メモの文言から、四角な姿見が母の姿を出現させた、と想定するわけにはいかないであろう。しかし、プルーストがそれに近い幻覚を体験したのではないかと疑う余地が十分にある。語り手は、電撃的によみがえった祖母の姿に接して感動の涙にむせびながらも、次の瞬間には、その人はもう戻ってこないのだ、永遠に失われたのだと実感する。

《その実感は、あの愛情について私の抱いたイメージを打ち消し、あの存在を破壊し、過去にさかのぼって私たち二人が互いにあらかじめ運命づけられていたという事実を消滅させ、私が祖母をまるで鏡の中で見るようにふたたび発見したその瞬間に、彼女を単なる見知らぬ女に変えてしまった。》《彼女は私のことを知らないし、私は今後絶対に彼女に会うことはないだろう。私たちは、互いにひたすら相手のために作られたわけではなく、彼女は赤の他人であった。》（「ソドムとゴモラ」）

これはオルフェウスの神話をなぞっているのではないだろうか。オルフェウスがエウリディケを冥府から連れ帰る途中、振り返ってその姿を確かめようとしたため、永遠に彼女を失ってしまうように、愛する死者を鏡の中ではっきりと見た瞬間に、その姿は消滅する。この二度目の消滅によって、その人は完全に無縁な死者と化すだろう。だから、死者に再会しようと求めてはならない。その記憶を五臓六腑に深く秘めて全身の血で培養し、共生していくほかない。カブールのホテルでそのことを実感した瞬間、プルーストは母の幻影のオプセッションから解放され、決然として、晴朗な陽光に満ちた海岸に降り立ったのではないだろうか。メモの文言はそのような開放感と、晴朗さに満ちている。

この章の始めに、語り手が祖母の姿の出現に動転した夜、祖母と再会すべく冥府に下る夢を見る場面を引用した。それは『アイネイス』を下敷きにしたダンテの『神曲』の「地獄編」に似た情景の展開で、語り手は暗い血の河を下りながら出会う人物像を凝視するが、祖母の姿には出会わない。やっと現れた父も祖母のもとに連れて行ってくれない。もどかしい思いのまま目覚めた語り手は、翌日、砂浜で昼寝をしているときに瀕死の祖母のまぼろしを見る。

《ついで、まぶたは完全に閉ざされた。すると、肘掛け椅子に座っている祖母の姿が現れた。ひどく弱っていて、他の人間よりも影が薄いように見える。それでも私には、彼女の息づかいが聞こえた。ときおりちょっとうなずくので、父と私が何を語っているか分かっているようだった。でも私が彼女を抱擁しても無駄だった。私はその目の中についに愛情のまなざしを呼び覚ますことも、その頬にいくらか血色をよみがえらせることもできなかった。彼女はもぬけのからのようで、私を愛していないし、私のことなど知りもせず、おそらく私を見てもいない様子だった。彼女の無関心、打ちひしがれたさま、無言のうちに示される不満、そういうものの秘密を私は見抜くことができなかった。》

冥府の死者をよみがえらせ、言葉を交わすには、ホメロスでもウェルギリウスでも、亡霊に犠牲獣の血を飲ませなければならないとされている。それによって死者の姿は鮮明になり、人語によって恨みのたけを訴えるようになる。この文脈では、冥府の祖母と再会し、言葉を交わすには、薄明の中で鏡をかざすのではなく、語り手の身体の血を犠牲に供さなければならない。そのように読み解くと、冥府下りの夢の最初に現れる不可解な言葉の謎が少し解けてくる。《たちまち眠りの世界が、からだの奥深くで、神秘的な光に照らされて半透明になった臓器の中に、祖母の生存と無という二つのものの苦痛に満ちた総合を反映し、屈折させるのだった。》これは臓器の中に祖母の姿が見つからないかどうかを内視鏡のようなもので探索する、という事態ではないだろうか。そして一瞬鏡に映った祖母の姿は永久に失われる。《仕方がないよ、死んだ人は死んだ人なんだから》と父は言い放つ。そして祖母の面影は語り手の体内深く葬られる。

その後、《私》は、かつて祖母＝母やヴィルパリジ夫人と一緒に馬車を走らせたバルベックへの道をひとりで散歩していて、見事な花盛りのリンゴ畑に出会う。その道については、「花咲く乙女たちの陰に」

で、祖母が生きていたころの幸福感に満ちた思い出が語られているので、作者はそれを前提として、同じ場所に出現した錦絵のように美しい光景によって「心の間歇」を締めくくった。この名文は、語り手＝作者の、祖母＝母の死に寄せる悲嘆と愛惜の情を、気丈に振り切って青空の高みまで昇華させた、芸術の勝利の隠喩にほかならない。けなげなリンゴの木は、農夫のように営々と、大地に抱かれた死者の富を花咲かせたのだ。

《太陽は照り輝いていたのに、水たまりはまだ乾いていなかったので、地面はまるで沼地のようであった。そこで私は、かつて祖母が二歩も歩かないうちに泥まみれになっていたことを思い出した。しかし、街道に着くやいなや、目がくらむような光景だった。祖母と一緒だったあの八月には、ただリンゴの木が植わっているらしい場所と葉むらが見えただけだったのに、今では、見渡すかぎり花盛りのリンゴの木が、前代未聞の豪華さで、足は泥の中につかりながら、舞踏会の衣装でおめかしをし、それまで見たこともないほど見事な、光り輝くバラ色のサテンが汚れるのもいっこうに気にしないふうであった。遥か遠くの水平線が、日本の版画の背景のように、リンゴ畑の向こうに見えた。頭を上げて、花のあいだから空を見ると、空は花によってますます清澄な、ほとんど激しいほどの青色に見えたが、花はこの楽園の深さを示すために場所を空けているように思われた。この青空の下で、かすかな、しかし冷たいそよ風が、赤みがかった花のかたまりをわずかに震わせている。青いシジュウガラがやってきて枝にとまり、花のあいだを飛び跳ねると、花は、鳥がまるでこの生きた美を人工的に創り出したエクゾチスムと色彩の愛好家であるかのように、寛大に迎え入れるのであった。しかし、その美は涙が出るほど感動的だった。なぜなら、洗練された技法の効果がいかによく発揮されようとも、その美は自然であり、これらのリンゴの木は、フランスの街道のそばに、田園のただなかに、農夫のように立っていたからだ。やがて太陽の光線のあとから、にわかに雨の糸が降ってきた。それは視野一面に縞模様をつけ、その灰色の網目のなかにリンゴの木の列を包み込んだ。しかしリンゴの木は、落ちてくる驟雨の下で、こごえるほど冷たくなった風の中で、あいかわらずその美しい姿を高々と掲げていた。それは春の日の午後だった。》（「ソドムとゴモラ」）

第4章

レミニサンス

レミニサンスの系譜

無意志的記憶が一挙に出現するにせよ、連想のように徐々に意識にのぼるにせよ、われわれの精神や感覚の身体性と深く結び付いているのにたいして、レミニサンスは観照的であり、視覚的であり、詩的である。この語が小説の中で最初に現れるのは第三巻「ゲルマントの方」の第二部である。語り手はゲルマント公爵夫人の晩餐会からの帰途、シャルリュス氏の馬車の中で、社交界から受ける受動的で陰鬱な印象と、以前に馬車の中から見たマルタンヴィルの三本の鐘塔およびユディメニルの三本の木の印象を比較し、後者に内発的で幸福感に満ちたレミニサンスという名を与えている。それ以前には『ジャン・サントゥイユ』にも、『サント=ブーヴに反して』の「序文草案」にもこの語の使用例は見当たらない。そして「見いだされた時」では、これら二例を含み、祖母の記憶を除くすべての想起現象がレミニサンスとして一括されている。さきに述べたように、『ジャン・サントゥイユ』と「序文草案」には、レミニサンスの事例の萌芽が出現しているのであるから、事例の発見が先にあって、後から名称と概念がやってきたようであるが、果たしてそうであろうか。

実は、この語の歴史は古く、文学言語としても、日常言語としても確固とした地位を占めていた。プルーストはそれを再利用して自己の文学の独自性を開拓したにすぎない。それは、「懐かしいもの、風情のあるもの、思い出を誘うもの」というようなニュアンスを表す詩的な言葉として特にロマン主義文学で愛用された。プルーストも小説の中でときどきそういう伝統的なレトリックを使っているから、三本の木と鐘塔も、その一例かも知れない。しかし、「カイエ58」では、後に「見いだされた時」に見られるとおり、創作の基盤としての記憶再生現象という取り組みがなされているのである。

レミニサンスは何よりもまずプラトン哲学における「想起」である。それによれば、われわれの魂には、かつて直接イデア＝事物の本質を見知っていたころの記憶が残っていて、その記憶によってイデアを想起＝観照し、本質的な認識に達することができる。この想起し、回復すべき記憶としての本質的存在＝イデアの世界がわれわれの魂の故郷であり、プルーストはそれを「内心の祖国」あるいは「楽園」または「本質」と呼んだ。

それはまた精神的・心理的に普遍的な現象であり、「既視感」と呼ばれている。われわれは時折、初めて出会うものであるのに、「これはすでにどこかで見たこと、経験したことがある」と感じ、記憶のなかをさまよう夢想にふけったり、悔恨や愛惜や幸福感あるいは絶望などさまざまな情念にとらわれたりする。「見いだされた時」で彼は、想起現象に詩的表現を与えたことで最も優れた作家・詩人を三名あげ、「高貴なる系譜」と呼び、みずからもその系譜に連なることを期したが、そのうちネルヴァルは特に既視感の表現に優れている。次の文章は、シャトーブリアンとネルヴァルとボードレールという大先達が彼の小説執筆開始を可能にしたことを示唆している。彼は語り手が経験したレミニサンスの事例をあげ、それを解説した後、文学作品はその上にのみ構築されるべきであるという確信を語り手に述べさせる。

《とにかく、このような方法で芸術作品を構成することが理論的に可能であるにせよ、ないにせよ、その点はいずれ検討するとして、私自身にかんするかぎり、真に美的な印象が常にこのような種類の感覚のあとで訪れたということは否定できないのだった。なるほどそのような印象はかなりまれにしかやってこなかったが、しかし私の人生を支配していた。［…］　それは、私にとって格別な重要性をもつという点で私に固有の特徴であったが、他の何人かの作家にもそれと共通する特徴があり、それはさほど目立ちはしないまでもはっきりと見分けがつき、結局はかなり似たようなものなので、その発見が私を安心させたのだった。『墓の彼方での回想』の最も美しい一節は、あのマドレーヌと同種の感覚にかかわっているのではなかろうか。「きのうの夕方、私はひとりで散歩していた……。私は一本の白樺の木のてっぺんの枝にとまった一羽のツグミのさえずりで物思いからわれに返った。そのとたんに、この魔法の音が私の目に、父の領地をふたたび浮かび上がらせた。私は自分が目撃したばかりのさまざまな破局を忘れ去り、突然過去のなかに運ばれて、実にしばしばツグミの鳴くのを耳にしたあの田園の光景をふたたび見たのであった。」》

プルーストはまたシャトーブリアンの次の文章も、『回想』のなかで最も美しい文章の一つとして引用している。そこにはまさしく「レミニサンス」という語が使われているのである。

《上品で心地よいヘリオトロープの匂いが、花をつけたソラマメの小さな花壇から立ちのぼっていた。それはいささかも、祖国から吹き寄せる微風によってもたらされたものではなくて、ニューファウンドランドの荒々しい風、故国を遠く離れたこの植物とは無関係で、レミニサンスや官能の共感も持ち合わせていないこの荒々しい風によって運ばれてきたものである。美しい人に吸い込まれたのでも、その胸の中で浄化されたのでもなく、彼女の通り過ぎた後に広がるのでもないこの香り、すっかり違った朝の光や耕地や世界のなかにあるこの香りには、悔恨と不在と青春の一切の憂愁がこもっていた。》

実際に匂いを放っているのがヘリオトロープなのか、ソラマメなのかよく分からない文章だが、いずれにせよヘリオトロープの匂いらしいものが漂っている畑に立って、かつての華やいだ青春の日々を回想しているという情景であろう。この花の祖国にかんするレミニサンスの不在によって、かえってその存在が強調されているようである。名文家のほまれ高いシャトーブリアンからプルーストが選び抜いたのだから、よほど印象的な文章なのであろう。私はふと「見渡せば花ももみじもなかりけり、浦のとまやの秋の夕暮れ」という和歌を思い出した。「花ももみじもなかりけり」だが、聞く人は本歌に詠まれた桜花ともみじの光景をまのあたりに見るように思う。たとえ本歌を知らなくても、花ともみじと聞いただけで日本人の感性は敏感に反応して華麗な景色を目に浮かべる。それは眼前にないことによって、ますます絢爛豪華なものになる。プルーストが言ったとおり、想像力とは眼前にないものを見る力なのである。そして眼前には寂寞たる風景が広がるのみである。

これに続いてネルヴァルに言及される。《フランス文学の傑作の一つである『シルヴィ』には、『墓の彼方での回想』中のコンブールにかんする一巻とまったく同じように、マドレーヌの味や「ツグミのさえずり」と同種の感覚が含まれている》という指摘に注目しよう。シャトーブリアンがツグミの鳴き声を聞いて想起した父の領地コンブールという地名が、プルーストのイリエに転移されてコンブレーになったわけである。コンブレーの命名語源としては他にもいくつか挙げられているが、その重要性はこれに比べれば問題にならない。

ネルヴァルについては、小説執筆開始直前の一九〇八年ごろ書かれた「ジェラール・ド・ネルヴァル」という題の評論が『サント＝ブーヴに反して』に収録されている。そこには既視感の表現法についてのプルーストのすばらしい考察が展開されているから、別立てにして検討することにして、ボードレールに移ろう。

《さらにボードレールの場合、このようなレミニサンスはいっそう数が多く、明らかに偶然ではなくて、それゆえ私の考えでは決定的なものになっている。詩人自身がいっそう選び抜いて、しかももの憂げに、たとえば一人の女の匂い、彼女の髪と乳房の匂いのなかに好んで霊感のもとになる類似を探し求め、そこから「無限に広がるまるい空の青さ」や、「火焔と帆柱に満ちた港」が喚起されるのだ。私はこんなふうに感覚の転移を基盤とするボードレールの詩にはどんなものがあったか、思い出そうとした。私はこのように高貴な系譜に自分をうまく組み込みたい、そして、もはや何のためらいもなく取りかかろうとしている作品が、私の捧げようとしている努力に値するものであるということを自分で確信したいと考えた。そのとき［…］》（《火焔と帆柱に満ちた港》は、原詩では「帆布と帆柱」である。プルーストは引用するとき原典にあたって確かめず、思い込みでそう書いた。原詩の情景を、帆布が強烈な陽光を浴びて潮風にはためくさまが、風にゆらぐ火焔のように見えるという、自分好みのイメージとして記憶していたわけである。）

そのとき、サロンの扉が開かれ、語り手はパーティに加わることになる。右の文章は語り手に託されているが、実はプルースト自身の声であることを、われわれは彼の創作ノート「カルネ1」によって知ることができる。編集者コルブによって一九〇八年九月から十一月のあいだに位置づけられているメモに、プルーストは、どのような形式の作品にすべきか、小説か、哲学的研究か、私は小説家だろうか、という迷いをぶちまけた後、《私には四人の娘の顔と、二本の鐘塔と、一つの高貴な系譜がある》と書いている。そこにはまた、ネルヴァルもボードレールも、同じ主題や同じイメージを別の作品にも利用しているのだから、安心しよう。《ジェラールより先に進もう。なぜこの夢、この時期に限定し、すべてを犠牲にして一つのことだけに結晶させるのか》と自問している。彼はジェラール・ド・ネルヴァルを模範としながら、それを大規模に、組織的に展開する具体的な方法を模索していたのである。

既視感

《私にとって美を享受するための唯一の器官である想像力のせいで、私は現実を知覚している最中にはそれをじっくりと享受することができず、現実に失望したことが生涯を通じてしばしば起こった。それは、人は不在のものしか想像することができないという不可避的な法則によるものである。》

想像力にかんしてプルーストはこのような発言を繰り返した。それは「イメージを生み出す力」というこの語の語義からして、またイメージは眼前にないものの影像であることからして普遍的な真実である。彼の想像力の特質は、それが未来に向かって、未知の世界に対して開かれた、豊かな自己増殖力をもつ、生産的な能力ではなく、過去に向かって、既知のもの、既視のものの回想という形でのみ働く回顧的、模倣的な素質だという点にある。これこそプラトニスムのいうレミニサンスの現象であり、プルーストのいう想像力はほとんどその同義語であった。彼は少年時代から『千一夜物語』やサンドの田園小説などを愛好し、熟読したらしいが、そういう豊かな想像力の世界を自分で作り出すことは不可能だと知っていた。彼は別の時代の、別の形のアラビア物語とサン＝シモンの回想録を書かなければならないと言う。結局彼は、自分自身と自分の時代の回想録を『千一夜物語』ふうに書いたのである。この選択こそが、草稿のままで放棄された『ジャン・サントゥイユ』と『失われた時を求めて』を分かつものであることを『サント＝ブーヴに反して』の「序文草案」が明らかにしている。まさにそこで問題になっているのが方法としてのレミニサンスなのである。

プルーストによるレミニサンス現象の記述から、その詩的レトリックの飾りをはぎ取り、骨格だけにして比較してみると、すべて過去の情景を偶然に想起したときに感じる幸福感を強調している。それは既視感、既知感の発生源を確かめることが幸福感を生み出すという、普遍的な心理現象を表しているのである。「既視 le déjà vu」は心理学用語として一般化しており、何か格別な印象を受けたときに、これは既にどこかで見たことがある、と感じる現象である。実際には見たことがない場合でも、強い印象のハレーションによってそう感じることがある。また錯覚によることもある。病的な錯乱の場合もあるだろう。プルーストは、自分が実際に見たこと、経験したことがある場合に限ってこの現象が起こるとした。逆に言えば、印象や経験は、一度目はたいした意味をもたず、同じことが繰り返し起こるか、記憶のなかで想起されたときに初めて意味あるものとなる。また実際に起こったことだけでなく、本や絵画や写真で出会ったこと、あるいは単に人の話で知ったこともそれに含めた。そのような既視感、既知感は時間と空間のどんなに大きな隔たりも、夢と現実の境界も、生と死の境界さえも瞬時に飛び越えて過去の記憶を蘇生させる。

ネルヴァルの『シルヴィ』はそのような記憶現象に詩的表現を与えた傑作である。それはまさしく、時間と空間と愛する女性のイメージが相互浸透する世界であり、既視感に導かれての時間遡行の旅である。その旅は「失われた楽園」にまで遡らずにはおかない。彼の「幻想 Fantaisie」という題の詩にそれがよく表現されている。

《その曲のためなら私はすべてを捨てよう
ロッシーニも、モーツアルトも、ウェーバーも、
とても古くて、もの憂く、不吉なその曲は
私にだけはひそかな魅力を奏でるのだ。
ふとその曲を聞くたびに
私の心は二百年も昔に若返る。
それはルイ十三世の御代……目に浮かぶのは
夕日を浴びて黄色に染まる緑の丘のひろがり。
それから、角を石で組んだ煉瓦の館、
赤みを帯びたステンドグラスの窓があって、
大きな庭園にとりまかれ、一筋の川が

その足元をひたして、花々の間を流れている。
それから、ひとりの貴婦人が、高い窓辺に、
黒い瞳に金の髪、古い昔の衣装を着けて……
たぶん私が生まれる前に出会った人
——そして今、思い出す人。》

とネルヴァルはうたっている。このようなレミニサンスの世界とその詩情をプルーストは自分の小説空間によって表現しようとした。彼が「フロベールの文体について」でネルヴァルを擁護して書いていることは、そのまま彼自身の創作原理だったのである。

《このような記憶現象が、ネルヴァルのために場面転換の役を果たした。この大天才の作品はほとんどすべて、私が自分の作品の一つにつけた「心の間歇」と同じ表題をつけることができるであろう。心の間歇は、ネルヴァルにおいては違った性格を帯びていた。それは特に彼の狂気のせいだ、と人は言うかもしれない。しかし、文学評論の観点からすれば、イメージどうしの間と観念どうしの間にある最も重要な関係の正確な認識（それどころか、その関係を発見する感覚を研ぎすまし、それを方向づける認識）を持続させるような状態を固有の意味で狂気と呼ぶことはできない。》（『サント＝ブーヴに反して』）

この評論は一九二〇年に発表されたのだが、それ以前の一九〇八年ごろ、前述したようにプルーストは自分の文学の可能性を模索しながら『シルヴィ』を読み込んだ。そしてネルヴァルの回想と夢想のすべてがいかに巧みにこの一見素朴な物語に組み込まれているかを読み取った。

《(ときどき私が眠りに落ちようとすると、ネルヴァルの詩「幻想」に喚起された画面が見えてくる) それを定着させ、その魅力の本質を見定めたいと思う。すると目が覚めて、もう画面は見えなくなり、どうしようもない。そして画面を定着できないまま眠ってしまう。まるで知性にはそれを見る資格がないかのようだ。そのような画面の中にいる人物たちもまた夢の中の人物なのだ。[…]

あなた方が素朴な絵と呼んでいるこの物語は、夢のまた夢なのである。思い出してほしい。ジェラールは、劇場で味わった奇妙な感覚の正体を見きわめようとする。そして突然思い当たる。それは彼がもう一人別の女性と同時に愛した女性の思い出であり、その女性がそんなふうにある一定の時間彼の生活を支配し、毎晩ある時刻に彼をとらえるのである。彼は夢の中の画面でその時代を思い描いているうちに、その土地に行ってみたいという願望におそわれ、自宅から下りて門を開けさせ、馬車をやとい、ロワジーに向かって走る馬車に揺られながら、昔のことを思い出し、物語る。その不眠の夜のあと、彼は到着する。そのとき、いわばこの不眠の夜によって現実から引き離され、また彼にとっては少なくとも地図の上に存在するのと同じ程度に心の中に存在する過去の土地への復帰によって現実から引き離された彼の目に見えるのはすべて、彼があいかわらず喚起し続けている過去の思い出にしっかりと絡まっているので、われわれはたえずほかのページをめくってみて、一体どうなっているのか、現在のことなのか、過去の回想なのか確かめなければならないほどである。

人物たちも、さきほど引用した詩句の女性のような存在である。「たぶん私が生まれる前に出会った人、そして今思い出す人」。彼はその女優がアドリエンヌだと信じて恋してしまうのだが、実は別人だった。そのアドリエンヌも、城館も、彼の目には過去の時代に生きているように見えるらしい紳士たちも、聖バルテルミーの祝日にとりおこなわれる祭りも、それは実際にあったのか、夢の中の出来事にすぎないのか彼にはよく分からないのだが、「番人の息子はほろ酔いかげんだった」うんぬん、これらすべてのことは、人物たちさえも夢の中の影絵にすぎないと言ってよい。道中で迎えた神々しい朝、シルヴィの家への訪問は現実である……　しかし、思い出してほしい。その夜も彼はほんのひととき星空の下で眠ったに過ぎないのだ。それもふしぎな眠りであって、彼はものごとを知覚し続けたのだ。なぜなら彼は実際に聞いたわけではないアンジェラスの鐘の音を耳にしながら目を覚ますのである。》

みごとな分析である。何度読んでも迷ってしまうような文脈をきちんとたどり、現在と過去、現実と夢想のあいだを彷徨する記述の変わり目を正確に読み分けている。夢の中の夢も、夢と現実の境界の完全な消失も、夢うつつの状態における錯覚も、それとして識別されている。それは、この引用文の書き出しに示されているように、プルーストが『シルヴィ』を、作者がそれを書いたときと同じ精神状態、つまり夢想の状態に身を置いて読んだからではないだろうか。そしてネルヴァルの場合は一種の狂気に属する精神現象を、プルーストは自分が経験によってよく知っている記憶再生現象と同じものとみなして小説の素材とし、その構造と場面転換の原理としたわけである。

ユディメニルの三本の木

プルーストの既視感がどういうものかを最も雄弁に示しているのが、レミニサンスの最初の事例として記述されているユディメニルの三本の木のエピソードである。第二巻「花咲く乙女たちのかげに」の第二部で、語り手は、ヴィルパリジ夫人の馬車に同乗してバルベックの近郊を散歩しているとき、どこかですでに見たことがあるような、なじみ深い印象を与える木に出会い、いつどこで見たのか、その既視感の正体をつきとめようと懸命になるが、同行者への配慮からそれはついに果たせなかった。次の文章には、その出来事に託してプルーストの考察が委細を尽くして述べられている。

《私はその三本の木を見つめた。木ははっきりと見えていたのだが、私の精神によって把握できない何ものかを内に秘めているのが感じられた。それはあたかも、精一杯にのばした腕の先の指がときどきその表面に触れるだけで、何もつかむことができないほど遠くに置かれた物体のようなものであった。

［…］私は何も考えないでじっとしていた。それから思考力を集中し、それをいっそう強く握りしめて、木々の方へ向かって突進した。というより、突き当たりまで行くとそれが見えてくるような私自身の内部へ向かって突進した。私はふたたび木々の背後に、あのなじみ深いが漠然とした、自分の方へ引き寄せることのできないあるものを感じた。その間にも馬車が前進するにつれて、その木が三本ともこちらに近づいて来るのが見えた。かつてどこで見たのだろうか。コンブレーの周辺には小道がこんなふうに開けるような場所はまったくなかった。［…］これらの木は、その周囲の風景が私の記憶の中ですっかり消滅するほど遠ざかってしまった昔の私の人生からやってきたと思わなければならないだろうか。また一度も読んだことがないと思い込んでいた作品の中で突然に再会して感動する数ページのように、私が幼いころ読んで忘れてしまった本からその木々だけが浮かび上がって来たのだろうか。あるいは逆にその木々は、いつも見る同じ夢の中の風景に属しているだけなのかも知れない。少なくとも私にとってはそうなので、私にとっては、その木々の不思議な姿は、目覚めているときに私が試みる努力、それはあるいは、ゲルマントの方向でしばしば起こったように、ある外見の背後に秘密が隠れているに違いないという予感のあった場所で、その秘密を突き止めようとした努力だったこともあれば、あるいはまた、たとえばバルベックのように、これから知りたいと望んだある場所、そしてひとたび知ってしまうとまったく浅薄なものにしか見えなかった場所に、その秘密を再導入しようとした努力だったこともあるが、そういう努力が夢の中で客体化されて現れる姿にほかならなかったのであるから。あるいはまたそれは、

すでにすっかり消え失せて、はるか遠くからやって来たように思える前夜の夢から切り離されて現れた、新たなイメージだったのだろうか。それとも、私は一度も見たわけではないのにその木々は、ゲルマントの方向のある種の茂みのように、遠い過去と同じくらいに難解で、とらえがたい意味を背後に隠していて、一つの想念を掘り下げるように私を駆り立てるので、私は過去のある記憶を探り当てなければならないと思ったのかも知れない。それともまた、木々は何の想念も隠していたわけではなく、私の視覚が疲れていて、ちょうど空間において物が二つに見えることがあるように、同じ木々の姿が時間の中で二重に見えるような気がしたのかも知れない。私には分からなかった。その間にも木々は私に近寄って来た。それはおそらく神秘的な顕現、私に神託を下す魔女あるいはノルヌ〔運命の女神〕の円舞だったのかも知れない。私はむしろそれは過去の亡霊、子供のころの親しい仲間たち、共通の思い出を語りかけてくる今は亡き友人たちだと思った。亡霊のように、彼らは私にいっしょに連れて行ってくれ、生き返らせてくれと迫った。彼らの一途で熱心な身振りのなかに私は、愛する人が言葉を失い、言いたいことが言えず、われわれには見抜くことができないと感じてせんかたない未練にくれる姿を見た。》

このように語り手は、既視感の原因として、かつて実際に見たと思われる風景、遠い昔に本で読んだこと、夢の中で見聞したかも知れないことのほかに、格別な印象を受けたときに起こるハレーションまで数え上げている。それにプルーストの場合は特に絵画や写真を加えなければならない。レンブラントのエッチングの傑作に「三本の木」という題の風景画があり、それがこの場面の原風景になっているかも知れないのである。彼はオランダまでレンブラント展を見に行った（一八九八年）ばかりでなく、エッチングの複製画集を参照することができたはずである。しかしまた三本は、マルタンヴィルの鐘塔の場合と同様に、神話・伝説の三位一体の人物たちを喚起する。ここでもギリシア神話の運命の女神モイラ、北欧神話のイグドラジルの樹の根元に宿るとされている運命の女神ノルヌ、『マクベス』の魔女たちに言及されている。さらに彼の想像は、死せる友人たちの思い出から、ホメロスとウェルギリウスの叙事詩における冥府下りに及び、生への復帰を求めて追いすがる亡者たちの姿から、ついには彼のあらゆる回想の究極にある母の姿に至る。この最後のイメージについては、彼は「カルネ1」に、夢の中で母に出会ったのに言葉が通じなかった無念さを記している。その夢の印象がここに再現されているのであろう。

こうしてみるとプルーストの既視感は、この語の固有の意味を越えて、ひろく想像力の展開一般を指していたことが分かる。それを彼はレミニサンスと呼んだ。したがって、既視感と想像力とレミニサンスはほとんど同義語だったわけである。それは彼の想像力が、本質的に回顧的、かつ視覚的なものであったことによると考えられる。

このようなレミニサンスをめぐる文学論・芸術論の主要部分は、一九一〇年から一九一一年にかけて書かれたとされている「カイエ58」と「カイエ57」にその下書きが大量に残されている。それは、『ゲルマント大公夫人の午後のパーティ』というタイトルで単行本として刊行され、またプレイヤッド版の『失われた時を求めて』に「エスキス」として収録されている。それによって、「スワン家の方」刊行以前に、記憶再生の事例とその解釈をめぐってさまざまな書き換えが試みられたことが分かる。その草稿と刊行本の間にもかなりの相違点があるのだが、大筋としての方向付けはほぼ確定している。当初、レミニサンスはもっぱら視覚的な記憶であったのに、視覚はあまりに知的かつ意志的＝意識的なものとして退けられ、代わりに他の感覚が重要な役割を担うようになる。さきに私は無意志的記憶の身体性を強調したが、全身的衝撃に至るまでの間に、身体にかかわる感覚である暑気と清涼感、湿度、触覚、嗅覚、味覚、聴覚などが決め手となる中間段階がある。それをわれわれは「序文草案」から草稿類をへて刊行本に至る進展の過程において確認することができる。

「序文草案」にあげられた記憶再生の事例五つのうち、純粋に視覚的なものは、ユディメニルの三本の木と不揃いな敷石だけであり、紅茶に浸したマドレーヌの味では、紅茶の熱と水分が決定的な役割を果たし、緑の布はすでに暑気に結び付いている。スプーンの受け皿に触れる音が喚起するのは、ハンマーの音を介して出現する野原の盛んな暑気とビールの清涼感であり、目に見える田園風景の美しさではない。《村の墓地、光の縞目のついた樹木、道端のバルザックふうの草花は、意図的な観察に取り込まれていて、詩的な蘇生とは無関係なものであるから、そこには含まれていなかった》とプルーストはわざわざ断っている。事態はその逆であって、田園風景の視覚的な美しさは意識的に描写されるべきものであって、すでに写実主義文学の対象になっているから私は無視した、と言っているわけである。風景は詩的な蘇生には含まれていなかったのではなく、それになじまないから排除した、と言うべきところであろう。彼の無意志的記憶がいかに理論先行の、意図的、計画的なフィクションであるかがこうして明らかになる。他の事例はこれほど不自然ではないが、いずれも大同小異であることに違いはない。不揃いな敷石はここでは異様に光っているだけである。つまり、まだ視覚を刺激するにとどまっていて、つまずきという身体的衝撃を引き起こすにはほど遠い。このように記憶再生の契機が視覚から他の身体感覚へ移行したことを最もよく示しているのが紅茶に浸したマドレーヌの味というエピソードの書き換えの歴史である。

熱と水分

すでに見たように、『ジャン・サントゥイユ』でレミニサンスの萌芽とみなされるのは、湖の前で思い出す海岸の風景と、ピアノの音色である。両方ともかつての幸福なひとときを喚起するのだが、湖水が小説の最終巻で隠喩として復帰するまで放置されるのに対して、音色は、スプーンの受け皿に触れる音、鈴の音、鐘の音、汽笛、温水暖房器の音、水道管をたたく音、鳥の鳴き声、そして音楽と、多様に展開する一大モチーフとなる。それについては別途に検討するとして、いま一つ見逃せないモチーフに紅茶がある。紅茶はジャンにとって、社交という自己疎外の生活から、読書と思索に集中する内的生活への回帰の象徴であった。

《今では自分の家で過ごすようになった長い時間、ジャンはのべつまくなしに本を読み、足を温めながら紅茶を飲み、オーギュスタンの助けを借りて、戸棚の中から小さな彫像や、紅茶のセットや、花瓶や、巨匠たちのデッサンや、象牙の小筥や、モロッコ皮のペン立てなどを探し出した。それらの物は、彼が朝早く出て行って夜しか戻らず、生活がすっかり外向きになって見捨ててしまった部屋の中では、その繊細で恒常的な役割を果たすことができず、物置の小部屋の沈黙と忘却の中に逃げ込んでしまったのである。そして、一杯の紅茶を飲みたいとか、足を温めながら別の本を読みたいとか、ある花の香りやある女神の微笑を身辺におきたいという願望によって記憶に呼び戻されたそれらの物に対する彼の愛情はにわかに激しくなり、長年の間見捨てていたのに、是が非でもそのとき必要になったのであった。》

紅茶は、また興奮による不眠の原因になることから、プルーストにとって禁断の、あこがれの飲み物であり、健康で幸福な生活の象徴であった。すでに注目したとおり、彼は一七歳のときオートゥイユから母あてに、《おじいさんはすっかり紅茶をあきらめました。オレンジの花》と書き送り、自分自身については、《小さな湖水のそばの草むらの上で読んだ『ロチの結婚』がこの幸福感をさらに強めました。紅茶を飲んだときのような幸福感です》と書いている。「序文草案」において紅茶が喚起するのはまさにその幸福感であった。

《先日の夜、雪の中を寒さにこごえて帰宅し、体を温めるすべもなく、寝室のランプの下で読書を始めたとき、年老いた料理女がぼくは決して飲まない紅茶を一杯いれましょうと言った。それに偶然彼女は数枚のパン・グリエを持ってきた。ぼくはそれを紅茶の中に浸した。それを口の中に入れ、紅茶の味のしみ込んだ柔らかなものが口蓋に触れるのを感じた瞬間、ぼくは混乱と、ジェラニウムやオレンジの木の香りと、異常な光と幸福の感覚をおぼえた。ぼくはじっとしていた。少しでも動くと、身のうちに起こりつつある、理解不可能な変化が止まってしまうことを恐れたのだ。そしておびただしい奇跡を生み出しているように思えるこの紅茶に浸したパンの味わいに執着し続けた。そのとき突然、ぼくの記憶の障壁がゆさぶられて崩れ落ち、さきに述べた田舎の家で過ごした幾夏が、毎朝の思い出を伴い、続々と充電しにやってくる切れ目のない幸福な時間を引きずってぼくの意識のなかに突入してきた。そこでぼくは思い出した。毎日ぼくは服を着ると、目を覚まして紅茶を飲んでいる祖父の寝室へ下りて行った。彼はその中にビスコットを一枚浸してぼくに食べさせてくれた。それらの夏が過ぎたとき、紅茶の中で柔らかくなったビスコットの感覚は、死んだ時間——知性にとって死んだ時間——が逃げ込んで身を潜めた場所の一つであった。もしあの冬の夜、雪の中をこごえて帰宅したとき、料理女があの飲み物をすすめてくれなかったら、死んだ時間をそこに見つけることはできなかっただろう。ぼくの知らないある魔術的な契約の力によって、その飲み物に蘇生が結び付いていたのだ。そのビスコットを味わうや否や、それまではぼくの目に漠然と色あせて見えていた庭全体が、忘れられた小道とともに鮮やかな色彩をおび、円形花壇の一つ一つがそのすべての花とともに、小さな紅茶碗の中に出現したのである。あたかも、水の中でのみ再び花開くあの日本の水中花のように。》

この文章と刊行本の文章は、細部の変更を除けばほとんど同じ構造をもっている。冬の寒い夜、パリの寝室で、熱い紅茶に浸したパン菓子を口に入れたとたん、かつて幸福な夏を過ごした田舎の情景が鮮明によみがえる。その田舎の家は、「序文草案」では明らかにオートゥイユにあったヴェイユ家の別荘であり、それがイリエにある父方の叔母の家に移ったのだが、それは伝記的事実と記述の細部を照合しないかぎり問題にならない。それ以外の細部の変更については、「序文草案」から最終稿に至る原稿の諸段階をすべて転写した記録が刊行されている。また吉田城の作成した一覧表がある。それらによれば、原稿は①「序文草案」、②「カイエ8」、③「カイエ25」、④自筆清書原稿（「カイエ21」）、⑤最終稿（タイプ原稿）、と五つの段階を経ているが、飲み物は終始一貫して紅茶である。食べ物は①はパン・グリエ、②と③はビスコット、④と⑤はマドレーヌと変遷する。それを与える人物は、①は料理女、②はフランソワーズ、③④⑤は母となっている。ところでそれを契機として喚起される情景の中での飲み物は、①から⑤まですべて紅茶であるのに、刊行本の「コンブレー」では、まず《おばさんは興奮しているときは、紅茶の代わりに菩提樹茶》を飲んだとなり、それ以後は菩提樹茶（あるいは薬草茶）だけとなり、それにマドレーヌが添えられる。そして刊行本「見いだされた時」では、飲み物はほとんど問題にならず、「マドレーヌの味」が主役になっている。最初、オートゥイユの祖父にふさわしかった紅茶は、コンブレーのレオニおばさんには不自然な飲み物とみなされて姿を消し、マドレーヌだけが残ったのである。

①で現れるパン・グリエは、トースト・パンのことではなく（フランスではそれはアメリカンと呼ばれている）バゲットを薄く切ってカリカリに焼き上げた保存食である。ビスコットは甘みのないビスケットのようなもので、これもパンの代わりに朝食に供される。両方とも都会人の食べ物であり、一九世紀末ごろの小さな田舎町で売られていたとは考えられない。そこで、イリエを象徴するようなサン＝ジャック貝（ホタテ貝）の形をしたマドレーヌ菓子が登場したのであろう。イリエはスペインにあるサン＝ジャック・ド・コンポステル大聖堂への巡礼の通り道にあたり、町の中心にはサン＝ジャック教会（小説ではサン＝チレール教会と呼ばれている）がある。かつて巡礼者はこの貝を食器として肩に下げていたが、今でも巡礼のシンボルとされている。昔は実際にこの貝を焼型にしてパン菓子が作られていたらしい。プルーストはわざわざこれを「プチット・マドレーヌ」と呼び、頭文字を大文字で書くこともあったが、そのPMはマルセル・プルーストの頭文字でもある。語り手は、由緒深いこの干菓子をパリの店頭で見かけても何も思い出さなかった。

《そのプチット・マドレーヌを見ただけでまだ味わわない間は、何も思い出せなかった。たぶんあれから、お菓子屋の棚の上に並んでいるのを何度も見かけただけで食べることがなかったので、そのイメージがコンブレーの日々を離れてしまい、もっと最近の日々に結び付いてしまったのだ。たぶんこれほど長いあいだ記憶の外に打ち捨てられた思い出からは、何一つ残らず、すべては風化してしまったのだ。姿や形——お菓子屋の小さな貝殻の姿、厳格で敬虔なひだの下であんなにこってりと肉感的な姿もそうなのだが——は消滅してしまうか、眠ってしまって、意識に到達できるほどの膨張力を失ったのである。》

ところが「序文草案」の場合と同じように、それを熱い紅茶に浸して口に入れたとたんにコンブレー＝イリエの全景がよみがえった。マドレーヌのイメージにまつわるイリエの記憶は、乾燥したその姿のままでは風化し、死滅しかけていたのだが、熱い紅茶に浸すことによって蘇生する。記憶再生の契機がここで視覚から熱湯の与える身体感覚に移行しているわけである。それを強調して、寒い冬の夜こごえて帰宅したのに暖炉の火がつかなかった、と書き加えた原稿がある（「カイエ8」）。また母親が《やけどするように熱いのを一杯》持ってきた、という表現もある（「カイエ25」）。これは茶碗のほうもオーブンなどで熱して手や口にやけどするくらいに熱くしてあることを示している。中の紅茶が熱いだけなら、《たぎるようなお茶》となるはずである。そしてこの熱い紅茶が喚起するのは一貫して夏の朝の思い出なのである。しかしそれならば、体を温める熱い紅茶だけで十分であろう。なぜ乾燥したパン菓子をそこに浸さなければならないのか。それこそさきに見た「再生（ルヴィヴィサンス）」の現象、つまり枯死あるいは凍死しかけていた動植物が水分と熱の補給を受けて再生する現象と同じことが記憶にも起こる、という理論を例証するためと考えられる。マドレーヌは柔らかく、それ自体がこってりと味付けされているが、パン・グリエやビスコットは無味乾燥なもので、紅茶に浸すことで初めて味をもち、想像力の養分となる。《あたかも種子が、乾燥しすぎた環境の中では発芽を中止し、死んでいるが、少しばかりの湿度と熱があれば蘇生できるようなものである》とプルーストは言う。

したがって、飲み物は紅茶あるいは菩提樹茶でなくても、ココアとかミルクコーヒーでもよいわけで、事実これらの飲み物も幸福な記憶を喚起する契機となっている。

《カフェ・オ・レの味は、あの晴れた日への漠然とした希望をもたらしてくれる。かつてぼくたちが実にしばしば、それをひだのある白い陶器のお碗で飲んでいるあいだ、そのお碗はクリームそのものがカフェ・オ・レのまわりに凝固してそれを包み込んでいるようなものだが、一日がまだ手つかずのまま充実しているときに、その希望があかつきの太陽の不確かな光の中でぼくたちに微笑みかけていたのだ。》（「カイエ58」）

《ぼくが家から出るとき、修理中の水道管が温水暖房器と同じ音をたてるのを聞いた。その音が何であるか分かる以前に、白い霧が洪水のように野原を覆い隠してしまい、あたかも横に長い丘だけが浮き上がって見えるフレスコ画のようなものを目にした。ぼくはショコラの暖かさと、よく晴れた朝の希望を感じた。》(「カイエ57」)

後の方の事例は初冬の朝、温水暖房器のたてる音が、同じ季節にドンシエールの兵舎の窓から見えた風景を喚起し、そこでロベールと一緒にココアを飲んで味わった「希望」を思い出した、という話で、記憶喚起の契機は音であり、飲み物は二次的な媒体にすぎない。紅茶が歓喜に満ちた夏の朝の幸福感に結び付くのに対して、ミルクコーヒーとココアは「不確かな希望」にとどまるのである。

ヴェネツィアの光景も、コンブレーの風景と同じように、熱と水分によって蘇生する、という考えが「カイエ57」に書き込まれている。

《*過去の印象のために書き入れるべきこと*　するとただちにヴェネツィアとサン＝マルコ、私にとってはすでにひからびた、薄っぺらな、単に視覚的なイメージにすぎなくなり、われわれがあらゆる感覚によって体験すると同時に知覚したものごとが「写真」に変わってしまい、それによってすっかり外面化し、われわれから完全に剥離し、アルバムないしは美術館の中だけで眺めたと思うほどに生命を喪失してしまうあの「写真」と化してしまっていたヴェネツィアとサン＝マルコが、何年もの間冷凍され、生命力を失ったと思われていた種子が、突然に水蒸気の放射を浴びてまた発芽し始めるように、熱気と、光と、水面のきらめきと、毎日ゴンドラに乗って陽春の水の上を引き回されて味わった水上の中世散歩のあらゆる印象によって展延された。ひんやりとして寒いほどの洗礼堂の中では、母が私の肩にショールを掛けてくれたのだった。〔…〕》

ひからびた写真のような記憶に水蒸気の放射を浴びせかけ、それを生きた現実の光景として蘇生させるという比喩は、実際にシャワーや入浴や蒸気吸入によって得られる蘇生感に対応しているだろう。特にプルーストは、ときには仮死状態に陥ることもあった喘息の発作を鎮めるため、薬剤の入った蒸気を吸入し、それによって心身の蘇生を体験していたのではないか、と私は想像している。それにまた、発作をおさえるため、ビールやカフェイン（コーヒーではなく薬剤）を服用していた。これらも水蒸気と同じく、のどや気管の機能不全を回避するはたらきがあったに違いない。

さきに見たように、彼は自我を体内にある孤立した多くの壺の集合体とみなし、記憶はその中に密閉されていて、偶然にやってくる外からの作用によって噴出する、つまり意識にのぼるようになる、というふうに考えたのである。記憶は壺の中でいわば仮死状態にあると考え、それを蘇生させるための外的作用について彼はいろいろと思案し、想像力を働かせ、たとえ話＝隠喩をいく通りにも書き換えた。それがレミニサンスという概念で総括されているエピソード群にほかならない。「スワン家の方」刊行に際して、彼はそれを無意志的記憶と呼んだが、それは記憶にかんするベルクソンの理論に触発された一時的なブレとみなすべきで、彼は両者を厳密に区別していたこと、すでに見たとおりである。

それでは、ゲルマント邸の中庭と図書室における衝撃的な過去の出現は何であろうか。不揃いな敷石につまずく話とナプキンの硬い触感は、身体感覚である点で祖母の記憶の蘇生の場合によく似ているが、プルーストはそれらを無意志的記憶とは呼んでいない。またレミニサンスとも呼んでいない。それらは今ここで起こって、現在進行中のことなので、名指しする必要がないのであろう。しかし、前後の文章をよく読むと、それは奇跡あるいは魔法の出現を告げる「合図」ないし「予告」とみなされたようである。この点は次章で明らかにする予定である。

そういう推移を念頭に置いて、「不滅の崇拝」という仮題をもつ草稿帳「カイエ58・57」に書き込まれたそれぞれの事例を検討してみよう。そこには明らかに記憶再生の契機が、視覚から身体の感覚へと移行していることが示されている。

光を放つもの

燦然と輝くヴェネツィアの光景を言語によって再現すること、プルーストの言葉を使えば「回復する」ことは、『失われた時を求めて』の究極の目的であり、最重要課題であり、それゆえに執筆開始とともにその方法が模索された。それは偶然の契機によって発現する無意志的記憶によるほかない、というのが周知の結論だが、そこに至るまでさまざまな試みがなされた。小説の最初の草稿帳とみなされる「カイエ3」には、寝室の窓から見える風見鶏が、サン＝マルコ広場の鐘楼の頂上に輝く黄金の天使を思い描かせる、というくだりがある。その後「序文草案」では、中庭を通っていて異様に光っている不揃いな敷石の上に足を置いたとき、かつてサン＝マルコ洗礼堂で似たような経験をしたことを思い出す、ということになる。

《（紅茶に浸したビスコットの味と同じように）ヴェネツィアで過ごした多くの日々は、知性によっては回復されずに私の中で死んでしまっていたのだが、昨年、ある中庭を横切っているとき、不揃いな敷石が光っているところの真ん中で私はぴたりと立ち止まった。［…］もっと重要なものが私を釘づけにしていた。それが何であるかはまだ分からなかったが、何か得体の知れない過去のものが私の奥底でふるえているのを感じた。私は敷石の上に片足をのせた瞬間、その動揺を感じたのだ。ある幸福感が私を満たすのを感じ、過去の印象というごく微量の私たち自身の純粋な実体、純粋に保存された純粋な生、［…］解放されて私の詩と生を富ませることだけを求めているもの、によって豊かになろうとしているのを感じた。しかし、それを解放する力が自分にあるとは思えなかった。この過去が私から逃げていくのではないかと恐れた。こういう瞬間には知性は何の役にも立たなかっただろう。私は数歩後ずさりしてこの不揃いで光っている敷石のところに立ち戻り、同じ状態に身を置いてみようとした。突然、光の洪水に見舞われた。それはかつてサン＝マルコ洗礼堂の少し不揃いですべすべした敷石の上で感じたのと同じ足の感覚であった。あの日、私のゴンドラが待っていた運河の上にあった日陰、そのときの幸福感のすべて、宝のすべてが、この感覚の認知に続いて降りそそぎ、そのとき以来私の代わりに生き続けた。》

よく読むとこの文章は矛盾をはらんでいる。サン゠マルコ洗礼堂の中は昼なお暗く、だからつまずいたのであり、石が光っていたからではないだろう。明るい外光に照らされた中庭の敷石の格別な輝きが、暗くて足元のよく見えない洗礼堂での体験を想起させたというのは、敷石が不揃いだったという説明を介してもなお不自然である。その暗い情景が光の洪水のイメージにつながるのはなおさら不自然である。ここで光は幸福感の隠喩であり、紅茶の隠喩と同じ性質のレトリックであるから、目くじらを立てるのは見当はずれなことかも知れないが、この矛盾を見逃すわけにはいかない。しかも春の陽光に満ち満ちているはずの大運河には暗い日陰があったとされている。運河の片側には岸の建物が影を落としていたかも知れないが、広々とした大運河が日陰になることはありえないだろう。その日が曇天だったとすれば、《光の洪水》の印象はなお不自然である。結局、大運河の輝きの対照として、建物の影が強調されているのであろう。そこで「序文草案」以外では、日陰の記憶は排除され、《運河の上の春の陽光》だけが想起される。要するに、プルーストは、石と水、光と影が織りなす絢爛たるヴェネツィアの光景をひとかたまりに幻想しているのであって、事実を記述しているわけではない。明暗が洗礼堂の内と外で逆転していることなど意に介さなかったわけである。そこで、刊行本では、暗がりは洗礼堂の中に戻され、外側はサン＝マルコ広場も、大鐘楼も、大運河も、燦然たる光輝に満ちていたとされる。語り手は、薄暗くひんやりとした洗礼堂の中で、黒い喪服を着た母とともにいる幸福を存分に味わい、母がそっとショールを掛けてくれたことを思い出すのである。

このように「序文草案」では、記憶喚起の契機は、光る敷石という視覚の印象から、急停止という身体感覚にかろうじて移行しているが、その不自然さは、作者が光る石の印象から発想し、それにこだわったからではないかと考えられる。プルーストの注意を釘付けにした光るものは、敷石だけではなく、鐘塔、樹木、屋根、壁面、沼、川、海面、鏡、石ころ、ガラスと宝石など多様であった。そして最後には名画『デルフトの眺望』の「黄色い小さな壁面」の輝きに至る。それらの光輝は内部に隠されたある秘密＝本質から放たれる信号であり、特殊な印象で見る人の注意を引きつけ、解読を求めている。作家の使命はその秘密を解明し、それを言葉で表現することであり、世界はそのような印象の宝庫だ、と彼は考えていた。

「カイエ3」で、語り手の寝室の向こうに見える風見鶏は、サン＝マルコ広場の黄金の天使を想起させると同時に、コンブレーの教会の黒く光るスレート屋根も想起させた。コンブレーの自然は、絢爛たる人工美の極致であるヴェネツィアに劣らぬ美と光輝の宝庫であり、作家を志す者の探究心と表現意欲をそそってやまない。「スワン家の方」で語り手は、二手に分かれた散歩道のうち特にゲルマントの方で、陽光を受けて意味深長に光り輝くスポットに出会って、その印象の奥に潜む謎を解明しようとした。

《「私は自分の文才の貧弱さにすっかり絶望して、もう文学のことも、作家修業のことも考えまいとして、ぼんやりとあたりを見回す」　すると、そんな文学的関心事とはまったくかけ離れて、何の関係もないのに、突然、ある屋根、石ころを照らす日の光、田舎道の匂いから特別な快感を受けて、私は立ち止まった。それらはまた、目に見えるものの彼方に何かを隠していて、それを取りに来いと私を誘うのだが、私はどんなに努力してもそれを発見できなかった。それらの中に何かが隠されていることを感じて、私はじっとそこを動かず、目を凝らし、匂いをかぎ、思考によってイメージや匂いの彼方に突き抜けようと努めた。そして急いで祖父に追いついて散歩を続けなければならないときは、目をつむってそれらを取り戻そうとした。私は、屋根の線や、石ころの色合いを正確に思い出そうとした。それらはなぜか分からないが中身ではち切れそうで、割れ目ができ、それまでつとめていた外皮の役を果たしきれなくなって、私に中身を引き渡そうとしているように見えた。》

《そうやって集めた印象を生け捕りにして、ちょうど釣った魚の上に草をかぶせるような具合に、イメージの覆いの下に隠して家に持ち帰り、じっくりと考察しようと思ったのだが、家に帰り着くとほかのことにかまけてしまい、私の心の中には、光のたわむれる石ころ、屋根、鐘の音、木の葉の匂い、その他もろもろのイメージが積み重なり、予感していたのに強固な意志をもって発見するに至らなかった現実が、その下で死滅してしまってからもう久しくなった。それでも一度だけ［…］》（「スワン家の方へ」）

それでも一度だけ、偶然、そのように隠された中身＝秘密＝本質の開示に出会い、それを文章によって生け捕りにすることができた。それがマルタンヴィルで鐘塔の三本が一本に見えたときのスケッチである。それ以外のときは、どんなに感動的な印象も言語表現に到達することができなかった。連れ立っている人への遠慮や義理からその現場を離れざるをえなかったので、あと一歩のところで取り逃がしたのだ。ユディメニルの三本の木の見え方をめぐってその状況が集中的に描かれている。しかしそればかりではない。何よりも語り手本人の受信能力と表現能力が未熟だったからである。語り手はメゼグリーズの方への散歩でも、自分の言語能力について絶望的な焦燥感に襲われる。

《一時間続いた雨と風に大喜びで立ち向かった後、モンジュヴァンの沼のほとりの、ヴァントゥイユ氏の庭師が作業の道具をしまっておくスレート葺きの小屋の前に来ると、太陽がまた現れたところだった。そして、にわか雨で洗われたその金色が、空や、木々の上や、小屋の壁や、まだ濡れたままのスレート葺きの屋根の棟の上をメンドリが散歩しているところを新たに照らしていた。［…］スレート葺きの屋根は、ふたたび太陽の光りが照らし始めた沼に反映して、バラ色の大理石模様を描いていた。そんな色模様に私はそれまで一度も注目したことがなかったのだ。そして、水面と壁面に青ざめた微笑が浮かんで、空の微笑に答えるのを見て感激した私は、閉じた傘を振り回して、「ジュット、ジュット、ジュット」と叫んだのだった。それと同時に私は、そのように不透明な言葉で満足すべきではなく、努力してその恍惚をもっとよく見きわめなければならないと感じていた。》

作業小屋の屋根の上を歩くメンドリが金色に輝くというのは、まさにサン＝マルコの大鐘楼の黄金の天使の輝きと対をなしているわけで、芸術家の腕の見せどころのはずである。語り手はそれを十分にわきまえていて、おのが無力に地団駄を踏む。「カイエ3」にはメンドリは出てこないようだが、田舎の生活情景に思いを馳せる文章がある。われわれはプレイヤッド新版の「エスキス」や研究書の引用によって断片的に「カイエ3」の内容を知るだけで、全貌を知ることはできないが、そこには小説の結末に近いところで初めて現れるサン＝マルコの大鐘楼を回想し、それと再会したいという思いが述べられている。彼が母とともにヴェネツィアを訪れたのは一九〇〇年であり、同じ年にひとりで再訪しているのだが、鐘楼は一九〇二年に倒壊し、一九一二年に元通り再建された。したがって彼がこれを書いた一九〇九年ごろには大鐘楼は記憶の中にしか存在していなかった。それ以後も彼がこの地を訪れることはなかった。記憶の中でしか再会できないものであるだけに、レミニサンスはいっそう切実だったに違いない。

《今や私はすでに強く照りつけている陽光を、直接ではなく。向かいの家の風見鶏に反射するまぶしい輝きに見ていた。ヴェネツィアでもそんなふうに、朝の十時に私の部屋の窓が開け放たれると、サン＝マルコの大鐘楼の黄金の天使が燦然と輝くのを見ていたのだ［…］《私は太陽の光を直接にではなく、向かいの家の鉄製の風見鶏に張り付いたくすんだ金色の中に見ていた。むかし村で、教会のスレートがまぶしく光るのが見えていたように。［…］（ヴェネツィアでは）私の部屋から見えるのは一つだけ、サン＝マルコ寺院の大鐘楼の黄金の天使を包む炎の箔の中の太陽であった。［…］たしかにそれはもっと美しかった。しかし、それはまったく同じものであった。そして、私の田舎での印象の真実をすべて取り戻させてやるという黄金の天使の約束は、文字どおりに果たされたのであった。》

この草稿では、語り手はすでにコンブレーでの生活も、ヴェネツィア旅行も経験し終えて、それを同時に思い出しているのであるが、《田舎での印象の真実をすべて取り戻させてやる》という約束は、具体的には何を意味するのであろうか。この「戻す rendre」という動詞には、「取り戻させる」という意味のほかに「表現する」という意味がある。前者だと「思い出させる」ことになるが、後者だと「書き表す」ことになり、物語の書き出しの文章としては無理があるが、結末あたりに置くつもりで書かれたのかもしれない。あるいは、紅茶に浸したマドレーヌの味がコンブレーの全景を一挙に思い出させた、というトリックを思いつく前に、風見鶏を利用することを考えたのかもしれない。いずれにせよ、風見鶏と大天使とメンドリの間には等価関係が隠されている。そのメンドリが陽光に輝きながらヴァントゥイユ氏の納屋の屋根の上を歩いていた、というのは、単なる点景として見逃すわけにはいかない。ヴァントゥイユ氏は、小説のこの段階では無名のピアノ教師にすぎないが、語り手は後にこの人物の遺作から芸術創造にかんする決定的な啓示を受けることになる。その七重奏曲は暁の空をつんざく鶏鳴によって開始されるのである。つまり、彼の屋根の上を歩くメンドリは、探求し、回復すべき「印象の真実」の象徴＝信号であったのに、語り手はその信号を受信することができなかった。

「序文草案」において語り手が、中庭の不揃いな敷石が光っているのを見て立ち止まるという話は、まさにそういう信号との出会いを語っているのである。語り手は敷石につまずくのではなく、それから発する光に注意を奪われ、その謎＝本質を究明しようとして立ち止まり、ためつすがめつするうちに光り輝くヴェネツィアの情景を思い出すのであるから、それは光る風見鶏、光る石ころ、光る屋根、光るメンドリの延長線上にある。そしてゲルマント大公の図書室に入った語り手は、「黄金の聖杯」の探求をテーマとするワーグナーの『パルシファル』の演奏が終わるのを待って本棚を眺め回しているとき、《あの敷石の下から新たなデルフォイ神殿のように出現したヴェネツィアが燃え立たせた熱情》を身のうちに感じる。神託＝啓示の下される場所の代表であるデルフォイ神殿の遺跡は、一八九二年、フランス人学者の主導のもとに発掘され、復元された。ヴェネツィアの記憶は、この遺跡と同じように、敷石の下から発掘され、復元されるべき秘宝のようなものであった。

内なる音楽

「カイエ58」では、語り手を立ち止まらせるのは、不揃いな敷石の放つ光ではなく、その段差の上に置いた足の感覚であり、その瞬間忘れていたメロディがよみがえる、という話になっている。

《そういう私の物思いは、中庭から出て行こうとしていた馬車によって破られた。私は大通りの方に向いてぼんやりしていたので、馬車に気がつかなかったのだ。私は厩舎の方に跳ねとばされ、不揃いな敷石の上を数歩歩いて石段にたどりついた。私の足が少し高い敷石から少し低い敷石に移ったとき、忘れていた音楽のようなものが漠然と身のうちに立ち現れ、震えるのを感じた。その魅力がほんの一瞬私の記憶に触れたが、だれの歌か、なんの曲かも分からなかった。それは私が知っている限りの音楽による幸福感とは違った、得も言えぬ幸福感のメロディのように特殊なもので、私はその音楽をかつてケルクヴィルの近郊をヴィルパリジ夫人といっしょに散歩しているときに聞いたし、リヴベルでも緑色の布切れの前で聞いたことがあった［…］》

次の章であらためて問題にすることになるが、この場面は、「見いだされた時」の刊行本で、語り手がゲルマント邸の中庭に入ったとたんに車に轢かれそうになり、あわてて避けようとしてよろめく場面とほとんど同じである。違いは、彼がよろけながら数歩歩いたこと、そのとき体内に漠然とした音楽を聴いたことである。それは、段差のある敷石を五線譜に、足跡を音符に見立て、歩行を演奏になぞらえたイメージ遊びではないだろうか。プルーストはここでレミニサンスのもたらす幸福感と内なる音楽を結びつけようとしているわけだが、刊行本では音楽は完全に消え、車を避けて飛び退く動作からただちに新しい局面が開ける。そして、レミニサンスがなぜ幸福感をもたらすのか、その正体をつきとめようという決意が生まれる。その問題は次章でくわしく検討しよう。

草稿の段階では、ゲルマント大公夫人の中庭の不揃いな敷石と、ユディメニルの三本の木と、緑色の布切れは同じ《得も言えぬ幸福感のメロディ》によって語り手の体内にレミニサンスを目覚めさせる。それをプルーストは《内なる音楽》あるいは《甘美な楽節》と呼んで、それに続いてつぎつぎに味わう他の幸福感も同じ音楽から生まれるとした。

一.《だがそのとき［不揃いな敷石に足を置いた瞬間］何が私の体内でこの甘美な音楽を呼び覚ましたのか、その音楽がこれらの樹木、この布地の下に何を見いだしたのか確認することはできなかった。コンブレーでもその音楽をサンザシの木の前で聞いたことがあり、後になってゲルマント夫人が私に『フランソワ・ル・シャンピ』のことを話したときも聞いた。私の体を温めるため、母が一杯の紅茶を持って来てくれたあの冬の日にはまだその音楽は聞こえなかった。ところがここでいま一度、忘れていたその声が話しかけてきたのだった。》

《[不揃いな敷石に足を置いた]　その瞬間、ある種の音楽の楽節が、どうして音符がそれと何かの関係をもちうるのか分からないのに、ある種の風景を喚起する力があるのに似て、何とも言えない愉悦の感覚が物質と化し、輝く青空、太陽の光りに満ちた熱気、爽快な日陰となった。[そして突然、サン＝マルコ寺院の洗礼堂の中で足を滑らせたときの記憶がよみがえった]》

二．《[スプーンが受け皿にぶつかる音を聞いた瞬間]　私はこの内なる音楽が身のうちで二度目に震えるのを聞いた。それは確かに同じ音楽ではなかっただろう。私には覚えがなかったから。しかしそれは私に、かつてそれ以外のものを消し去ってしまうほどの至福感を味わったのと同じ至福の言葉を語りかけてきた。[…]今度は、木立の甘美な静けさ、青空に立ちのぼる煙の匂い、ビールの冷たさが私の心を和らげた。そして、川沿いの小さな野原で汽車が停車している間、従業員が車輪をハンマーでたたく音がこのスプーンの音とまったく同じであったことに気づいた。》

三．《[従僕の差し出すナプキンで口を拭った]　そのときも、それが三度目だが、幸福と生の甘美な楽節が私の方にやってきた。それは青空の印象のようなものだったが、それに先立つ二つとは違って、海の青空の印象であった。その瞬間、その楽節が喚起する印象はあまりにも強烈だったので、ふらふらした私の頭はそれを現在の瞬間と信じた。私は鎧戸が開けられたように思った。その鎧戸の隙間から（太陽が）（黄金の）アンテナを使って、浜辺に下りて散歩をしにいらっしゃい、と私に誘いかけていた。そのアンテナが差し出していたすばらしい海岸の朝が、私の寝室に入って来ようとしていた。私の胸は散歩の計画と、海を前にしての昼食への食欲で高鳴った。そして私のナプキンは、ケルクヴィルに到着した翌日、窓の前で、ホテルのごわごわしたタオルで顔を拭いたときと同じように、銀色に光り輝くエメラルドとサファイヤの流れを、堅くて細い稜線によって区分けしたクジャクの羽のように私の眼前に広げて見せたのである。》

このように、「カイエ58」では、記憶の蘇生はすべて甘美な内なる音楽を伴っている。音楽はレミニサンスのもたらす幸福感を身体に感知可能な実質に変える媒体であった。プルーストはそれを幸福感という抽象的な観念が、ある種の物質、あるいは刺激と化して全心身に働きかける現象とみなしたようである。《何とも言えない愉悦の感覚が物質と化し、輝く青空、太陽の光に満ちた熱気、爽快な日陰となった》と彼は書いた。三つのレミニサンスに共通する青空、陽光、熱気、爽快さは幸福感の実質化にほかならない。そして語り手が過去に経験したレミニサンスは、すべてこのような幸福感の光輝に浸され、熱気に包まれる。寒いパリの寝室で母親のもって来てくれた熱い紅茶を飲んだときは内なる音楽は聞こえなかったが、今やそれも幸福な思い出の一つになった、というのである。

われわれはここで、プルーストが無類の寒がりやであったことに思い至る。彼は真夏でも外出のときは厚手のコートを着込み、帽子とマフラーを忘れず、家の中では着ぶくれて大量の寝具にうずもれて暮らした。暖かさが幸福の必須条件であった。また彼は晴朗で爽快な潮風を好み、それに酔いしれた。カブール＝バルベックは、海岸も内陸部もそういう自然の魅力に満ちていて、彼は一九〇七年から一四年まで、毎夏をそこで過ごして健康と創作意欲を取り戻した。また、停車した汽車の中で味わう爽快感はビールによって増強されている。

刊行本では、音楽は完全に消滅し、幸福感だけが表明される。レミニサンスを記述する文章は、草稿帳の文章から音楽を消去したものとほぼ一致している。そして音楽の代わりに、よろけたり、つまずいたり、口を拭ったりという身体への衝撃や刺激が強調される。内なる音楽とか、甘美な楽節とかはレミニサンスに伴う幸福感を表現するだけのものであって、レミニサンスを起動させる力はない。そのためには単に快い印象ではなく、もっと強烈、深刻な刻印が必要であろう。「心の間歇」ではそれは「畝溝sillon」と呼ばれた。

《私の知性によって描かれたものではなく、私の意気地なさのために曲げられたり、弱められたりすることのなかった印象、だがまた死自体が、突然の死の啓示が、まるで雷でも落ちるように、超自然の

非人間的な図式をなぞって、二本の神秘的な畝溝のように、私の中にうがってしまった印象である。》

この「畝溝」という言葉は、すでに「カイエ57」にも登場し、目に見えない深い印象を言い表している。《シンフォニー、あるいはカテドラルの景観が、われわれの体内にうがった小さな畝溝は、非常に認知しにくいものである。しかしわれわれは、そのシンフォニーを再び演奏し〔…〕そのカテドラルを再訪するのだ。》

このように、人の体内深くうがたれた刻印は、祖母の死の場合は、生前の祖母の姿をそのままによみがえらせたわけだが、小説の最後では、ゲルマント大公邸において、《超自然的》《魔術的》な力を発揮して、語り手の作家開眼を仕掛ける。それについては次の章で詳述することにして、その前に、音楽ではなく、単なる「音」、「音色」が強力な記憶喚起力をもっていることに注目しなければならない。

すでに指摘したように、『ジャン・サントゥイユ』では、調子はずれのピアノの音が同じ音を聞いたかつての情景をよみがえらせた。『失われた時を求めて』でも、受け皿に触れるスプーンの音だけでなく、温水暖房器のしゃっくりの音や水道管をたたく音が過去の情景を喚起する。さかのぼってはスワン氏の来訪を告げる鈴の音がいわば小説を起動させ、小説の最後で再び鳴り響くスワン氏辞去の際の鈴の音が語り手に執筆を促す、という構造になっている。そして、それらの音色が柔らかく甘美なときと、かん高く耳障りな金属音のときとで役割が違っている。「囚われの女」に組み込まれている七重奏曲の場面にそういういわば音色のセミオロジーが集約されているのである。

音色（ねいろ）

音色とは字義どおり音響の色彩であり、色彩はふつう、目に見えない音響の特徴を目に見えるように表現するための比喩として用いられるのであるが、プルーストは、両者の対応関係にきわめて敏感であり、それを言葉で言い表すのに腐心した。「囚われの女」のヴェルデュラン夫人の夜会におけるヴァントゥイユの七重奏曲の演奏の記述は、音響と色彩と言語との間に等価関係をうちたてて、音楽と美術と文学の総合芸術を創造しようという試みとして読むことができる。最初は弦楽四重奏曲として発想されたこの音楽が七重奏曲になったのは、楽器の音色と太陽光線のスペクトルとの対応関係を示唆するためであったことを推測させる文章にもこと欠かない。

《すでにピアノで知っていたヴァントゥイユの交響曲の一ページは、今オーケストラで聴いてみると、夏の日の光が暗い食堂に射し込むまえに、窓ガラスのプリズムで分解されてしまうように、思いもよらぬ多彩な宝物にも似たもののヴェールを取り払って、『千一夜物語』のありとあらゆる宝石をあばきだすのであった。》

《それはあたかも作者が生まれ変わって、彼の音楽の中に永遠に生きているかのようであった。彼がある音の色を選び、それを他の音色と調和させるときに味わっていた歓喜を人々は感受することができた。［…］それぞれの音はある色彩によって強調されていたが、それは、最も巧妙な音楽家が学び取った世界じゅうの法則をもってしても模倣することができないような色彩であった。》《［…］たとえばヴァントゥイユやエルスチールの芸術は、個人と呼ばれる世界――芸術なしでは絶対に知り得ないこの世界――の内的構造を、スペクトルの色として外部に示すことによって出現させるのであろうか？》

プルーストはモデルになるような曲を念頭に置いて、それに色彩や風景をあてはめて言語化したわけではない。逆に言語から出発し、それをまず色彩と風景に翻訳して後、それを音楽のモチーフに見立てて交響曲の世界を出現させているようである。それはまさしく、ヴァントゥイユの娘とその女友達が父の残した謎のような音譜の符号＝言語を解読し、音符＝音楽言語に翻訳して七重奏曲を出現させたというプロセスに対応している。プルースト自身が原稿の中で、モデルとして利用した作曲家の名をいくつか挙げており、記述のところどころに彼らの曲の印象が認められないわけではないが、全体としてそれらすべてを合成し、再組織した、観念的かつ絵画的な音楽に仕立てられている。原稿をつぶさに閲覧してこの曲の成立過程を跡づけた吉川一義の論文も、ヴァントゥイユの音楽はすべて《文学言語の隠喩である》というジャン・ミイの発言を引用して、それ以外のものではないことを確認する結果になっている。プルーストは音楽の文学的解釈を目指したのではなく、小説と絵画と音楽のあいだに等価関係をうちたて、それによって最も非芸術的なジャンルである小説を芸術の位置に高めようとしたのである。『失われた時を求めて』全体がそのような意欲をもって書かれたことを見失うとこの作品の意義は半減する。しかし、あまり欲張らないで、これまでのように一語一文にこだわりながら、音色のセミオロジーに取り組んでみよう。

ココアとミルクコーヒーが、紅茶より微弱だが、同じように幸福な記憶を喚起することをすでに指摘した。ココアの暖かみは、ドンシエールの兵営におけるサン＝ルーの部屋から見えた風景に結び付いているが、それは温水暖房器のたてるしゃっくりの音で喚起された風景であった。

《それはただ秋の日曜日に過ぎなかったのだけれども、私は生まれ変わり、人生は手つかずのまま私の前にあった。というのは、ずっと暖かい日が続いた後、その朝は冷たい霧が立ちこめ、昼ごろになってやっと晴れたからだった。［…］田舎の朝のおだやかな灰色と一杯のショコラの味とのあいだに、私はほぼ一年前にドンシエールに行ったときにもっていた肉体的、知的、精神的な生の新鮮味をすべて詰め込んでいた。その生は、禿げた丘の横長な形——それは見えないときも眼前にあった——の紋章となって、ほかの快感とはまったく違った一連の快感を私の心の中に形作っていた。［…］その点からみれば、私がその朝の霧によって投げ込まれていた新しい世界は、すでに経験し（それによってその世界はいっそう真実味を増した）、しばらく前から忘れていた（そのおかげですっかり新鮮になった）ものなのだ。［…］朝から新しい温水暖房器に火が入っていた。ときどきしゃっくりのような不愉快な音がするのだが、それはドンシエールの思い出とは何の関係もなかった。しかしその日の午後ずっと、その音が私の心の中の思い出とかちあったので、音と思い出とのあいだに親近性が生まれてしまい、しばらくそうしないでいてまた集中暖房器の音を聞くと、思い出が呼びさまされることになるだろう。》

実はこの日の午後、訪ねて来たアルベルチーヌを初めて抱擁したことの思い出に胸を締め付けられる、と付け加えた原稿もあるが、結局温水暖房器の音は希望に満ちたドンシエールの朝の思い出にだけ結びつき、アルベルチーヌの思い出は水道管をたたくかん高い音によって喚起されることになる。最初の原稿では、《ぼくが家から出たとき、修理中の水道管が温水暖房器と同じ音を立てるのを聞いた》となっていて、両方の音色がひとまとめにされるのだが、「見いだされた時」の刊行本では、二つの音はきちんと区別されている。

《（ゲルマント邸の図書室で）私がこのように推論していたとき、あのバルベックの沖合で、夏の夕暮れにときどき、レジャー用の船が鳴り響かせていた長い叫び声とまったく同じような水道管のかん高い音が聞こえて［…］バルベックで私が午後の終わりに味わっていた感覚と単に似ている以上の感覚を味わった。そのとき、テーブルはすべてクロスと銀食器で覆われ、広大なガラス窓は堤防に向かって全開され、その中間には何もなく、ガラスや石の非開口部など何一つなく、船たちが泣き叫び始めた海の上に太陽はゆっくりと落ちていた。堤防の上を散歩しているアルベルチーヌと女友達の群れに合流するには、私のくるぶしよりほんのわずかに高いだけの木のかまちをひとまたぎすればよかった［…］。しかし、アルベルチーヌを愛したことの苦しい思い出は、この感覚には含まれていなかった。苦しいのは死者の思い出だけである。》（「見いだされた時」）

小説のこの時点では、アルベルチーヌはすでに死去しているのに、死者の中には含まれていないような書きぶりである。この巻の冒頭で、アルベルチーヌの思い出は完全に、無意志的記憶からさえも消え去っていた、と書いたので、それと辻褄を合わせたのかもしれないが、それよりむしろ、プルーストにとって本当に愛したひと、そして船の汽笛のように泣き叫んでその死を痛恨したのは母親ひとりであった、というのが真実であろう。すでに指摘したとおり、アルベルチーヌにせよ、祖母にせよ、語り手が愛した女性たちは不在の母親の代理にほかならなかったのである。

いずれにせよプルーストは、金属管のたてる音を二種類に分けた。一つは温水暖房器の音で、それは霧深い晩秋の朝や田園風景など、優しく穏やかな思い出につながり、もう一つは水道管の音で、それは夏の夕方と海岸風景、死者の悲痛な思い出を喚起した。区別の基準は、それがしゃっくりという人間的で自然な音なのか、金属的なかん高い音なのかにあるようだ。ところで、この金属性のかん高い音は、同じ図書室においてスプーンが受け皿にあたってたてる音でもある。それは汽車の車輪をたたくハンマーの音につながり、夏の夕方の強烈な光に照らされる草原の風景を喚起した。したがってスプーンの音は、草原と海岸を入れ替えれば、さきほどあげた二項対立の後者に属することになる。事実、草稿の段階では、スプーンではなく、ナイフが登場し、ナイフは海の見えるホテルの食堂の思い出に結び付いているのである。

《私がナイフの音を、それを回想の中で見たとおりではなく、かつてそう聞いたとおりに聞いたとき、その音は一瞬、その朝のままの眺望で私の想念を愛撫しただけではなかった。》

それだけではなく、バルベックのホテルでの生活のすべてと、そのころの感情のすべてがナイフの音とともに蘇ったというのである。しかしその音は糊の利いたナプキンの感触に置き換えられ、そのナプキンも、ホテルの食堂のものではなく、客室のタオルに変わり、語り手がからだを拭きながら眺めた海の光景が喚起されることになる。フランス語ではナプキンとタオルは同じ単語なのである。このように刊行本において、ホテルの食堂の思い出につながるナイフではなく、スプーンが登場した理由は、小説中の一女性の発音に示されている。彼女はスプーンを［キュイエール］と発音せず、［クイエール］と発音した。［キュイ］というかん高い音を避けるためである。ナイフだと［クートー］というハトの鳴き声のような低音になる。またフォーク（フルシェット）と書かれた草稿もある。図書室にナイフやフォークの登場する余地は少ない、という実際的な理由もないわけではないが、プルーストが何よりもかん高い音色の語にこだわっていたことが、他のエピソードにも表れている。増尾弘美がはじめてその問題に取り組んだ。

物音や音響に対するプルーストの過敏症は伝説的であった。彼は寝室をコルク張りにして外部の音を遮断し、電話機は家の中に置かず、用があれば公衆電話に人を走らせ、使用人のたてるごくわずかな物音も厳禁した。そういう日常生活の中で、訪問客の鳴らす呼び鈴が激しい反応を引き起こしたことは当然である。語り手にとっては、スワン氏の来訪に関係のある鈴の音は、母親のおやすみのキスを奪われることにつながるので、入念に聞き分けられた。その記述は三段階に分かれる。

(一)《夜になって、家の前の大きなマロニエの下で、鉄製のテーブルを囲んで座っていると、庭のはずれで、「呼び鈴を鳴らさず」いきなり入って来ると鳴り出し、そこを通る身内のものみなの上に降り注ぎ、鉄さび色の、いつまでも響く、凍った音で耳を聾する、音量が大きくかん高い大鈴の音ではなく、来客用の小鈴の、おずおずした、卵形で金色の二回音が聞こえるのだった。［…］》

（二）《私はスワン氏を見送る両親の足音を聞いた。そして出入り口の大鈴の音で彼が行ってしまったことが分かるとすぐ、私は窓のところへ行った。》

（三）《私がこれから鮮やかに浮き彫りしようとしているのは、この具象化された時の観念、われわれ自身のうちで過ごされた歳月なのだが、それはこの瞬間、ゲルマント大公邸の中で、私の両親がスワン氏を見送りに行く足音と、スワン氏がついに出て行って、ママンがもうすぐ上がってくることを告げる小さな鈴の、跳ねるような、鉄さび色の、いつまでも響く、かん高く、冷たい音色をまた聞いたからなのだ。私は足音と鈴の音そのものを聞いた。それははるかに遠い過去のものなのだけれども。》

音を出すのは、引用（一）では来客用が「小鈴」、家人用が「大鈴」、（二）でも同じ「大鈴」、（三）において大鈴と同じ音色を響かせるのは、「小さな鈴」とされている。テクストの記述では、これら三種類の鈴の具体的な相違や、庭の出入り口がどんな仕掛けになっているかよく分からない。家人が出入りするとき騒々しい音をたてる「大鈴」は、フランスの商店のドアに取り付けてあって、ドアを開けるたびに大きな音をたてる鈴なのであろう。来客用の「小鈴」は呼び鈴で、それを鳴らして合図をすれば、家人が戸を開けに来るのであろう。それならスワン氏が庭に入るときも、「大鈴」のかん高く騒々しい音がしたはずである。そして、語り手を脅かしたのはまさにその音だったはずである。それは家人用としてすでに音色が描写されているから省略されているのであろうか。なぜ二つの音色を入念に区別したのだろうか。重要なのは、語り手が小説の最後にゲルマント邸で幻聴として聞いたのは、スワン氏がいよいよ辞去するときに鳴り響いた「大鈴」の音色だったということである。それは、《鉄さび色の、いつまでも響く、かん高く、冷たい＝凍った》音だとされている。つまりそれは、金属性の、耳障りな不協和音なのである。そういえば、水道管の音も、スプーンが受け皿にあたる音も、ハンマーで車輪をたたく音も、すべてこのような金属音である。その「大鈴」が最後には「小さな鈴」に変わったのはなぜだろうか。ユディメニルの樹木がカシの木とかニレの木とかに識別されているではなく、単に「三本の木」と抽象化されたのと同じで、「小さな鈴」は、種類を問わず、抽象的・一般的に「合図の鳴り物」、「呼び鈴」というほどのものとして使われているのであろう。つまり、プルーストにとって重要なのは、鈴の種類ではなく、もっぱらその音色だったわけである。ゲルマント邸のマチネにかんする草稿で、始めは「小さな鈴」とされながら、音色の描写では「大鈴」の音に変わっていることにもそれが表れている。それは、①鉄さび色＝赤褐色。《赤みがかった》となっている草稿もある。この色は七重奏曲の描写で重要な意味をもつことになり、スワン氏の「小鈴」の金色ではない。②いつまでも鳴り響く音であって、二回音ではない。③金属性の、かん高く耳障りな不協和音であって、おずおずした、卵形の（つまり耳にやさしい）小さな音ではない。④そして、金色の卵が連想させる丸みと暖かみはなく、冷たく凍った音である。草稿では、《セリの葉のような》という形容詞を創作して、冷たい緑色と、とげとげしい音の拡散する感じを出そうとしている。このイメージも七重奏曲で利用される。プルーストはここで、ゲルマント公爵夫人の名の魅力を解析したときと同じように、共感覚を表現するイメージを動員して、忘れがたい音色を言葉で再現しようとしたのである。「大鈴」と「小鈴」という二系列の音色を対立させたのは、コントラストによって音色の特色を明確にするためだったに違いない。

スワン氏の来訪と、その結果引き起こされる就寝のドラマの記憶にしっかりと結び付いたこのかん高い金属性の音は、語り手＝プルーストの、祖母＝母に対する罪悪感を表現し、その贖罪として芸術創造を開始する契機となっている。水道管の音も、同居中のアルベルチーヌがたてる物音も、すべて同じような罪悪感を触発し、最後の芸術的啓示に導いている、というのが増尾弘美の学位論文のテーマである。たしかに、最初「大鈴」の音として呈示され、最後に語り手の心の中で鳴り響いた同じ音色の「小さな鈴」の音は、自責の念、ないしは苦悩や不安をかき立てて、いつまでも鳴り止まない、脅迫的な音色なのである。「カイエ57」の文章にはそれがよく表れている。さきにあげた《赤みがかった》《セリの葉のような》という修飾語はそこに現れ、それは「大鈴」の音と明記されている。

《そして突然記憶の中に、出入り口までスワン氏を見送りに行く両親の足音を聞き、それから彼が出て行ったことを知らせる小さな鈴の、跳ね返るような、赤みがかった、セリの葉のような、かん高い音を聞いたとき、私はその鈴の音がまだ私の中に鳴り響いているのを感じてたじろいだ。［…］まさにその音が鳴り響いていたのであって、少しでもその音を変えることはできなかった。なぜなら、その大鈴の音がどうしてかき消されていたのか最初はよく思い出せなかったので、身の回りの会話の声を聞くまいと耳をふさぎ、自分自身の中に沈潜してその響きをより近くから聞き、よりよく観察しようとつとめたからである。》

この草稿文ではすでに、スワン氏の辞去の際に鳴るのは刊行本と同じく「小さな鈴」であるのに、数行先では「大鈴」に変わっている。それはその鈴の音色がかん高い、金属性の、自責の念や不安をかき立ててやまない耳障りな音色であることを強調するためと考えられる。語り手は、長い間聞くまいとしていたこの音が突然身のうちに鳴り響くのを聞いてたじろぎ、いよいよ執筆を開始しようと決意するのである。

ところで、語り手は同じ音色をすでに七重奏曲の演奏で聞き分けていた。父を苦しめた背徳の娘とその女友達が、贖罪のために父の遺稿を解読し、演奏用の楽譜を書き上げたとされるこの曲では、したがって、赤みがかった、かん高い、金属的な音が強調され、あかつきを告げるオンドリの空気をつんざく鳴き声に始まり、モレルのひくヴァイオリンの金属的な音で最高潮に達する。語り手はその演奏から深刻な衝撃を受け、芸術作品のありようについての啓示を得る。この音楽はヴァントゥイユ自身の贖罪ではなく、彼を苦しめた娘たちの贖罪行為の成果なのだが、その音色の特色によって語り手の自責の念を表現しているわけである。彼はその音色を言い表すにあたって、やさしく、甘美な乳白色のソナタとの対比を際立たせようとした。

《ソナタがユリの花のような田園ふうの黎明に染まり、そのほのかな純白を切り開いたものの、ひなびた揺りかごのように軽いが、しっかりしたスイカズラのからまりにひっかかって、白いゼラニウムの上に揺れていたのに対して、新作の方は、海面のようになめらかで平らな表面の上で、ある嵐の朝、とげとげしい沈黙と無限の空虚のさなかに始まった。そしてこの未知の世界は、暁のバラ色の光に包まれて、沈黙と夜から引き出され、次第に私の前に姿を現したのである。あのやさしく、田園ふうの、純白のソナタにはまったく存在しない、かくも新しい赤色が、神秘的な希望でオーロラのように空全体を染めていた。すでに歌声が空気をつんざいていた。七音の歌声、しかしそれは、最も未知な、私が想像したあらゆるものから最もかけ離れた歌声であり、名状し難いと同時にかん高く、ソナタの中でのようにハトのくうくう鳴く声ではなく、空気をつんざくような、冒頭部分を浸していた深紅のニュアンスと同様に鮮烈な音色、オンドリの神秘的な歌声のようなもの、永遠の朝の名状し難いが非常に鋭い呼び声であった。［…］》

ソナタと七重奏曲の音色の二項対立は、これまで見てきた温水暖房器と水道管の対立、小鈴と大鈴の対立と同じように対照的な修飾語群によって示されている。①前者のおだやかな乳白色の田園風景に対して、後者の緊迫した赤色、バラ色、深紅の海岸風景、②前者のハトの鳴き声のようにやさしい低音に対して、後者の鶏鳴のように鋭くかん高い、空気をつんざく音、③前者の暖かみと丸みのある音に対して、後者の冷たい、セリの葉や稲妻のように鋭く空気を切り裂く音。

それに続いて、真昼の太陽のもとでのコンブレーの鐘の音の印象が表現されるのだが、それは《鈍重な幸福の音》であって、語り手はそれが気に入らない。演奏はさらに進んで、さきほどの二項対立の後者の音色がますます強調される。

《雰囲気はもはやソナタと同じではなかった。問いかけの小楽節は一段と切迫して不安に満ち、応答はますます神秘的になった。朝夕の青ざめた空気が楽器の弦にまで影響を及ぼしているようであった。モレルの演奏はすばらしかったが、彼のヴァイオリンの立てる音はことのほか耳をつんざく、ほとんど金属的な音であった。そのとげとげしさが気に入られた。そして、ある種の声がそうであるように、そこには一種の精神的特質と知的優越性が感じられた。しかしそれは衝撃だったかもしれない。世界のヴィジョンが変わり、純粋になり、内心の祖国の記憶によりふさわしいものになると、それが音楽家では音色の、画家では色彩の全面的な変質となって表れるのは自然である。》

こうして、曲の始めと同じ音色がふたたび現れる。それは空気や耳をつんざくような、かん高い、金属的な、とげとげしい音であり、セリの葉形の雷電のような音があたりに拡散する。そして最後にソナタの白と七重奏曲の赤との対比が天使の姿で現れる。

《ついに、歓喜のモチーフが勝ち誇った。それはもはや空虚な空の彼方に向けて放たれる不安げな呼びかけではなく、天国から来るかに見える名状し難い歓喜であった。この歓喜とソナタの歓喜の違いは、ベルリニの描いたテオルボを奏でる柔和できまじめな天使と、緋色の衣をまとってブッキーニを吹いている、マンテーニャの描く熾天使との違いに等しかった。この新たな歓喜のニュアンス、地上を越えた歓喜へのこの呼びかけは絶対に忘れることがないと私は知っている。しかし私は、この歓喜をいつの日に実現することができるだろうか。》

テオルボは、《一六、一七世紀に使われたリュート属の楽器で、通奏低音の補強として低音弦が付けられた》。ブッキーニは、《古代ローマの軍隊で信号などに用いられた一種のホルンで、金属楽器だがその音色は木管に似た柔らかさと潤いをもつ》と辞書にはある。同じ赤でも、こちらは緋色であり、空気をつんざくような金属性の音ではなく、《空気を沸き立たせるような》朗々たる歓喜の歌声として想像されている。この《歓喜のニュアンス》は、曲の始めにあった《オンドリの神秘的な歌声》の《空虚な空の彼方に向けて放たれる不安げな呼びかけではなく、天国から来るかに見える名状し難い歓喜であった》とされている。同じく赤い音色でも、鶏鳴は不安を、熾天使の楽器は天国の歓喜を表すというわけである。前者には赤紫色が、後者には黄色みをおびた朱色が想定されているようである。

草稿の段階で、この音楽は四重奏曲だったことがある。それは、《ある嵐の朝、赤紫色の光、オーロラの神秘的な希望と永遠の朝を告げるニワトリの歌声のようなもので始まった》とされている。そこでは鶏鳴はいわば救済の時の到来を告げる歓喜の奏楽を意味していたのである。語り手は「コンブレー」で、マルタンヴィルの鐘塔のスケッチ文に成功したとき、思わず《いま卵を産んだばかりのメンドリのように声を限りに歌い始めた。》あのスケッチは無邪気に書いたから成功した若書きなどではなく、語り手の最初にして唯一の文学的達成として小説に挿入されていることに注目しなければならない。だからこそ、「見いだされた時」において、その出来事はレミニサンスとは無関係であるのに、それに伴う幸福感の経験の一つに数えられたのである。つまり鶏鳴は、最初は歓喜の歌声とみなされていたのに、小説のこの段階になると《不安な呼びかけ》に変わり、救済の時の歓喜は天使の奏楽に託されることになった。

七重奏曲には他にもさまざまな要素が盛り込まれているので、簡単には単純化できないのだが、ここではこの鶏鳴と大鈴の音色との類似に注目しよう。それはまた水道管の音、スプーンの音との類似でもある。その音色が共通して示唆するのは、死者の思い出にまつわる苦悩と悔恨とを超越するための贖罪としての芸術創造への呼びかけであろう。このテーマはハトの鳴き声と鶏鳴との関係として「囚われの女」にも組み込まれている。

「囚われの女」の最後に近いところに、語り手が明け方の寝室でアルベルチーヌとともにハトの鳴き声を聞く場面がある。それはコンブレーにおける母のように、毎晩おやすみの接吻によって安らぎを与えていたアルベルチーヌが、ある晩それを拒んで語り手を不安に陥れたときのことである。彼女はフォルチュニーの深い青色と金色の部屋着を身にまとっていて、そこには鳥が描かれている。そして彼女は《死を予感した動物のように本能的で不吉な頑固さで身を引いた。》その後彼女は語り手の誘いに応じて寝室にとどまり、ベッドのへりに腰掛けて明け方まで夜とぎを続ける。

《突然私たちは、うめくような呼び声の規則正しいリズムを聞いた。それはハトがくうくうと鳴き始めたのであった。「夜が明けたしるしよね」とアルベルチーヌは言った。そして、私の家で暮らしていると、美しい季節の楽しみはないとでもいうかのように、ほとんど眉をひそめて、「春になったのでハトが戻ってきたのよ」と続けた。ハトの鳴き声とオンドリの歌声との類似はヴァントゥイユの七重奏曲において非常に深く、感知しにくいものである。（ちょうどヴァントゥイユの七重奏曲のなかでアダージョのテーマが、最初と最終の部分の鍵になるテーマと同じものを土台にしていながら、ただ調性や拍子などの違いで非常に変形されているようなものだった。［…］）それと同じように、ハトが演奏するこのメランコリックな曲は、一種の短調による鶏鳴であり、空に向かって垂直に立ちのぼるのではなく、ロバの低い鳴き声のように規則的で、おだやかさに包まれ、同じ水平線上をハトからハトへと伝わり、その横向きのうめき声が立ち上がって、導入部と最終楽章のアレグロであんなに何度も放たれた歓喜の叫び声に変わることは決してなかった。そのとき私は、アルベルチーヌに死が迫っているかのように、「死」という言葉を口にしたことをおぼえている。》

私には音楽のことはよく分からないが、原文を忠実に読む限り要するに、ハトの鳴き声と鶏鳴との類似性は感知しにくいが、音楽的には同じテーマの変奏に他ならないということであろう。ハトの鳴き声は《短調による鶏鳴》だとされる。そしてテーマは、その先に明示されているとおり《死》であろう。この引用文で括弧に入れた部分は、セレスト・アルバレの手で書き加えられているそうである。つまりプルースト最晩年の加筆である。そのテーマを「アルベルチーヌの死」とみれば、それは七重奏曲の演奏には含まれていない要素である。しかし、「囚われの女」の最後では、鶏鳴はハトの鳴き声と同じ音色となり、不吉な死を予告する役目を担うことになった。

そのときアルベルチーヌが身にまとっているフォルチュニーの部屋着に注目しよう。それは深い青色と金色の生地に、ヴェネツィアの光景と鳥の絵が織り出されている。その鳥にかんしては作中、数ページを隔てて三種類の違った記述がある。①その部屋着には《目に見えぬヴェネツィアの蠱惑的な光景が織り出されているという文脈で、アンブロジアーナ図書館蔵書の装丁の円柱列のように、《交互に生と死を表す東洋の鳥》が繰り返し描かれている。②はラスキンの『ヴェニスの石』から採られた図版の一つで、《死と再生を象徴するつがいの小鳥たち》である。これについては、吉川一義の『プルースト美術館』に解説があり、菊池博子の学会発表でクジャクらしいとされた。語り手はこのつがいの鳥たちを《胸にきつく抱きしめた》のであるが、それは①の《交互に生と死を表す東洋の鳥》とは別物であろう。それもラスキンが言及しているが図版はないそうである(菊池博子)。③語り手はその部屋着を脱がせようとして、《ぼくの方もこのきれいな着物が皺になりそうで近寄れない。それに運命の鳥(複数)がぼくたちの間に入り込んでいるなんて》と抗議している。語り手は、アルベルチーヌの歓心を買うため、フォルチュニーの衣装を五着注文したというから、これらは別の部屋着なのかも知れない。少なくとも①と②は別の模様であろう。この場面は切れ目のない一夜の出来事のように記述されているが、実は数夜にわたる話であり、アルベルチーヌは違う部屋着を着ていたということかも知れない。しかし、深い青色と金色の生地に死と(再)生を表す二羽の鳥が繰り返し描かれているという図柄は同じである。語り手は最後にそれを《運命の鳥》と感じた。運命の鳥は死の国からの使者であって、再生とは無縁である。それが最初に語り手が抱きしめた《死と再生を象徴するつがいの鳥》と同じものだとすれば、語り手の目にはこんどは死の鳥だけしか見えていなかったわけである。その夜から数日後、アルベルチーヌは失踪し、やがて不慮の死の報せがもたらされる。

このように音色の類似性という説明によって、夜明け=再生を告げるべき鶏鳴は、死を予告するハトの鳴き声と同一視されてしまった。そして死と（再）生を表象する二羽の鳥は、二羽とも救済への希望のない死の鳥に終わるほかなかった。なぜならそこには、執筆を促すあのかん高い、耳障りな金属音、スワン氏の辞去を知らせる大鈴の音が鳴り響いていないからである。その音を語り手はゲルマント邸のマチネの最後に聞くことになる。

第5章

『千一夜物語』

アラジン

前章において、語り手がゲルマント邸の中庭の不揃いな敷石の上でよろける場面が、「カイエ58」では、よろけながら数歩歩くと、内なる音楽が聞こえて幸福感に満たされるとされていることに注目した。それは段差のある敷石を楽譜に、足跡を音符に見立て、歩行を演奏になぞらえたイメージの遊びではないかと思われるのだが、刊行本では音楽抜きで、よろめきの衝撃からただちに幸福感が生まれることになる。

《今しがた述べた悲観的な考えを反芻しながら、私はゲルマント邸の中庭に入ったのだが、ぼんやりしていて、一台の車が進んで来るのに気がつかなかった。運転手が大声を出したとき、私は、とっさにあわてて飛び退き、後ずさりした拍子に思わず車庫の前のかなりでこぼこのある敷石につまずいてしまった。しかし、身を立て直そうとして、それより少し低いもう一つの敷石に足をのせたとき、私の一切の失望はある幸福感の前で消え去った。それは私の人生のさまざまな時期に与えられた幸福感、バルベックの周辺で、馬車に乗って散歩しながら、以前に見たと思った木を認めたときや、マルタンヴィルの鐘塔の眺め、紅茶に浸したマドレーヌの味、そのほか私が語ってきた――そしてヴァントゥイユの晩年の諸作品が総合しているように思われた――数多くの感覚、そうしたものの与える幸福感と同じものだった。ちょうどマドレーヌを味わったときと同じように、未来にかんする一切の不安、一切の知的懐疑は一掃された。少し前まで、私の文学的才能の存在について、また文学そのものの現実についても、私を悩ませていた疑念は、まるで魔法にかかったようにすっかり消えてなくなっていた。》(「見いだされた時」)

語り手は、《まるで魔法にかかったように》、それまでの絶望的な気分から一転して幸福感に満たされる。それまでもレミニサンスはかならず幸福感を伴ってきたのだが、こんどは絶望のどん底から希望へと劇的などんでん返しが起こり、そこに超自然的な力の介入があったとみなさざるをえないという事態である。寒さにこごえながら熱い紅茶を飲んだときも、《魔法にかかったように》不安から解放された、とされていた。そういうのは単なるレトリックではなく、プルーストは実際に「アラジンの魔法のランプ」の物語を念頭に置いてそう書いたのではないか、と私はずっと以前から考えてきた。その最大の理由は、この場面の直前に置かれている次の一節である。

《けれども、ときとして、一切が失われたと思われるような瞬間にこそ、私たちを救うことのできる合図がやってくるのだ。ありとあらゆる扉をたたいたが、その先には何もなかったのに、たった一つ入ることのできる扉、百年かけて探しても見つからないような扉に、それと知らずに人はぶつかり、扉は

不意に開くのである。》

幸運なアラジンの物語を下敷きにした起死回生のドラマは、入念に準備される。語り手は、長年にわたる治療の効果が一向にあがらなかった療養生活からパリに戻る途中、《フランスで最も美しい田園の一つという定評のある場所》を車窓から眺めながら、それを描いてみようという意欲がまったく起こらない我が身の詩的能力の欠如を痛感し、また文学そのものに失望し、社交界で人間観察をするのも悪くないだろうと考えて、パリに着いた翌日、暗い気持ちでゲルマント大公夫人の午後のパーティに赴く。大公邸は今や新興ブルジョアの豪邸の立ち並ぶボア大通り（現在のフォッシュ大通り）に新築され、かつて語り手が畏怖の念をもってあこがれた《近寄り難いアラジンの宮殿》のオーラを失ってしまった。

《かつて私は、うそと知りつつも、ゲルマント家の人びとが世襲の権利でしかじかの御殿に住んでいると信じていたが、その時期の私には、魔法使い、ないしは妖精の住む御殿に入って行き、呪文を唱えなければ開かない扉を私の前で開けさせるのは、当の魔法使い、または妖精自身と話し合うのと同じくらい至難のわざに見えたものだ。》（「見いだされた時」）

途中シャンゼリゼを通るとき、かつてあれほど傲慢不遜であったシャルリュス男爵が、かつては歯牙にもかけなかった女性に向かって腰をかがめる哀れな姿を目撃し、多くの名士の死を知り、暗澹とした気持ちである。草稿には、いよいよゲルマント邸に着いて門を入るとき、大通りの並木を見上げ、そこに一縷の希望の光を探し求める、という場面があった。

《［…］そしてゲルマント邸に到着して中庭に入ったのだが、倦怠に満ちた最後のまなざしを五月の青空と大通りの緑の並木に投げかけ、傾きかけた美の光が私に慰めをもたらしてくれないかどうか、私がどうしようもなく凡庸なわけではないことを示してくれるのではないかを見ようとした。詩人ならばきっと美しいと思っただろうが、私には退屈に思われた情景を正確に想起しながら、世界がこれほど醜く見えるのは、結局私が凡庸だからだと痛感した。そういう私の物思いは、中庭から出て行こうとしていた馬車によって破られた。》（「カイエ58」）

刊行本では、樹木に託されたこのような物思いは、前日に起こった療養所からの帰途の出来事として、もっとていねいに、言葉を尽くして述べられている。

《それは、今でも思い出すのだが、野原の真ん中で汽車が止まったときだった。鉄道線路に沿って一列に並んでいる樹木の幹の半分までを太陽が照らしていた。私は思った。「木々よ、おまえたちはもう、ぼくに言うべきことが何もない。ぼくの心は冷えきっていて、もうおまえたちの声が聞こえない。ぼくは自然のまっただなかにいるのに、それだのに、ぼくの目は冷淡に、憂鬱に、おまえたちの日に照らされた額と、陰になった幹とを隔てる一本の線を見きわめているのだ。かつてぼくは自分を詩人だと思い込んだこともあったけれども、いまではもうそうでないことが分かっている。おそらく、これから始まろうとしているぼくの生活の新しい部分、すっかり乾ききった部分では、自然がもう語らなくなったことを、人間がぼくに吹き込んでくれるかも知れない。けれども、ぼくが自然をうたうことができたかも知れない歳月は、もう二度と戻ってきはしないだろう。」だが、自然の霊感が不可能になった代わりに、人間観察が可能になったと考えて自分を慰めながらも、私にはちゃんと分かっていたのだ、自分がただ気休めを求めているにすぎないこと、自分が無価値だと知っていることが。もし私が本当に芸術家の魂を持っているなら、このように夕日に照らされた木々のカーテンを前にして、また車両のステップに届かんばかりに背伸びしている土手の小さな草花をまのあたりにして、どんな喜びを覚えないだろうか。ところが私はその花びらを数えることはできても、多くの良き作家たちのように、その色合いを描写することは厳に慎むだろう。自分が感じもしなかった喜びを読者に伝えることなど期待できるわけがないからだ。》

このように失意のどん底にあった語り手が、ゲルマント邸の中庭でよろめいたとたんに、局面は一転し、彼は幸福感に包まれ、自分の才能と文学に対する信頼を取り戻す。そして天来の声を聞く。それは今度こそ、万難を排して、なりふりかまわず、幸福感の正体を突き止め、おのれの創作原理を確立せよ、と誘う声であった。《さあ、おまえにその力があるのなら、通りがかりに私をつかまえてごらん。そして私がおまえに差し出している幸福の謎を解こうと努めてごらん》とその声は言った。彼はよろめきながら、めまいの中でその声を聞く。そしてサン＝マルコ洗礼堂のタイルの上でよろめいたことと、その日のヴェネツィアの燦然たる光景を思い出す。魔法の力による局面の一転がさきにあって、次に記憶がよみがえるのである。受け皿にあたるスプーンのかん高い音でも同じことが起こる。語り手はスプーンの音で眼前によみがえった情景から、前日にそれを見たときとまったく違う印象を受ける。

《一人の召使いが、音を立てまいとしていたにもかかわらず、皿にスプーンをぶつけてしまった。すると不揃いな敷石が与えたのと同じ種類の幸福感が、私の中に入り込んできた。これもまた大変な暑さの感覚だったが、しかしまったく違ったもので、そこには煙の匂いがまじり、周囲の森のさわやかな匂いがそれを和らげていた。そして私は認めたのである。これほど快く思われているのは、眺めるのも描写するのも面倒だったあの一列に並んだ木立と同じものであった。私は一種のめまいとともに、汽車の中に持ち込んでいたビールの小瓶の栓を抜きながら、その木立と対面しているような気がしたのだ。それほどに、皿にぶつかるスプーンのそれと同じ音は、私がまだわれに返る余裕もないうちに、小さな森を前にして汽車が止まっているあいだ、鉄道員が車輪の何かを直していたハンマーの音であるような錯覚を与えたのであった。それからは、私を失望から引き出して文学への信頼を返してくれることになる兆候が、熱心にその数を増やしていくようであった。》

このくだりで明らかなように、汽車の窓から見える風景は、前日そこを通ったときは語り手を暗澹たる気持ちにしたのに、ゲルマント邸の中庭でよろけたとたんに世界は別の様相を呈し、同じ風景が暑気と爽快さによる幸福感を与え、冷たいビールが渇きをいやし、活気を与えた。その幸福感のなかで、語り手は車輪をたたくハンマーの音を聞く。これこそ創作の開始をうながす《鉄さび色の、かん高い金属音》にほかならない。スプーンが受け皿に当たって、まさにその音を立てたのである。七重奏曲でモレルのひくヴァイオリンの音色も、同じように《耳障りな、かん高い criard》金属音であった。前章でくわしく検証したように、この形容詞は、小説の始めから終わりまで一貫して語り手の罪悪感を掻き立て、執筆開始をうながす合図の役割を果たしている。

その直後に、世にも強烈にして華麗なヴィジョンが現れる。召使いに渡されたナプキンで口を拭ったとたんに、語り手はバルベックの海の光景と潮風の感覚に包まれる。それは、『千一夜物語』でアラジンが洞窟に閉じ込められ、万策尽きて両手を合わせ、最期の祈りを捧げると、指にはめたことを忘れていた魔法の指輪をこすってしまい、そこに魔神が出現して彼を洞窟から解放する、という話の書き換えにほかならない。アラジンのこの動作は、アントワーヌ・ガラン訳のテクストによるものであり、プルーストと同時代の東方学者マルドリュス訳では、アラジンは絶望のあまり身悶えし、腕をよじったので指輪をこすった、とされている。小説の中で、語り手は両方の訳書を母からもらうことになっているが、プルーストはガラン訳のほうを愛読したようである。

《[…]私は召使いから渡されたナプキンで口を拭った。するとたちまち、まるで『千一夜物語』の人物が、彼だけに見える魔神、彼を遠くへ運んでやろうと身構えている従順な魔神を出現させるまさにその儀式を、それと知らずにやってしまったように、私の目の前を新たな青空の光景が通り過ぎて行った。ただしそれは純粋で、塩気を含んでいて、青みをおびた乳房となってふくれあがった。その印象は実に強烈だったので、再体験しつつあるその瞬間が、現実の瞬間にほかならないように思われた。かつて私は、自分が本当にゲルマント大公夫人に歓迎されるだろうか、すべてががらがらと崩れ落ちていくのではないかと疑ったものだが、そのときよりももっと茫然となった私は、召使いが今しも浜辺に向けて窓を開け放ち、すべてのものが私に、下に降りて満潮の防波堤に沿って散歩するように誘っていると思い込んだのだ。私が手にして口を拭いたナプキンは、かつてバルベックに到着した最初の日に、窓の前であんなに苦労してからだを乾かしたタオルと同じように、糊が利いてごわごわしたものだった。そして今、ゲルマント邸の書棚の前でナプキンは、緑と青の大海原の色を折り目と平面に色分けして、さ

ながらクジャクの尾のように広げて見せるのであった。》

草稿文では《顔を拭く》であったのが、ここでは《からだを乾かす》に変わっている。フランス語の文法では、代名動詞を使う構文の場合、顔とか手とかいう局部を示す名詞が付け加えられていなければ、からだ全体が対象になる。草稿の段階では《顔》という語があったのに、決定稿ではそれが削られ、動詞も「拭く」から「乾かす」に変わっているのである。その違いは大きい。フランスのホテルの、厚手のリネンに糊を利かせてきちんと折りたたみ、プレスしたタオルは、まず広げるのに骨が折れ、ごわごわした硬い布で体を拭くのは楽ではない。語り手はそんなタオルと格闘しながら、かなりの時間、窓から海を眺めたのである。顔を拭くときには外は見えないだろう。また拭くより乾かすほうが時間を要する。口を拭くナプキンのごわごわした感触とともに、そのとき裸の全身に受けた海の輝きと潮風の感覚がよみがえり、瞬時にしてゲルマント邸は消えてバルベックのホテルが出現する。それはアラジンが魔法のランプをこすって宮殿を出現させたときのようなものである。ついでながら、このホテルの場面は、「花咲く乙女たちのかげに」に出てくるが、そこでもすでに《からだを乾かす》になっている。それによって、この場面が、「カイエ58」の草稿文より後に書かれたことが分かる。このようにプルーストは、一語一文に気を配りながら、慎重にフィクションの伏線を張りめぐらしたのである。

結局スプーンの音は、新しい局面の開幕を告げる合図の音だったわけだが、原文では「シーニュ」と書かれている。この語は、辞書では兆候、合図、記号、特徴などの意味をもつとされているが、象徴派の詩人たちはこれに表象、象徴の意味を込めて愛用した。そして音声の類似から「白鳥（シーニュ）」のイメージでそれを表した。白鳥はシーニュのシーニュ、シーニュの化身なのである。プルーストのスワンとオデットも『白鳥の湖』にあやかったものと私はひそかに考えているが、それ以上に彼は『千一夜物語』の妖精にシーニュの化身を見いだし、小説に出現させた。妖精はコンブレーではリラの花やキンポウゲの姿で現れ、音楽の演奏ではヴァントゥイユのソナタとともに現れた。七重奏曲の演奏が開始されたとき、何も分からず途方に暮れている語り手の手引きをするのは妖精である。

《演奏が始まった。私は何が演奏されているのか知らなかったので、未知の国に来たような気がした。どこの国だろう。どんな作曲家のなんという曲を聞いているのだろうか。私はそれを知りたかった。そして、だれにたずねてよいか分からなかったので、いつも読み返している『千一夜物語』の登場人物になりたかった。そこでは、どうしてよいか分からないときには突然、魔神、またはうっとりするほど美しい少女が、他人には見えないが困っている主人公にだけは見えるように姿を現し、彼がちょうど知りたがっていることを教えてくれるのである。私はそのとき、まさしくそのような魔術的なものの出現に恵まれたのである。》（「囚われの女」）

ゲルマント邸では、妖精ではなく入道雲の姿をした魔神が現れる。中庭に始まる起死回生のドラマはすべて、アラビア奇譚に物語られているような、魔術的としか言いようのない超自然の僥倖であった。この章の冒頭に引用した文章にもう一度立ち戻ってみよう。

《けれどもときとして、一切が失われたと思われるような瞬間にこそ、私たちを救うことのできる予告が訪れるのだ。ありとあらゆる扉をたたいたが、その先には何もなかったのに、たった一つ入ることのできる扉、百年かけて探しても見つからないような扉に、それと知らずに人はぶつかり、扉は不意に開くのである。》

語り手がそれとは知らずこの体当たりのような動作を二回やってしまうと、皿にぶつかるスプーンの金属音の合図とともに魔神が出現する。不揃いな敷石につまずいたときすでに局面は一転し、語り手はめまいの中で天来の声を聞いたのだが、こんどはしっかりと合図の音を聞き分ける。口を拭く動作と金属音の順序が逆になっているが、食べたあとで口を拭くのだからそうならざるをえない。この音は、執筆をうながす音として小説の最後まで語り手の耳元に鳴り響くものとなる。語り手はサロンの喧噪でかき消されていたその音をついに感知し、それはコンブレーで聞いたスワン氏の辞去を告げる鈴の音と同じだと悟る。スワン氏の来訪によって引き起こされた「就寝のドラマ」において、語り手に生涯消えない思い出を残した本『フランソワ・ル・シャンピ』に、その後図書室で出会うという偶然も重なる。

　このようなアラジンの奇跡譚の介入を、単なるたとえ話、偶然の僥倖の隠喩とみなして、おもしろく読み進むこともできよう。しかしプルーストが、さまざまな伏線を張りめぐらしてこの場面を準備していることを見逃すわけにはいかない。彼が最終章の結末で、命ある限り徹夜を重ねて《別の時代のアラビア物語を書く》と明言していることを言葉どおりに受け取るべきではないだろうか。第二章「プルーストの寝室」において、小説の冒頭部分が「眠りから覚めた男」からいかに多くのヒントを得ているかを検証したわけだが、その他にも多くのイメージとたとえ話がアラビア物語から借用されている。

　さきほど引用した七重奏曲の演奏中に妖精が語り手の手引きをするというくだりで、語り手は『千一夜物語』を《いつも読んでいる》と言っているが、プルースト自身がそうだったのではないかと考えられる。語り手は、母親に《コンブレーでは少なくとも本を読んでいたのですから、バルベックでも、仕事をしないのだったらせめて本でも読んだら》と言われて、《まさにそのコンブレーと、あのきれいな絵皿の思い出に包まれていたいので、『千一夜物語』を読み返そうと思っています》と答える。絵皿はフランソワーズが買いそろえた料理用とクッキー用の皿で、一枚一枚に、「アリ・ババと四十人の盗賊」、「アラジンの魔法のランプ」、「眠りから覚めた男の話」「全財産をもってバソラで乗船する船乗りシンドバットの話」などの色絵が描かれ、題名が書き添えられていた。それぞれの話は絵本のようなシリーズになっていて、レオニおばさんは食事のとき声を出してそれを読んでいた。これらの題名をきちんと書き並べることで、プルーストは『失われた時を求めて』を点綴しているアラビア物語の目録を示したわけである。そのうち特に「アリ・ババと四十人の盗賊」はスワン氏の人物像の原画の役を果たし、この小説のいわば起源になっているとみなされる。

ところで、この小説をプルーストのアラビア物語として読み直すまえに、ゲルマント邸における過去の情景の奇跡的な出現が、それまでの多くのレミニサンスと異なった様相を示していることに注目しよう。

語り手は、バルベックの海の光景を眼前に見た後、同じ図書室の本棚で、『フランソワ・ル・シャンピ』を見つけて金属棒でなぐられたような衝撃を受ける。その場面は「カイエ57」では次のように書かれている。

《しかし、一冊の本を取り出し、そのタイトル『フランソワ・ル・シャンピ』にぼんやりと目をやったとき、突然私は不愉快な身震いに襲われた。それは、私の考えていることと不協和すぎる、耳障りなある印象によってなぐられたかのようだった。それから突然あふれでる涙のなかで、その印象が私の考えと調和し、それを支持しにやってきたのだと分かった。[…] 怒った私は、突然私を痛い目に遭わせた見知らぬ人はだれだろうと思った。そして突然、その見知らぬ人は私自身にほかならないと理解した。その本が、その当時の私がそうであった子供を私のなかに出現させたのだった [...]》

ここでは、過去の出来事が想起されるのではなく、過去の自分自身がふたたび現在の場所に出現している。その違いは大きい。同じ一つの身体のなかに現在と過去の自我が共存するという事態である。そして、突然という言葉がなんども繰り返されて、その瞬発性が強調されている。これはゆっくりとたぐり寄せられた従来のレミニサンスとは異質の事態である。

刊行本では、衝撃の表現はおだやかになり、突然出現したもう一人の自我になぐられたとか、突然涙が溢れ出たというくだりは消え、それまでと同じようなレミニサンスの記述に戻っている。語り手は三本の木や不揃いな敷石の場合と同じように、本のタイトルから受けた衝撃の奥にひそむ謎＝本質を探り当てなければならないと思う。《ママンがジョルジュ・サンドの本を読んでくれたとき、『フランソワ・ル・シャンピ』の主題のなかには謎のように思われるものがあったが、その記憶がこのタイトルによって目覚めさせられたのであった。》語り手はそれまで、レミニサンスの奥に非常に重要な真実が潜んでいることを漠然と感知しながら、それを徹底的に究明することを先延ばしにしてきたのだが、今こそそれを始めなければならないと思う。その契機となるのが中庭でのつまずきである。草稿文にさかのぼってみると、不揃いな敷石の役割がそこで一変していることが明らかになる。過去は想起されるのではなく、いきなり現在に割り込んでそこに実在するものとなった。

「カイエ57」には、バルベックのホテルについても、そこにあったのと同じ物体に出会うことによって、そのときの自我とその周囲の情景が一瞬にして出現するという事態が描かれている。物体はナイフであり、同じようなナイフを目にしたとたんに、それがかつて立てた音が聞こえ、そのときの情景を復元するのである。

《いま目撃したナイフではなく、あのときのナイフの音を聞いたとき、一瞬、それはあのときそうであった海の眺めだけではないもので私の思考を愛撫した。一瞬のうちに千の回転をする天使ケルビムのように、私がそれと同時に味わっていた感覚のすべて、つまり、部屋の匂い、昼食への期待、どの散道にするかの迷い、私の頭上にあるピラミッド形の天井、そうしたものがひとかたまりになって、一分間に千回転するケルビムの千の翼のように、私の魂を消え去った世界の記憶によって愛撫した。その世界は、記憶のなかの絵画のように平板な絵ではなく、あらゆる次元と感知可能な特質をもっているのだが、そういう世界が、あのときの私の存在と、あのときの私の思考を伴って、完全に、フルに回転し、現実に、全面的に存在したのであった。》

この下書きは、刊行本では、ナプキンで口を拭う場面と、スプーンの音の場面に分けて書き換えられた。つまり、視覚による記憶が、触覚と聴覚に二分されたわけである。しかし、その数ページ先には、この下書きとほぼ同じような文章が組み込まれており、そこにも《天使たちの千の翼が、あっという間に千度も旋回する》という比喩が見られる。昔と同じ物体を見ただけで、そのとき聞いた音が聞こえ、そこに神秘的な現象が生まれて過去と現在が合体し、過去の自我が周囲の状況とともに一瞬のうちに出現するという図式である。天使ケルビムは、旧約聖書でアダムとイヴが追放された後のエデンを守った「智天使」で、エゼキエルの夢には、黄金の目をもち、自転する四個の車輪をつけた姿で現れた。前記の草稿で、プルーストはケルビムの説明に疑問符をつけているが、それは形状についての記憶が正確でなかったためだろう。いずれにせよ、彼は、急旋回して局面を一変させる超自然的な存在をイメージしていたわけである。また辞書によるとケルビムは、人間の姿をして神の使者をつとめる他の天使たちとは違って、稲妻のような閃光を発して飛びかかる神秘的な存在で、古代のバビロニアで雷の閃光を擬人化したものだということである。プルーストがそれを知っていたとは考えられないが、無意志的記憶の発現が雷電の一撃にたとえられたことを考え合わせると注目に値する。このような超自然的な力の介入が、結局『千一夜物語』の魔神の活躍に帰結し、ありうべからざる事態を生じさせることになる。

《その場合も。それ以前のすべての場合と同様に、両方に共通な感覚は、そのまわりにかつての場所を再現しようとつとめていたが、現在の場所はその総量をあげてこれに抵抗し、ノルマンディの海岸や、汽車の線路脇の土手などが、パリにある邸宅に移動してくることに反対するのであった。バルベックの海に面した食堂は、夕日を受けるために祭壇布のように広げられた綾織りのクロスごと、堅牢なゲルマ

ント邸をゆるがせて､ドアを押し破ろうとつとめ､私の周りにあるソファを一瞬のあいだぐらつかせた。》

「見いだされた時」のこの文章は、数ページ手前にある同じ趣旨の文章に比べて、はるかに草稿文に近いイメージに戻っている。プルーストは、最初に三つの記憶再生現象のいわば決定版を書いた後、それを順不同に書き換えているのである。そこでは、『フランソワ・ル・シャンピ』に出会う場面も、不揃いな敷石の上でよろめく場面も、鉄道線路沿いの木立の場面も、直前に書かれている文章とかなり違ったイメージを表している。それらは、草稿文により近く、より具体的であり、よりダイナミックであり、また理論的、説明的である。草稿文から、これらの書き換え文を経て、最初のいわば決定版の文章に立ち返ることによって、われわれは、プルーストの模索のあとをたどることができる。彼は、比喩や、隠喩のイメージをさまざまに書き換え、それに適した状況をいろいろと想定することによって、通常の理解を絶するある真実を迫真的に表現し、それを視覚、聴覚、触覚などの感覚の作用として合理的に説明しようと腐心しているのである。それは、既知の感覚・印象と現在のそれとの偶然の合致によって引き起こされる衝撃の激しさであり、それに伴う眩暈、茫然自失、《全心身の動転》という事態である。

《それにもし、現在の場所がただちに勝利をおさめなかったら、私は意識を失ってしまっただろう。というのも、こうした瞬間的な過去の蘇生は、それが続いているあいだは全面的なものなので、ただ単に私たちの目に、すぐ近くの部屋を見るのをやめさせて、線路沿いに並木のある鉄道や、上げ潮の海をながめさせるだけではないからだ。それはまた、私たちの鼻孔に、遠く離れているにかかわらずその場所の空気を呼吸させるし、私たちの意志には、そうした場所が提案するさまざまな企ての一つを選ばせるし、私たちの全心身には、自分がそうした場所に取り巻かれていると思わせる。あるいは少なくとも、過去の場所と現在の場所のあいだでつまずかせる。それは、全心身が不確実さのあまり茫然自失するからで、それは人がいよいよ眠り込もうとする瞬間に、ときおり言うに言われぬ幻覚を見て味わう不確実の感覚に似たものなのだ。》（「見いだされた時」）

われわれはすでに、祖母の記憶の蘇生が《全心身の動転》を伴っていることに注目したが、これも同じ現象なのである。プルーストは、この蘇生が全身心的な衝撃を伴うことを強調し、言葉を尽くしてそれを説明しているわけだが、結局それは、睡眠と覚醒のあいだに現れる幻覚、ある種の衝撃に伴うめまい、茫然自失のような事態ではないかと考えられる。「コンブレー」の最後に、夢の中で構築していた寝室の内部が、目覚めとともに算を乱して崩壊し、現実の状況が次第に復元するという記述があるが、プルーストは、そういう経験的な現象を、異常な、魔術的な現象として粉飾したのではないだろうか。あるいは、彼はめまいや茫然自失を起こしやすい不安定な体質で、その発作のとき味わう名状し難い意識の混乱をフィクションに仕立てたのではないだろうか。彼はすでに「序文草案」において、レミニサンスと夢うつつに見る幻覚との類似関係に注目しているのである。

レミニサンスは終始幸福感を伴うとされた。いよいよ小説を締めくくるにあたって、プルーストは本格的にその問題に向き合い、幸福感の原因を解き明かす。

《その至福感や、確信をもってそれを感受した原因を追及しなければならないという至上命令に駆り立てられていたのに、私はそういうことは素通りした。かつては原因の追及を先送りしたのだ。ところでその原因を、私はさまざまな至福の印象を互いに比較することによって見抜いたが、それらの印象には次のような共通点があった。つまり、皿に当たるスプーンの音、不揃いな敷石、マドレーヌの味などを現在の瞬間において感じると同時に、遠い過去の瞬間においても感じて、ついには過去を現在に食い込ませることになり、自分のいるのが過去なのか現在なのか分からなくなっていた。実を言うと、そのとき私のなかでその印象を味わっていた存在は、それがもっている昔と今に共通のもの、超時間的なものを味わっていたのであり、その存在が出現するのは、現在と過去のあいだにあるさまざまな同一性の一つによって、その存在が生きることのできる唯一の環境、ものの本質を享受できる唯一の場、つまり時間の外に出たときにしかないのであった。》

つまり、過去と現在の感覚の一致は時間の距離を一挙に解消し、現在でも過去でもない超時間＝永遠の次元を出現させる。作家はそこに身を置くことによって死を超越し、不滅の芸術作品を創造することができるようになる。しかしそのためには、全心身を震撼する、電撃的な衝撃に見舞われなければならない。

いまひとつの原因に、プルーストが人生の出発点でもった文学への情熱と信仰がある。実際問題として、彼は終世それを保持しつづけたわけだが、フィクションでは、語り手はコンブレーでの散歩のとき、しばしばおのれの文才の欠如を自覚し、その後も恋愛や社交や病気にかまけて、無為怠惰な人生を送って最終巻に至る。そしてヴェネツィアの記憶の偶然の再生によってかつての文学への情熱を取り戻すのであるが、それは、この美の都が若き日のラスキン崇拝に深く結び付いていたからである。

《私は再びラスキンのことを思った。彼は私がヴェネツィアへ行く前にそのすばらしさを信じさせた。あたかも私たちが子供のころ、宗教の要理を教えてくれた人のようなものだ。［…］彼が歴史を語る数ページを読み返すとき、私はヴェネツィアの空気がその上に積もっているのが分かり、その本を読んだら、ゴンドラでそこを散歩し、その文章が、運河の深い紺色のように私の目を休ませ、サン＝マルコのバラ色の円柱が私のまなざしと手を染め上げるだろうと感じた。そして、欲望は所有へと駆り立てるのであるから、ヴェネツィアに旅立ちたかった。しかし、その風景の美の源泉にあるすべてのレミニサンスは、私の魂の中に漂っているのであり、万一あのヴェネツィアの日々に立ち返ることができるとして

も、私が船に乗るために下りて行くべき唯一の船着き場は私自身の奥底だと思うだろう。》

「カイエ57」のこの文章は刊行本には取り入れられなかった。「消え去ったアルベルチーヌ」で唐突に実現するヴェネツィア訪問では、語り手はラスキンの翻訳の仕事を抱え、ラスキンの信奉者であった母親を伴っていたが、ラスキンへのこれほどの思い入れの痕跡はなく、母への愛慕の情だけが表現されている。しかし、「序文草案」から「見いだされた時」に至るまで、レミニサンスの筆頭にかならずこの都の光景が喚起されるのは、ラスキンの刻印によるのではないかと考えられる。この問題については、次の章であらためて検討したい。

アリ・ババ

語り手が幼かったころ、コンブレーでしばしば夕食に招待されていたスワン氏はアリ・ババにたとえられている。それは彼の二重生活に由来した。彼はこの小説の冒頭から登場し、その名前も、人物像も、役割も、最後までほとんど変わらなかった人物である。他の登場人物たちは、小説の進展にともなって変貌し、語り手の前に少しずつ違った姿を現すのだが、スワン氏の人物像は最も古い草稿帳の一つ「カイエ4」においてすでに明確に規定されていた。クローディヌ・ケマールがそれを解読して報告している。

《記述はまず、ヴィルボン（＝ゲルマント）の方へ散歩したときと、スワン氏が夕食に来る夜は、ベッドで母親のキスを受けられないので語り手は非常な苦痛を味わうという話に始まり、次ぎに二つの方向にかんする文章となり、その後スワン氏来訪の話題に転じる。ふたたびスワン氏が来る夜の苦痛が語られた後、次は小説の登場人物としてスワン氏を描くことに転じ、この人物のちぐはぐな四つの側面が書き並べられる。それは『失われた時』で出会うことになる「さまざまなスワン」のうちの四つの人物像である。コンブレーの夜の来訪者である「スワン二世」、ジョッキークラブのメンバーであり、「最も貴族的な社交界で評判の高い、勤勉な賓客」であるスワン、「ママンが会うわけにはいかないある女性の夫」、たえず新たな恋愛を狙っているあくなき漁色家である。反ユダヤ主義者である主人公の祖父と、ユダヤ人である父スワンの友情を述べ、スワンがコンブレーでは株式仲買人の息子として知られているに過ぎず、その社交界における華々しい「地位」についてはほとんど知られていない、ということを書いて後、プルーストはスワンの女性にかんする好みと、関係をもちたい女性に会うための手練手管をながながと書いている。彼の結婚についての簡単な言及――「不運な結婚であり、それについてはこのすぐ後で話す予定である」――が「スワンの恋」の初稿に相当するような展開を予告しているが、そういう草稿は「カイエ4」には見当たらない。》

このようなスワンの四つの側面のうち、はじめの三つが「コンブレー1」の話題になる。彼は裕福ではあるが一介のブルジョワに過ぎないのに、大貴族のサロンに出入りして厚遇され、知る人ぞ知る美術通である。しかし彼は、コンブレーでもパリでも、語り手の家ではそれをおくびにも出さず、一家総がかりの誤解と、無遠慮なもてなしを甘んじて受けている。あたかも宝の山に出入りするアリ・ババ同様、彼は語り手の家を出て、行方をくらませながら大貴族のサロンに赴いたり、そこから何食わぬ顔で、夜会服のまま語り手の家にやって来たりする。フランソワーズが、馭者の話ではスワンは《さる大公夫人のお邸の晩餐》からの帰りがけだそうですと言うと、大叔母は《そうでしょうとも、裏社交界（ドミ・モンド）の大公夫人のところのね》と平然と皮肉った。大貴族のサロンは、一般の社会から隔絶した別世界であるから、そこに出入りするのは別世界の人であり、そういう人を食客にすることは、分かりやすく言えば、アリ・ババを招待するのと同じことであった。《というのは、コンブレーのクッキー用のお皿にアリ・ババの絵があったからだが、そのアリ・ババは、ひとりきりだと分かると、だれにも気づかれない宝物で燦然と輝く洞窟に入り込んで行くだろう。》語り手をはじめ、家族のだれもスワン氏の二重生活は知らないが、アリ・ババのイメージにはなじみが深い。したがってそこでは、イメージが既知のものであり、具体的存在が未知のものである。つまり、スワンがアリ・ババにたとえられるのではなく、アリ・ババがスワンという人物と化し、非現実の物語が現実となっているのである。

このようにアリ・ババのイメージは、コンブレーといういわば黄金郷の起源に位置し、それを支配している。語り手の与り知らないスワン氏の二重生活がこれほど強調されるのも、語り手の散歩がスワン家の方とゲルマントの方にはっきりと二分されるのも、同じイメージ思考のなせるわざであろう。プルーストはそういう真理の発見を読書論のかたちでコンブレーの午後に書き込んだ。

《本を読んでいるあいだじゅう、内部から外部へ、真理の発見へ、と不断の運動をしているこの中心的な信頼に続いて、次ぎに来るのは、自分もそこに参加している筋の運びが与える感動であった。というのも、このような読書の午後は、しばしば人の一生より多くの劇的な事件に満ちていたからだ。それは読んでいる本のなかに現れる事件だった。なるほどその事件にかかわる人びとは、フランソワーズの言うように、「本物」の人間ではなかった。しかし、本物の人間の喜びや不幸が味わわせる感情も、そうした喜びや不幸のイメージを通してでなければ、私たちの心の中に形成されることはないのである。最初に小説を書いた人の見事なところは、人間の情動の装置においてイメージが唯一の本質的な要素である以上、本物の人物をきれいさっぱり消し去ってしまうという単純化こそが決定的な完成となることを理解した点にある。［…］　そして、純粋に内的な状態では、どんな感動もかならず十倍に拡大されるものだし、小説がまるで夢のように、それも睡眠中に見る夢よりもはっきりしている夢、その思い出が長続きする夢、とでもいったような形で、私たちの心をかき乱すものだが、そういった状態にひとたび小説家によって投げ込まれると、そのときにたちまち私たちの心には、せいぜい一時間かそこらのうちにありとあらゆる可能な幸福、可能な不幸が解き放たれるのである。》(「スワン家の方へ」)

ここに明快に定義されている作中人物のイメージと本物の人物の関係は、まさにアリ・ババとスワン氏の関係に相当しているのではないだろうか。コンブレーにはいま一つ原初的なイメージがある。幻灯器によって語り手の寝室の壁に投影される不運な王妃ジュヌヴィエーヴ・ド・ブラバンと邪悪なゴローのイメージである。それは母親に対する語り手の自覚しない「悪心」を大写しにして幼な心を戦慄させる。コンブレーの截然と二方向に分かれる散歩道の風景も、アリ・ババの物語と無関係ではないように思われる。プルーストは言葉を尽くして二つの風景を描き分けているが、そのハイライトとしてアラビア綺譚から借りたイメージを花咲かせた。スワン家の方への通り道ではリラの花の姿を借りた妖精ウリが手招きし、ゲルマントの領地までさかのぼるヴィヴォンヌ川の水辺には、キンポウゲ(フランス語では「金のボタン」と呼ばれる)が群生して黄金色の光彩を放っている。その詩的な魅力は、古い昔のフランス民話のなかで出会う王子たちのもつ東方起源の名前の魅力と同じだという。ずっと後に語り手は、パリのゲルマント大公邸をアラジンの宮殿として想像し、ゲルマント公爵夫人にアラジンと結婚することになる秘宝のような王女の名前ヌーレーヌを進呈したりするのだが、コンブレーの風景はそういう想像力の産物にほかならない。スワン氏の人物像にせよ、風景にせよ、このような二分割法は、私たちが複雑きわまりない現実を認識し、把握しようとする際の第一歩であり、それを四分割、八分割と細分化して行くことで究極の認識に達するものである。それは特に分析好きのフランス人に強い傾向であり、プルーストも例外ではなかった。彼は幼いときに刷り込まれたアリ・ババのイメージに現実を還元し、またそのイメージで現実を照射してみることで認識したわけである。この小説の出発点にある「カイエ4」に、スワン氏の二重生活と同時にコンブレーの二方向が書き込まれていることの意味は重大である。

スワン氏とこの物語の関係は、パリにも持ち越される。彼は《超自然的な姿を群衆の中に際立たせながら「トロワ・カルチエへ」傘を買いに行った》とか、スワン家のお菓子はサラセンふうだとか、お菓子の皿はもの言う絵皿だとか、ジルベルトが歩く芝生は魔法のじゅうたんだとか、彼女と一緒に買ったビー玉には金髪の少女が閉じ込められているとか、オデットがジルベルトに英語で話しかけると語り手との間に急に隔壁ができる、などを数え上げることができる。しかし、アルベルチーヌの方がはるかに濃厚にアラビア物語との親近性を示している。彼女の幽閉――彼女の部屋の明かりがブラインドから漏れているのを通りから見ると、まるで金格子のついた牢獄のようである――、エキゾチックな容姿と官能性。彼らが住む家の窓の下を通る物売りの呼び声など。シャルリュスもまたスルタンのように傲慢で、残酷な振る舞いをすることが多い。戦時下のパリの《悪魔の巣窟》のようなホテルにおけるSMの場面は、まさに『千一夜物語』の印象的な一場面を想起させる。《ぼくの目の前で行われたのは、雌犬に変えられた女の人が、もとの姿に戻るために、みずから進んで我が身をむち打たせたという話です》と語り手は言う。これはプルーストの記憶違いであって、原典では、その家の女主人が自分を裏切った二人の妹を罰するため雌犬に変えて、血まみれになるまでむち打たせた、という話である。しかし、プルーストの間違いにもそれなりの理由があった。小説の結末近く、貴族たちの凋落ぶりが目立つなかで、シャルリュスは性倒錯の果てに畜生のような本性をむき出しにするようになり、見るにたえないような残虐行為に身を委ねてはじめて、しばらくのあいだ人間らしさを取り戻す、という設定なのである。封建領主ゲルマント一族の残虐性については、「コンブレー」においてすでに言及されており、それもアラビア物語の特色の一つにほかならない。

この場面を目撃する回教王ハルーン・アル・ラシッドが、夜な夜なバグダッドの路地を歩き回ったように、語り手もヴェネツィアとパリの夜のちまたを徘徊する。とそこに『千一夜物語』の世界が展開する。

《シャルリュス男爵が去って行ったとき、私の想像力につきまとい始めたのは、ドカンやドラクロワの「オリエント」ではなくて、あんなに好きだった『千一夜物語』の古い「東方」だった。そして私は、入り込んだこの暗い道に少しずつ迷い込みながら、バグダッドのさびれた界隈に冒険を求めに行く回教王ハルーン・アル・ラシッドのことを考えていた。》(「見いだされた時」)

《夕方になると、私は魔法にかけられたようなヴェネツィアの町のなかに、ひとりで出かけて行く。知らない区域に入り込むと、自分がまるで『千一夜物語』の登場人物になったような気がする。行き当たりばったり歩いて行くうちにどんなガイドブックも旅行者も言及しなかった未知の広々とした広場を見つけないようなことはごくまれだった。［…］　この小さな路地の作る網の目のなかに、これほどの規模はおろか、その場所だってあろうとも思えないくらい広大で壮麗な広場が広がり、その周りを青白い月光に照らされたすてきな館が取り囲んでいた。［…］ちょうど東方のおとぎ話に出てくる宮殿のようなもので、夜そこへ連れて行かれて、夜明け前に自宅に連れ戻された人は、魔法の住居をふたたび見つけ出すことができないので、しまいには夢の中で行っただけだと思い込むようになる。その翌日私は、前夜のすばらしい広場を探しに出かけたけれども、通って行く路地はすべて同じようなもので、わずかな道しるべにもならず、私はますます道に迷うばかりであった。ときおり、漠然とした手がかりを認めたような気がして、あの追放された美しい広場が、幽閉と孤独と沈黙のなかに出現するだろうと予想する。だがその瞬間に、新たな路地の姿をした邪悪な魔神のために心ならずも道を引き返すはめになり、突然大運河に連れ戻されているのであった。そして、夢の思い出と現実の思い出のあいだには、たいした違いはないものだから、ついに私は、ヴェネツィアという暗い結晶体のなかで、ロマンチックな宮殿に囲まれた大きな広場をいつまでも月光の瞑想に捧げていたあの奇妙に浮遊する情景は、睡眠中に生まれたのではないかと思うようになった。》（「逃げ去る女」）

迷路のようなヴェネツィアの路地に迷い込んだときの、魔法をかけられたような印象と、夢の中でさまよった場所の印象がよく似ているだけではない。プルーストはそれに物語の舞台になった場所や絵画に描かれた場所の夢幻性を付け加えることができよう。彼が精魂を傾け、言葉を尽くして精密に描く風景や地形は、読めば読むほどつじつまの合わない、非現実的な、夢幻的なものに見えてくる。先の引用文で省略した部分に彼は、ヴェネツィアのひしめき合う家々の屋上の煙突群が夕日に映えている景色は、まるでデルフトかハールレムの、チューリップ愛好家の庭を町の上に持ってきたかのようだった。またたくさんのみすぼらしい家が軒を接しているさまは、オランダ派の絵を百枚も並べた展覧会のようだった、と書いている。そこにはまだ夢幻性はない。しかし、ゲルマント公爵と同じ屋敷内に住む語り手が、その近くの界隈を小高いところから眺めたらヴェネツィアの景観に似ていた、という記述を思い出したり、コンブレー近郊の小さな町を教会の上から見たら、運河が網の目のように張りめぐらされているのが分かる（それは実景かも知れない）というくだりに出会ったり、名画『デルフトの景観』を彼の目で眺めたりすると、ごく一部分の類似が横滑りして全体にかぶさり、ヴェネツィアの景観と重なり、見る者は足場を失って浮遊し、夢幻的な風景のなかをただよい始める。「逃げ去る女」のヴェネツィア訪問や、「見いだされた時」における戦時下のパリを書いたころのプルーストは、アラビア物語の回教王と合体して、そういう夢幻的な風景のなかを徘徊し、死せる母とともに暮らす幸福と快楽の追求を同時に実現したり、母と決別しようとしたり、戦争による社会全体の急激な変化がもたらす百鬼夜行のパリを観察したりする。そしてアリ・ババの物語のイメージから出発したこの小説は、『千一夜物語』全体の夢幻的かつ魔術的な世界の現代における再来という結末へと向かう。今や新興ブルジョアの一豪邸にすぎなくなったかつての《近寄りがたいアラジンの宮殿》に招待された語り手は、入り口で足元をすくわれ、魔術の開始を告げる金属音を聞き、魔神が入道雲の姿で現れてバルベックの海の光景が広がるのを目のあたりにする。

シェヘラザード

『失われた時を求めて』をこのような観点から読むとき、バレエ『シェヘラザード』のパリ公演の果たした役割の大きさを特筆せざるを得ない。アンドレ・モーロワの『マルセル・プルーストの世界』(一九六〇年)は、写真や肖像画によって、プルーストの生活環境や当時の社会と文化の姿を適切に再現し、彼の想像世界の実像を具体的に呈示してくれる貴重な資料である。その中に、「レオン・バクストがバレエ、シェヘラザードのために描いた舞台背景」がある。それは鮮やかな色彩で幻想的な宮殿と庭園を描いたものであり、観客を魅了したに違いないと思われる。『プルースト書簡集』によれば、彼は一九一〇年六月一一日、グレフュール伯爵夫人の招待で、オペラ座における第四回公演を観覧した。リムスキー・コルサコフの音楽、レオン・バクストの舞台装置と衣装、ミシェル・フォキンの振り付け、プリマ・ダンサーはニジンスキーであった。レーナルド・アーンはその初演を見て新聞に劇評を書いた。『書簡集』の注に紹介されている彼の劇評によって、私たちはこの公演の片鱗を知ることができる。

《シャー（国王）は狩りに出かけようとしている。なんと見事な衣装。それをブルガコフ氏はなんとうまく着こなしていることか。彼は意地悪な国王らしい、立派な恐ろしい顔立ちをしている。それはペルシアの細密画に見られるようなもの、また［…］中国の書物において、際限のない複雑な話を物語る凶暴な場面が、ライスペーパーの上にグワッシュで、大まかだが色鮮やかに描かれているようなものである。ペルシアと中国の混交。ほとんど明朝風。「そんな時代かしら?」と言う人があるかも知れない。もし、シェヘラザードの伝説がハルーン・アル・ラシッドと同時代のものであることを思い出さなければ。》

『千一夜物語』の幻想的、魔術的な世界を徘徊し、そこに起こることを目撃する回教王ハルーン・アル・ラシッドは実在した人物（七六五－八〇九）であり、物語はおもに彼の時代に書かれたとされている。明朝はずっと後世の一三六八－一六四四年であるから、この解説はアーンの時代錯誤であり、プルーストに揶揄されている。彼は要するに舞台がオリエント風であった、と言いたかったわけであろう。プルーストにとっては、しばしば物語世界の目撃者の役を果たしている回教王が、重要な登場人物であると同時に実在した人物であり、しかも物語は彼が生きていた時代に書かれた、という事実は重大なことに思われたに違いない。『失われた時を求めて』の語り手も、結末に向かってますます夢幻的となる風景のなかを回教王のように徘徊し、書かれつつある異常事や情景の目撃者となる。この目撃者という共通軸によって、アラビア物語の世界と小説の世界は合体し、物語の登場人物である回教王が実在の人物であることで、その物語がずっと身近に、リアルに感じられるものとなったに違いない。この物語を舞台で見たらどういう印象を受けるであろうか。

プルーストの書簡はそれについて、《きれいだった》と述べているにすぎない。しかし、時はあたかも彼が精力的に小説を書き進めている時期であり、舞台の印象が「花咲く乙女たちの陰に」において、照明によってまったく違って見えるアルベルチーヌ顔の印象に転位されている。そこには、バクストの天才によって《ロシアバレエの舞台装置が、昼の光のもとでは単に紙の輪切りにすぎないのに、淡紅色の照明を当てるか、月光のような照明のなかに浸すかによって、宮殿の正面にはめ込まれたトルコ石のように硬質なものに見えるか、庭の中央に咲くベンガル・ローズのようにものうげに見える》と書かれている。

前章で豊富に引用した草稿帳「カイエ58・57」はこの時期に書かれている。彼は一九〇七年から一四年まで欠かさずカブールの海岸で夏を過ごした。オペラ座で『シェヘラザード』の舞台を見た後も早々にこの海岸に赴いた。彼が常宿としたグランド・ホテルは、盛大に改築されて、一九〇七年に営業を再開したときは、『フィガロ』紙に《パリから五時間で行ける千一夜物語の宮殿》と書き立てられ、上流階級の人気をさらった、威風堂々たる超一流のリゾートホテルであった。ここを中心とする華やかな人間模様を描く「花咲く乙女たちのかげに」の中で、語り手は《まさにそのコンブレーと、あのきれいな絵皿の思い出に包まれているために、『千一夜物語』を読み返したいと思っています》と言っている。すでに見たように、第一部「コンブレー」は、「眠りから覚めた男」から多くのヒントとイメージを得た「眠れない男」の夢うつつの意識の呈示で始まり、それが小説全体へのプレリュードの役を果たしている。そしてアリ・ババのイメージを起源とするスワン氏の話と二つの散歩道の記述がおもな内容になるのだが、最後はふたたび、すべてが夢物語であったかのように夜の世界は終わって朝を迎える。つまり、幻想世界の幕が下りて、「本当の」「現実の」出来事としての「スワンの恋」の話が始まる。それは、語り手の一人称による思い出話ではなく、三人称によるいわば客観的な恋愛小説であり、風俗小説でもある。「コンブレー」は、スワン氏を囲む家族団らんの場面にせよ、レオニおばさんを取り巻く人間関係にせよ、二つの散歩道の風景描写にせよ、すぐれて現実的、写実的な印象を与えながら、実は一睡の夢にほかならなかったことが最後に示され、営々と構築された幻想世界は夜明けとともに雲散霧消する。

《けれども朝の光が［…］暗闇の中に、チョークで書いたように、誤りを訂正する白い最初の線を引くやいなや、窓はカーテンとともに、私が誤って窓の場所と決めていたドアの框から離れ［…］私が暗闇の中に再建していた住居は、朝の光が一本の指を上げてカーテンの上に薄く引いたあのしるしに追い立てられて、目覚めの混乱のなかに垣間見たほかの住居に合流してしまった。》

この結末文は、『千一夜物語』の夜ごとの話の終わりに繰り返されて物語に区切りをつける、《この時、シェヘラザードは朝の光の現れたのを見て、つつましく口をつぐんだ》に対応している。彼女は、夜を徹して語り続け、その物語の魅力によって生き延びる。《ここまで話すとシェヘラザードは朝の光の輝くのを見て、つつましく話をやめた。すると妹のドニアザードは言った。「なんとあなたのお言葉は楽しいのでございましょう！」姉は答えた。「けれどももし私になお命があって、王様が私を生かしておいてくださるならば、明晩お二人にお話し申すものに比べると、この話などはまったく何物でもございません！」》

こうして一夜の話の終わりをしるす紋切り型の言葉は、次の一夜の話を導入する役割を果たしている。そこでホメロスの『オデュセイア』のように、夜明けを待って始まる物語では、朝の光が語り始めの合図となる。この叙事詩は二十四書で構成されているが、そのうち四書は、《さて、早く生まれて、ばらの指をさす暁（の女神）が立ち現れると》という決まり文句で語りが始まっている。プルーストの《朝の光が一本の指を上げてカーテンの上に薄く》線を引く、というのは、ホメロスの暁の女神のバラ色の指につながるイメージである。プルーストはたぶん、ここから本当の小説が始まる、と言おうとしているのではないだろうか。ここまでは夢の世界にすぎない。しかし、彼の現実認識と思考形式の基盤はそのなかで決定された。

《だからメゼグリーズの方とゲルマントの方は、私にとって、自分が同時に並行して送っているさまざまな生活のなかでも最も波乱に満ちた生活、最も挿話に満ちた生活、つまり知的生活のなかで起こる多くの小事件に結び付いている。確かにその生活は、感知されることなく私たちの内部で進行していることだろう。［…］一方そのあいだに、周囲の道は消え失せ、その道を踏んで歩いた者も、その人たちの思い出も、死んでしまった。ときには、こんなふうに現在まで連れてこられた一片の風景が、ほかのすべてのものから完全に孤立してしまい、まるで花咲くデロス島のように私の思考のなかに浮遊し始め、それがいつどこから来たのか——ひょっとすると、ただ単に夢から来たのにすぎないのか——それさえ私には言えないことがある。だがとりわけ私は、自分の精神的土壌の深い地層や、私がいまなお拠りどころとしている堅固な土地として、メゼグリーズの方やゲルマントの方を思い定めているのに違いない。それは、この二つの方向を歩き回っていたころ、そこにある物や人を私が信じていたからであり、またこの二つの方向によって知った物や人こそ、私が今なお本気で向き合い、今なお私に喜びを与える唯一のものだからなのだ。》（「見いだされた時」）

このような文章を読んだ後で、伝記的事実としてのプルーストとイリエとの関係を調べてみると、また「コンブレー」に描かれた風景と現実のイリエおよびその近郊の風景を比べてみると、想像力による現実の変容の激しさに驚きを禁じ得ない。パリにせよ、バルベック＝カブールにせよ、ヴェネツィアにせよ、彼の小説の舞台は、多少の粉飾と歪曲はあれ、結局実在した場所である。そればかりではなく、語り手は、空想していたサラセン風の教会をもつオリエントの町バルベックと、現実に見るバルベックの違いに幻滅感を禁じ得ない。おそらくプルースト自身がそうだったのであろう。たしかに、人工的に構築された個性をもつ都会、特にパリとヴェネツィアのようにそれ自体が芸術作品のような町の風景と、田園風景は同日の談ではありえない。コンブレーも、町の中心にある教会とレオニおばさんの家の界隈は、かなり忠実にイリエの町の中心部を再現しているかも知れない。しかし「就寝のドラマ」の寝室や、スワン氏が招待された客間と庭をもつ大きな屋敷はそこにはない。まして二つの散歩道の風景は、細部の記述が丹念であればあるほど現実ばなれした、どこにもない風景に見えてくる。むしろ、どこにでもある、個性のない、抽象的な風景にすぎなくなる。自然の風景、特にフランスの平坦で肥沃な田園地帯の風景は、プルーストが少しばかり知っていたボース平野も、シャンパーニュ平野も、ノルマンディ平野も、イル・ド・フランスも、たいして区別がつかない。語り手がそれを描こうという気持ちになれない《フランスで最も美しい田園の一つという定評のある場所》をどこに位置づけたらよいのであろうか。コンブレー近郊の風景には、これら「うまし国フランス」の風景がすべて重ね合わせられているような印象がある。それは彼の想像力の根源に刷り込まれたまぼろしの風景であった。

《[…] それと同じように、私がぜひまた見たいと思っているのは、かつて知ったゲルマントの方、カシの木の並木道の入り口のところに、ぴったりくっつき合った二軒の農家のすぐ近くにあの一軒の農家が見える、あのゲルマントの方なのだ。それはまたあの牧草地、日ざしのもとでそれが沼のように照り返すときは、リンゴの木の葉がくっきりと浮き彫りにされるあの牧草地なのだ。それはまたあの風景、夜になるとしばしば夢のなかに現れ、その個性がほとんど幻想的とも言える力強さで私を抱きしめるが、目が覚めるともう二度と見つけ出すことのできないあの風景なのだ。》

「コンブレー」の出来事は、幕が下りるとともに消滅する『千一夜物語』のような夢幻劇であり、その風景はバクストの背景画のように色鮮やかな幻想画に他ならないのである。語り手は、ヴェネツィア訪問の後、サン＝ルー侯爵夫人となったジルベルトの住むタンソンヴィルにしばらく滞在してコンブレーを再訪する。この「コンブレー再訪」は「カイエ3」以来、つまり小説の懐胎期以来あたためられてきたテーマなのだが、そこでは寝室から見える風見鶏が朝の光に輝いているのを見て、コンブレーの教会を思い出し、それをもう一度見に行きたいという願望が記されている。その後「カイエ57」にも、モンタルジス（サン＝ルー）の結婚式のとき、《向かいの家の風見鶏の光輝のなかにヴェネツィアとコンブレーを再見し》、そこに行きたいと思ったけれども、行ってみたところで失望するだけだろう、というような記述がある。刊行本では結局、小説の終わり近くになって、再訪が実現するわけである。この遅延によって、「スワン家の方」――それは紅茶に浸したマドレーヌの味から生まれたまぼろしに他ならないのだが——の光り輝く風景と、それを人生の終わりに再訪したときのコントラストが自然なものとなる。

《[…] かつて私はコンブレーで、午後になるとメゼグリーズの方へ散歩したものだが、今や毎晩反対の方からその散歩を繰り返すのだった。タンソンヴィルでは、かつてコンブレーでならずっと前から眠っていたような時刻に夕食をとる。[…] かつては帰り道に赤い夕焼けの空がカルヴァリオの森を縁取ったり、ヴィヴォンヌ川に身を浸したりするのを見る楽しみがあったが、その代わりに、今は暗くなるころ出かける楽しみがあり、そのころ村で出会うのは、戻ってくる羊たちが形作る、不規則に動く青ずんだ三角形の群れだけであった。野原の半分ほどのところでは夕日が消えようとしている。残り半分の上空にはすでに月が光っていて、やがて、野原全体をその光で浸した。ときにはジルベルトが私をひとりで散歩に行かせることがある。すると私は魔法にかかった海原を航海する小船のように、後ろに自分の影を引きずりながら進んで行く。しかし、たいていはジルベルトがいっしょである。私たちがこうしてたどる散歩道は、しばしばかつて私が子供のときに辿ったのと同じ道であった。そうすると、かつて私がゲルマントの方で抱いた感情、自分にはとうていものを書くことなどできないだろうという感情を、どうして以前よりもいっそう強く感じないはずがあろうか。しかもそれには、自分がまるでコンブレーに興味を失ったのを見て、想像力も感受性も衰えてしまったという感情が付け加わったのである。

過去の歳月を再び生きる気持ちになれないのが悲しかった。引き船道に沿って流れるヴィヴォンヌ川はやせて醜いものに見えた。》(「逃げ去る女」)

それに続いて、同じ月光のもとに、謎めいたイメージが唐突に現れる。《月の光を敷きつめた、深く完璧な神秘の谷間に降りて行くとき、私たちは一瞬足を止めた。まるで青みがかった蕚の中心にもぐり込もうとしている二匹の昆虫のように。》これは何を意味しているのだろうか。さきほどの小舟といい、この昆虫といい、これはやはり夢の中で見た自分自身の姿ではないだろうか。語り手の散歩はもっぱら夜間に行われるとされ、その理由も挙げられている。しかし、ヴィヴォンヌ川がやせて醜くなっていたとか、その水源はあぶくの上がっている洗濯場のようなものだったとかは、昼間でなければ見えないだろう。記述される情景は夜と昼、現実と非現実の隔てを失い、夢幻的なイメージの刻印によって、すべてが幻想の世界、魔法の世界に暗転する。そして、スワン家の方への道とゲルマントの方への道はほんのひとまたぎで合流することになる。

こうして小説は、さきに見たとおり、戦時下のパリの非日常的な状況によってますます『千一夜物語』との親近性を深めていく。語り手は、シャルリュス氏が雌犬のように鞭打たれる場面を目撃するだけでなく、灯火管制のもと闇に包まれたパリの暗い迷路のような通りをさまよい、大通りではアフリカやインドを交えた雑多な服装の連合軍の兵士たちがわがもの顔に歩いているのに出会う。《それだけでも、私がいま散歩しているこのパリを、想像で作り上げたオリエントのさる異国的な町にするのに十分であった。それは衣服と顔の色に関する限り、微細な点に至まで正確なオリエントであると同時に、背景は勝手にでっちあげた架空のものである。》

語り手は、その後療養所に戻り、戦後数年たってからパリに帰って来る。歴史的時間である第一次世界大戦中に二回パリに戻ったということ以外は、タンソンヴィル滞在からそのときまでどのくらいの歳月が経過したのか分からない。療養所を去ったのは《多くの歳月が過ぎた後だった》とだけ書かれている。その帰途、フランスで最も美しいとされている田園風景の中を通り、夕日を浴びて明暗のコントラストの鮮やかな木立を汽車の窓から眺めながら、それを描こうという気持ちになれない自分の才能の欠如と文学への失望を嘆くことになる。その翌日ゲルマント邸の図書室において、スプーンの受け皿に当たる音がこの場面を喚起するときは、汽車の車輪をハンマーでたたくかん高い金属音が聞こえるのであるが、それを聞く語り手からは、失意や失望は消え失せ、彼は暑気と爽快さがもたらす幸福感に包まれている。同じ場面がわずか一日を隔てただけで、魔法にかかったように様相を一変したのである。

第6章

黄色い小さな壁

ベルゴットとプルースト

『失われた時を求めて』でただ一人本格的な作家として登場するベルゴットが、小説の終わりに近い「囚われの女」で、フェルメールの名画『デルフトの景観』を見るため、ジュウ・ド・ポームで開催されたオランダ絵画展に病を押して出かけて行き、ある啓示を得た直後に昏倒し、不帰の人となったというエピソードは、現実のプルーストに起こったこととフィクションとの関係がかなりよく分かっているから、小説家誕生の歴史を物語る一種の自伝小説にほかならないこの作品の中で、特権的な地位を占めている。プルーストは創作の模範を絵画に求めた。それもベルゴットのように、死の直前に突然の悟りをひらいたのではなく、作中の画家エルスチールの生き方と制作の秘密に立ち入って教訓を得ることのできた語り手のように、長い歳月にわたって、文学者と文学作品より、むしろ画家とその作品におのが実現すべき作品の理想的な形を求め続けたのである。模範は、レンブラント、フェルメール、シャルダン、モネ、ギュスターヴ・モローなどであった。なぜならば、プルーストにとって文学の究極の使命は、絵画の場合と同様に、人間と世界についての独自のヴィジョンを表現することにあったからにほかならない。

《真の人生、ついに発見され、解明された人生、したがってただ一つ完全に生きられた人生、それは文学だ。この人生は、ある意味で、芸術家の中にも、他のすべての人の中にも、いつでもひそんでいる。しかし、彼らにはそれが見えない、それを解明しようとしないからだ。そこで、彼らの過去は無数の役に立たない陰画でふさがっている。知性がそれを現像しなかったからだ。私たちの人生、であるとともに他人の人生。なぜなら、作家にとっての文体は、画家にとっての色彩と同じように、技術の問題ではなく、ヴィジョンの問題だからである。それは、世界が私たちにどう見えるかという、見え方の質の違いの啓示であり、その啓示は、直接的、意識的な方法ではとうてい行われ得ない。つまり、質の違いは、芸術がなければ、各人の永遠の秘密としてとどまるであろう。芸術によってのみ、私たちは自分から出て、他の人が世界をどう見ているかを知ることができるのだ。他人の世界は、私たちの世界とは違ったものであり、その風景は、月の中にあるかも知れない風景と同じくらい私たちにとって未知の世界である。［…］そして、それがレンブラントであれ、フェルメールであれ、光源であった天体が消滅してから数世紀を隔てた後も、その特殊な光線を私たちに送り続けているのである。》（「見いだされた時」）

そのフェルメールのヴィジョンをすばらしい構図と色彩で表現している『デルフトの景観』の前で、死の直前に重要な啓示を得た小説家があったというフィクションは、したがって、プルーストの生と、芸術の理念と、完成を急いでいた彼の小説が、まともに切り結ぶ接点としてきわめて重要な意味をもっている。この接点から小説全体を展望し、分析することで、私たちは『失われた時を求めて』とプルーストの関係について、そしてこの小説の根源にある作家のヴィジョンについて、明確な理解に達することができるであろう。そういう観点のもとに、まずベルゴットとプルーストの小説家としての生き方を対比してみよう。

ベルゴットは登場人物の中でただ一人の小説家であるだけに、その人物像や生き方、および作品の特色はきわめて複合的・折衷的である。『プルースト辞典』は、彼がヒントを得た先輩と同輩の文筆家、哲学者として次の名前をあげている。先達としては、ラスキン、ルナン、ルコント・ド・リール。同時代者としては、ポール・ブールジェ、アルフォンス・ドーデ、モーリス・バレス、ベルクソン、アンナ・ド・ノアイユ。しかもここには最も重要な存在であるアナトール・フランスが欠落している。作品の内容はともかく、ベルゴットの風貌や生き方の記述には、アナトール・フランスのイメージが最も濃厚である。また美的完成度の高い、読みやすいが精神性に満ちた文章という点も二人の共通性として見落としてはならないだろう。山田美恵子（代表）による『「失われた時を求めて」登場人物辞典』には、ベルゴットに関する記述が、作品の本文に即して網羅されているが、そこからは統一的な作家像は浮かび上がってこない。プルーストの記述は、首尾不一致、批判的な見解に満ちており、自分以外の文筆家すべての「人と作品」を一括してこの人物に背負わせたという観がある。しかも最晩年のプルーストの自画像も書き加えられている。そのような記述のやぶの中から、プルーストないしは語り手と対照して重要な意味をもつ特色を取り出してみよう。

まず、「コンブレー」で語り手のあこがれの的となるベルゴットには、プルーストのラスキン崇拝が反映している。プルーストはラスキンの美術論、宗教芸術論に深い関心をもち、初仕事として、母のすすめで『アミアンの聖書』を翻訳、出版した（一九〇二）。また『サン＝マルコの休息』や『ヴェニスの石』を愛読し、それを携えて母とともにヴェネツィアに旅行した（一九〇〇）。その時の印象と感動が、小説の最後で初めて結実することになる。吉田城は、「カイエ」四冊と校正刷りを綿密に調べて、ラスキンをはさんだベルゴットとプルーストの関係を明らかにしている。それによるとベルゴットは、最初ラスキンのように宗教芸術に深い関心をもつ審美主義者として、また優れた風景描写によって語り手の少年期に多大の啓示をもたらす作家として登場する予定であった（一九一〇年ごろ）が、そういう関係は決定稿から排除されたとしている。しかし実際は、決定稿でも、語り手はスワン嬢がベルゴットと一緒にイル・ド・フランスの古い教会を見て回るというので、彼女に対する恋心と、作家へのあこがれを同時につのらせるのである。それはまた語り手の文学への情熱を目覚めさせた。彼はベルゴットの文章の美しさに強くひかれ、同時にラスキンの描く美と芸術の宝庫ヴェネツィアに深く傾倒した。すでに見たとおり、小説の草稿はサン＝マルコ広場の黄金の天使を見に行きたいという願望の表明で始まるのである（「カイエ3」）。また、ゲルマント邸における語り手の作家開眼の契機になったのは、ヴェネツィアにさかのぼる文学と芸術への信仰の回復であり、その根源には若き日のラスキン崇拝があったことを前章で確認した（「カイエ57」）。そればかりでなく、コンブレーのひなびた教会にサン＝マルコ寺院と同じ光輝と価値を与えることにこだわったのは、彼が訳書『アミアンの聖書』への序文に、ラスキンの『アルノの谷』から引用した次の文章に起因しているように思われる。

《キリスト教国の雪がキリスト誕生の思い出を、春の太陽がキリスト復活の思い出をよみがえらせたように、沈黙のうちになお働き続け、つつましく崇拝し続けた、忘れられた無数の人びとの状態に、あなた方が思いを馳せるならば、あなた方はベツレヘムの天使たちの約束が文字どおりに果たされたことを知り、イギリスの田園が、アルノのほとりのように喜びに満ちて、清らかな百合をいまなお「花の聖母大聖堂」に捧げられるよう祈るであろう。》(『サント=ブーヴに反して』。「アルノの谷」とはフィレンツェを指している。)

プルーストは、《ベツレヘムの天使たちの約束》を、サン=マルコ広場の大鐘楼の天使の約束に読み替え、約束の内容を、田舎の印象をヴェネツィアに匹敵するほどすばらしく表現することに変えて、まずコンブレーを描くことに取り組んだ。そこで、小説の最後でようやく実現するヴェネツィア訪問では、逆向きに、その豪奢な景観のなかにコンブレーと同じ印象を見いだすことになる。

《[…]私がヴェネツィアで味わったのは、かつてしばしばコンブレーで感じたのとよく似た印象であったが、ただしまるで違う豪奢な様式に移し替えられたものだった。朝の十時に、人が私の部屋の鎧戸を開けに来ると、見えるのは、輝いて黒大理石と化したサン＝チレール教会のスレート葺きの屋根ではなくて、サン＝マルコの鐘楼の金色の天使の燃え上がる姿であった。太陽の光を浴びてほとんど見つめることもできないくらいにまぶしく輝くこの天使は、大きく両手を広げて、三十分後に小広場に出たときの私のために、喜びを約束していた。昔も善男善女に対して喜びを告げる役目を担っていたのであろうが、それよりもっと確実な喜びの約束であった。》（「逃げ去る女」）

こうして、フィレンツェの復活祭とイギリスの田舎の復活祭を同格に置いたラスキンの文章は、サン＝マルコ寺院とコンブレーの教会の同格化に書き換えられ、約束された喜びはすっかり世俗化されているのだが、そこに、ラスキンのレミニサンスを認めないわけにはいかない。プルーストはラスキンによって「美の崇拝」に目覚め、文学と芸術に対する情熱を知った。それがベルゴットに対する語り手のあこがれの形をとり、また彼の死に託して間接的に表現されることになる。

小説の進行とともに、語り手はベルゴットに対して批判的になる。彼はスワン夫人のサロンの常連となり、引き立て役となって、彼女の影響力で読者を広げ、読みやすい作品を量産する流行作家となる。しかし、晩年はまったく何も書かず、社交界にも姿を見せず、自宅に引きこもり、作品のこやしにすると称して身分の低い女性たちとつきあうだけの無為の生活を送った。ごく少数の友人だけが彼の部屋に入ることができた。そして死の数ヶ月前から、プルーストと同じように不眠と悪夢にさいなまれ、睡眠薬びたりの生活を続けた後、いよいよフェルメールの名画の前で最期を迎える。

《(ベルゴットは尿毒症の発作を起こして外出を禁止されていたが) ある批評家が、フェルメールの『デルフトの景観』、彼が熱愛し、知り尽くしていると思っていたこの絵の中で、彼はもうそれを忘れていたのだが、黄色い小さな壁が非常にうまく描かれていて、それだけを見ていると、中国の貴重な美術品のように、それだけで自足する美しさをもっている、と書いていたので、ジャガイモを少し食べて外出し、展覧会場に入った。這うように階段を上がり始めるやいなや彼はめまいに襲われた。いくつもの絵の前を通ったが、ひどく技巧的な芸術の無味乾燥と無益さを感じたのみであった。ヴェネツィアの宮殿はもとより、海沿いの質素な家を吹き抜ける風や太陽の光さえ、これよりずっとましだと思った。ついに彼はフェルメールの前に立った。彼の記憶ではもっと光彩ゆたかな、彼が知っているどんな絵とも違ったもののはずであったが、あの批評家の記事のおかげで、青い着物を着た小さな人物たちや、砂がバラ色であることや、ごく小さな黄色い壁面のマチエールに初めて気がついた。彼のめまいはひどくなった。しかし彼は、黄色い蝶をつかまえようとする子供のように、その貴重な小さな壁にひとみを凝らした。彼はつぶやいた。「私もこんなふうに書かなければならなかったのだ。私の最近の本はうるおいに欠けている。何回も色を塗り重ね、文章そのものがこの黄色い小さな壁面と同じように貴重なものになるようにしなければならない」と。そのあいだも、彼のめまいの深刻さはよく分かっていた。彼の脳裏には、天上の秤の一方の皿に載っている自分の生命があらわれ、もう一方の皿には、みごとな黄色で描かれた小さな壁が載っていた。彼は軽率にも、自分の生命を黄色い壁の代わりに引き渡したように感じた。彼は考えた、「それにしても、展覧会の出来事として夕刊の三面記事に書きたてられたくはないものだ。」彼は心に繰り返した、「ひさしのついた黄色い小さな壁、黄色い小さな壁。」そうつぶやきながら彼は円形のソファに倒れ込んだ。とたんにもう自分の命が危ないとは思わなくなり、ふたたび楽観的な気持ちになって考えた。「あのジャガイモが生煮えだったから、ちょっと消化不良をおこしただけだ。なんでもないのだ。」新たな発作が彼を打ちのめした。彼はソファから床に転がり落ちた。観覧客や警備員がみなかけ寄った。彼は死んでいた。永遠に死んでしまったのか？　だれがそう断言できよう。［…］

ベルゴットは埋葬された。しかし、葬儀の日は一晩じゅう、明るい本屋のショーウインドウに彼の著書が三冊ずつ並べられて、翼を広げた天使のように通夜をしており、今は亡き人のための再生の象徴のように思われた。》（『囚われの女』）

これと同じようなことがプルーストにも起こった。彼は一九二一年五月、友人の美術批評家ジャン＝ルイ・ヴォドワイエに付き添われて、この絵に再会するため服装を整え、午前十一時から夜遅くまで外出した。この日のプルーストの、力のない太り気味の顔がまぶしそうに日射しを受けている写真が多くの刊行物を飾っている。この展覧会の経緯は、プレイヤッド新版の解説と、『プルースト書簡集』を読み合わせるとくわしく知ることができる。ポール・モランがオランダ絵画展に『デルフトの景観』を加えさせることに成功し、それをプルーストに知らせる。ヴォドワイエが週刊誌『オピニオン』に三回にわたって「神秘的なフェルメール」と題する賞賛にみちた解説を書く。プルーストは五月一日に早速ヴォドワイエに手紙を書き、《ハーグの美術館でこの絵を見たときから、世界で最も美しい絵を見たのだと分かりました》と同感を示した。また最終回の『画家のアトリエ』に関する解説が最も優れているとして、《後世の人に見られることを望まず、後世がどう思うかにも無関心な芸術家のうしろ姿というのは、感嘆すべき、痛切な理解です。[…] フェルメールは私が二十歳のときから大好きな画家で、その証拠に私は「スワン家の方へ」でスワンにフェルメールの伝記を書かせました。》(五月一四日)と述べ、一八日から二四日の間に展覧会行きを実現する。その日付を確定できないのは、プルーストがヴォドワイエあてに当日の朝書いた手紙に日付がないからである。それには、《私のような死人に腕を貸して、そこに連れて行ってくださいますか》と書かれている。そのころプルーストは大量の睡眠薬を飲んで昼も夜もない生活だったので、外出にそなえて前日から服用をひかえ、必死の努力をしなければならなかった。そこで、当日の朝になるまで外出できるかどうか分からなかったのである。

展覧会場でプルーストが本当にめまいを起こして倒れたかどうか、確実なことは分からない。ある伝記では、救護班が駆けつける大騒ぎになったそうである。《プルーストは、この経験によって、すでに書かれていたベルゴットの最期の話を充実させ、体験にもとづく仕上げをほどこした》ということだが、それは資料にもとづく実証的な発言ではない。一方、家政婦セリーヌ・アルバレの回想記では、そんなことがあったとは考えられない、という。プルーストはその後もう一つの展覧会にまわり、夕食にはホテル・リッツに友人を招いてシタビラメを賞味し、夜おそく上機嫌で帰宅したということである。両方とも本当であろう。彼はしばしばめまいを起こしていたようであり、だからこそ外出には介添えが必要だったわけだが、卒倒にまで及んだかどうか。その日もソファにすわってしばらく休んだら立ち直ったのだろう。そしてみずから死人と称するほど体力を失っていたが、最晩年まで、ときには外で美食を楽しんでいた。その日も、世界じゅうで一番好きな絵に再会して、活力を取り戻したのであろう。

ベルゴットの死に関する記述が含まれている「囚われの女」のタイプ原稿は、一九二二年一一月七日、つまりプルーストの死（一八日）の直前に印刷所に渡された。プレイヤッドの旧版はそのタイプ原稿にもとづく初版本のとおりに編集された。そのタイプ原稿の第二分冊に別紙を添付するかたちで、ベルゴットの死に関する部分が書き加えられていたが、それは削除して初版本は刊行された。後にその部分が「遺稿集」に入っているのが発見されたので、プレイヤッドの新版はそれを採用して編集された。その部分とは、ベルゴットの死を小説の筋書きに組み込むつなぎの文章であって、展覧会の場面そのものには何の変更もない。そこで、プレイヤッド新版の編集者も、展覧会の場面が最初からプルースト自身の体験にもとづいて書かれたとすることに何の疑念ももっていない。ただプルーストは、小説のこの時点でベルゴットとスワンの死を導入する予定で原稿を用意していたそうである。それがどんな内容だったのかは分からないが、さきにあげた伝記が仄めかしている書き換えは、その原稿を念頭に置いてのことかも知れない。それがやはり展覧会場での出来事として想像されていたのではないかと推測する理由がある。

プルーストは一八九八年と一九〇二年にオランダへ旅行した。最初はアムステルダムでレンブラント展を見るため、次はハーグでフェルメールを見るためであり、その双方から彼は深甚な感動と啓示を受けた。そして、ラスキンの死（一九〇〇）とレンブラント展を結びつけて追悼文のようなものを書いた。それは「レンブラント」という表題で、一九〇〇年ごろ書かれたものとして『サント＝ブーヴに反して』に収録されている。プルーストはその展覧会で、《死の世界から抜け出して来たような》ラスキンに出会ったという。そのときすでに七九歳に達し、死のまぎわにあったラスキンにそんなことができるはずはないし、もしそれが事実なら、年譜のなかで特筆されるはずである。この文章はやはり、ラスキンに託したプルーストのレンブラントに対するオマージュとみなすほかない。

《ラスキンは人生の終わりにあったが、それにもかかわらず、レンブラントの絵を見るために、イギリスから来たのであった。その絵は彼が二十歳のときすでに本質的なものであるように見え、人生最後の日に達した今もその現実感はすこしも薄れていなかった。［…］そのとおり、ラスキンが入って来たときから、レンブラントの絵がより多く賞賛に値するように思われた。というより、これほど高貴な精神が、これほど死の間近にありながら絵画を鑑賞しにやって来たのを見て以来、絵画そのものが、最善のものを与えることができるという意味で、何かしらより本質的なものに見えてきたのである。》

さきに、ベルゴットがプルーストのラスキン崇拝を背負っていることに注目したが、そのベルゴットの死を描くにあたって、プルーストは、自分自身とベルゴットとラスキン三者の死を重ね合わせ、彼が世界で最も美しい絵と信じてきた絵の前で生涯を閉じるというドラマを考えていたのではないだろうか。その後、その絵に再会した機会に、プルーストはベルゴットと一体化し、自分自身のこととしてその死を描いたのであろう。作家としての生き方や、作品の価値とテーマに関しては批判的な距離を保ちながら、不眠と悪夢にさいなまれて引きこもる最晩年のベルゴットには、プルースト自身の姿が重なっている。そしてふたりは展覧会場で完全に一体化する。その死後、著書が復活をたたえる天使になぞらえられるイメージも、ベルゴットに託した文学への信仰表明と読むことができよう。

ヴォドワイエの記事のうち、『デルフトの景観』論の一部がプレイヤッド新版の注記に紹介されている。《前世紀の中葉、デルフトのフェルメールはまさに、評価されざる人ではなく、知られざる人であった。》《あなた方はこの金色に輝くバラ色の砂の広がりを見る。それは画面の最前景をなしていて、そこには青色のエプロンをつけた女性が立っているが、その青色が彼女のまわりに驚くべき調和を生み出している。あなたがたは、停泊している暗色のはしけと、レンガ造りの家並みを見る。それは、かくも貴重な、かくも大量の、かくも充実したマチエールで描かれているので、主題を忘れてその小さな表面だけを取り出して見れば、目の前にあるのは絵画であると同時に陶器でもあると思うでしょう。》《フェルメールの描き方には、中国風の忍耐、細部の緻密さを目立たなくする能力、極東の絵画や、漆工芸や、石細工にしか見られない技法がある》とヴォドワイエは書いている。そこには肝心の黄色い小さな壁のことは何も書かれていない。プレイヤッド版の注記には、彼の記事の全文が掲載されているわけではないから、プルーストがそれを書き加えたと断定することはできないが、万一、記事のなかに《黄色い小さな壁》うんぬんの文言があったら、編集者がそれを見逃すはずはない。

最近の研究によれば、ヴォドワイエが驚嘆した青色のマチエールには、ラピスラズリの粉末が使われているそうである。また、建物や船など重厚な物体の絵の具には砂粒が練り込まれ、違った色が何層も塗り重ねられているそうである。画面はヴォドワイエの言うとおり、まさに中国陶器の質感をもつ等価物となっているのである。そして、金色に輝いている最前面の砂浜と、ベルゴットを魅了した黄色い小さな壁は、他の建物と同じバラ色であるが、表面に透明で微細なしずくのようなものがちりばめられているので、光を乱反射して金色の輝きを放っているように見えるのである。ここでいうバラ色とは、赤ワインの色、日本でいうえんじ色であって、屋根だけしか見えない建物は、すべてこの色で塗られている。そして《ひさしのついた黄色い小さな壁》というのは、実は出窓のついた小さな屋根にほかならず、他の屋根と同じバラ色を塗った上に透明で微細なしずくをまぶしてあるので、砂浜と同じように金色に見えるのである。雨上がりの朝、洗い清められた水辺の街の上に、広い空を浮動する雲のわずかな切れ目から陽光が射し込んで、そこだけが光っている、という構図である。だからバラ色の建物を含めて画面全体の色調は暗い。ヴォドワイエは金色に光る砂浜だけを見て、同じ色の小さな屋根には気がつかなかった。少なくともそれに言及しなかった。ベルゴットは彼の文章を読むまで《それを忘れていた》、そしてその《マチエールに初めて気がついた》とされているが、それに注目させたのはプルースト自身にほかならない。それにしても、彼はなぜ屋根を壁と見間違えたのだろうか。そしてそれは、この展覧会の折であろうか、それとも最初にこの絵を見たとき以来であろうか。プルーストは、ヴォドワイエがまったく書かなかったことをベルゴットに読ませたのであるから、彼自身は以前から壁としてよく記憶していたに違いない。

彼は、一九〇二年にハーグまでこの絵を見に行き、その直後に《オランダでいちばん好きになった絵》と手紙に書き、友人に頼んでフェルメールの絵の複製数点を手に入れた。複製のなかにこの絵が含まれていれば、彼一流のマニヤックな目で何回も見つめ直し、また複製画では金色のニュアンスが違っていて、壁ではなく屋根だと気がついたかも知れない。しかし、複製がなければ記憶は不確かなままで、この絵に再会したときも、最初の思い込みが続いていたと思われる。思い込みの激しさは、《黄色い蝶を捕まえようとする子供のように、その貴重な小さな壁にひとみを凝らした》という表現に込められている。暗がりの中で小さな一片が金色の蝶のように光って見えるという現象は、プルーストの視覚の特徴ともいうべきもので、いわば彼の原風景、原初的ヴィジョンであった。一方、ベルゴットにとっては、それは「技法」の問題にすぎなかったのである。

ベルゴットは、美術批評家の記事の中に、その箇所のことが、《非常にうまく書かれていて、それだけを見ていると中国の貴重な美術品のように、それだけで自足する美しさをもっている》と書かれているのを読んで、展覧会場ではもっぱらその箇所を凝視する。ヴォドワイエの記事では、《主題を忘れてその小さな表面だけを取り出して見れば、目の前にあるのは〔…〕》であって、それを黄色い小さな壁に限定してしまったのはプルーストである。ベルゴットはその箇所を見つめながら、《何回も色を重ね、文章そのものが、この黄色い小さな壁面と同じように貴重なものになるようにしなければならない》と肝に銘じながら他界する。もともと彼は、「コンブレー」で、中国趣味に堕していると外交官のノルポワに批判されていたので、その点では首尾一貫しているわけだが、プルーストは、そういうベルゴットを通じて、文学の本質は、文体の技巧ではなく、外界がどう見えるか、その見え方の独自性の表現であることを強調しているのである。《作家にとって文体は、画家にとっての色彩と同じように、技術の問題ではなく、ヴィジョンの問題である。》

ヴィジョンというよく使われる言葉には、外界や対象物がどう見えるかという、いわば受信の側面と、われわれの欲望や観念が外部に投影されて対象の見え方を変えてしまう、という発信の側面がある。両者は実は密接に関連していて、われわれの気持ち次第で、まわりのものがまったく違って見えることが多い。自分の見たいものしか見えないことも多い。また激しい感情や欲動がそこにはないもののイメージを出現させる場合もある。それはファンタスムと呼ばれているが、プルーストは特にそれが強かったようである。ベルゴットが見たという黄色い蝶も、あやしく美しいファンタスムにほかならない。ヴィジョンとファンタスムは区別されていない場合が多く、プルーストの文章は、そういうヴィジョンに満ちている。彼の描く風景がどれも似たような様相を呈しているのはそのためであろう。特に彼は感情の激しい起伏を明暗のコントラストと色彩で表現したから、そういう観点から『失われた時を求めて』の風景描写を分析してみたら有意味な結果が得られるであろう。ここではまず、「黄色い小さな壁」が彼の原風景ともいうべきファンタスムにほかならなかったことに注目しよう。

黄色い蝶

プルーストが屋根を壁面と見まちがえたのは、子供のときから、黄色く光るものが彼の想像力につきまとう妄想、つまりファンタスムであったことによると思われる。それと同時に、夜も昼もカーテンを閉ざした、まさに「カメラ・オプスクラ（暗室）」と言うべき暗闇の中で想像力を全開し、語るべき、描くべき対象を忘却と無意識の領域から奪回しようと意識を集中すれば、それはまず闇の中に黄色く、または金色に、あるいは青白く、あるときは赤く光るものとして見えるであろう。また彼はそういうふうに見えるものに格別にこだわった。それが彼の基本的なヴィジョンであった。サン＝マルコの黄金の天使や、コンブレーの教会の屋根の輝きに始まって、三本の鐘塔、光と影の明瞭なコントラストを示す並木、海面や大運河や牧草地の照り返し、夕日を浴びるガラス窓や壁の赤い色、青白い月の光、闇の中に浮かぶ窓の光など、さまざまに光るものが小説全体を点綴している。それによってこの小説は、『千一夜物語』のように夢幻的な絵巻物、想像力の饗宴という印象を与えるものとなった。金色は、一般の通念と同様に、プルーストにとっても最高の価値をもつ色であり、だからこそ、ヴェネツィアでも、バルベックでも、コンブレーでも、幸福感と芸術の価値を表したのであるが、黄色のほうは、彼の存在の根底を脅かす不安に結び付く、幸福感を伴わない、敢えて言えば苦悩の色であった。

《そんなふうにして、長い間にわたって、夜中に目を覚ましてコンブレーを追想していたとき、私の目に見えてきたのは、ぼんやりした暗闇の真ん中に切り抜かれた、光っている平面のようなものだけであった。それはベンガル花火の輝きとか、電気による照明のようなものが建物の一部を照らし出し、残りの部分は夜の闇のなかに沈めて、そこだけを切り取っているようであった。その平面のかなり広い基礎部分には、小さなサロン、食堂、私の悲しみの無意識の作者であるスワン氏がやってくる暗い小道への出口、上がるのがあんなにつらかった階段の最初の段に向かって私が歩いた玄関のホール。この階段はそれだけで、このいびつな形のピラミッドのごく細い幹を形成していた。そしててっぺんには、母が入ってくるためのガラス戸のついた私の寝室［…］あたかもコンブレーは狭い階段でつながった二つの階だけから成り立っていて、また夜の七時だけしかなかったかのようであった。》（「スワン家の方へ」）

これは「就寝のドラマ」の舞台だけが闇の中に光って見えるという構図であり、そのドラマの深刻さと、そのことへの語り手のこだわりを表している。黄色く光る平面が、眠らずに母の接吻を待つ子供の苦悩を闇の中に浮かび上がらせているという構図は、すでに『ジャン・サントゥイユ』にも見られる。その断章の一つに、オートゥイユの別荘におけるおやすみの抱擁をめぐるドラマが描かれている。そこでは、ジャンの両親は庭で来客の医者をもてなしており、その場所から二階にあるジャンの寝室にだけ灯がともっていて明るいのが見える。やがてその灯も消え、建物全体が闇に沈む。しかし、いつまでも眠れないジャンは起き上がり、窓を開けて大声で母を呼ぶ。母はすぐに上がって行ってジャンの求めに応じる。子供の神経症や将来のことを話題にしながら庭で談笑する大人たちの眼前で、話題の主の寝室の窓だけが明るい、という情景はきわめて印象的である。分厚いカーテンを閉ざした寝室の闇の中で想像力をフル回転させ、「視覚的記憶」を喚起しながら執筆したプルーストにとって、それは最も原初的、基本的なヴィジョンであった。

『デルフトの眺望』でも、プルーストの関心の的は黄色い小さな一角の存在であり、それが壁面であるか、屋根であるか、窓であるか、あるいは建物全体であるかはどうでもよいことで、暗い色調に囲まれてそこだけが黄色い光の穴のように見えることだけが重要だった。彼は、直訳すれば《壁の一角》と書いているが、草稿には《家の一角》とあり、それが壁であることより、何かの一角であることが問題だったわけである。そして語り手の意識にのぼるこの黄色い一角は、闇に沈んだ《広大な忘却の壁面》と対比される。

《コンブレーのなかで、あの就寝のドラマの舞台でなかったものはすべて、私の記憶に存在しなくなってからすでに長い時間がたっていた。そのころの冬のある日、母は、私が家に戻って寒そうにしているのを見て、私にはそんな習慣はなかったのに、少しお茶を飲んだらとすすめてくれた。》(「スワン家の方へ」)

そうして「紅茶に浸したマドレーヌの味」のエピソードが始まるわけだが、そういう記憶再生の装置によって回収されるまでもなく、しっかりと記憶に焼きついて残っていたという就寝のドラマの情景も、《広大な忘却の壁面》の中央に浮かび上がるものである。《そんなふうにして、長い間にわたって、夜中に目を覚ましてコンブレーを追想していたとき、私の目に見えてきた》のは黄色に光る一角だけだったというのである。それはレオニおばさんの日当たりのよい寝室の壁などとは性質の異なる、なまなましいファンタスムというほかない。それ以外のものの記憶はすっかり失われていたというが、その広大な忘却の壁面を一角ずつ、夢うつつの幻覚や、感覚の類似に触発されるレミニサンスによって回復するのが語り手の使命である。それは結局、心の奥底にうずまく混沌としたマグマを、絵画的に再構成することにほかならない。

《たしかに、こんなふうに私の奥底でふるえているのは、イメージであり、視覚的な記憶であるに違いない。それはこの味に結びつき、この味といっしょに私までたどり着こうとしているのだ。だがそれは、あまりにも遠いところで、あまりにも雑然と身をもがいている。かすかに見えるのは多くの色彩がかきまぜられ、渾然一体となってとらえ難い渦巻き状を呈している無色の反射光のようなものである。［…］この記憶、この昔の瞬間は、私のはっきりした意識の表面まで到達するだろうか。［…］そうして記憶は一挙に立ち現れた。》

《記憶は一挙に立ち現れた》というのはプルースト一流のレトリックであって、彼は根気強く、ひとかたまりの視覚的記憶、あるいはヴィジョン、あるいはイメージを、多くの絵画、特に版画、写真、文学作品、歴史書などを参照し、あらゆるフィクションとレトリックを駆使し、何度も書き直しながら、少しずつ鮮明な画面に仕立てて行った。第四章「レミニサンス」でその過程を草稿文にもとづいて後づけたわけである。そういうレミニサンスのうち最も根源的なものが「黄色い小さな壁」であり、それが

「黄色い蝶」というイメージによって示されている。ベルゴット＝プルーストの《めまいはひどくなった。しかし彼は、黄色い蝶を捕まえようとする子供のように、その貴重な小さな壁にひとみを凝らした》という。この蝶のイメージは、語り手の少年期に深刻な印象を残した「幻灯あそび」では、青い蝶となって出現した。「コンブレー」の最初期の草稿である「カイエ8」には、その印象がなまなましく表現されている。それは、城主の奥方が夫の留守中、家臣のゴローに言い寄られ、拒絶したため讒言され、それを信じた夫によって殺されそうになったが、森の中で生き延び、六年後に救出されたという中世の伝説である。

《ぎくしゃくした歩調の馬にゆられ、恐るべき下心をもつゴローが、丘の頂きにある小さな緑の森から出て、かわいそうなジュヌヴィエーヴ・ド・ブラバンのいるお城に向かって飛び跳ねるように進んで行く。[…] 見えるのはお城の一角にすぎず、お城の前には黄色い荒れ地がある。その色は、青いベルトを締めたジュヌヴィエーヴが夢見ているお城の、ブラバンという褐色の音色によってぼくにはすでに分かっていたのだ。「ゴローの動作を見て恐ろしくなった語り手は、日常の灯火のもとにいる母のところへ逃げて行く」母は、ジュヌヴィエーヴ・ド・ブラバンの不幸のせいでますます大切な人に思われ、他方ではゴローの顔つきを見て、私は自分自身の良心をもっと入念に検討するようになっていた。「幻灯が浮かび上がらせた虹色の幻影は」もしまた見なければならないならば、私をたいそう苦しめるだろう。なぜならそれは、この物語の時代と同じくらい遠い過去である私自身の子供のころに私を降りて行かせるだろうからである。それは、ジュヌヴィエーヴ・ド・ブラバンの不幸よりもっと現実的な不幸の思い出と、ゴローの罪よりもっと身近な罪の思い出で私の胸を締め付けるだろう。そしてもし、とある子供部屋の壁やドアの上に、ある種の蝶の羽に見られるような青く光る斑点——それを飾りに付けた、目に見えない蝶が、身震いしたかのように揺れ動く美しい斑点——を見つけたならば、私は目をふさいで逃げ出すだろう。紺青と火のまなこをもつ目に見えない蝶よ、私がこんなに遠ざかった闇の中に戻っておくれ。おまえにあのころの悲しみを呼び戻してほしくないのだ。ただひとりそれを癒すことのできる母の腕はもう永遠に開かれることがないのだから。》

「カイエ8」のこの草稿文のうち、《ゴローの顔つきを見て、私は自分自身の良心をもっと入念に検討するようになっていた》というくだりは決定稿に残されたが、心の奥底にうごめく欲動を表現しているくだりは、蝶のイメージとともに削除された。しかしそこには、草稿（「カイエ6」）にあったもう一人の悪人「青ひげ」の名は残された。もともとこの幻灯器には両方の物語の絵ガラスをセットできるようになっていたのであろう。青ひげもゴローも無実な女性に危害を加えた恐ろしい人物であるが、それは《青と赤と緑の色》で映し出され、語り手の良心を震撼した。それが青い蝶、あるいは黄色い蝶のファンタスムとなって小説の中に現れる。「囚われの女」で、アルベルチーヌの瞳——《ガラスの下に置かれた蝶のうす紫の絹の羽のような》——と、ゲルマント公爵夫人の着ていたフォルチュニーのドレス——《蝶の羽のように暗い色で、けば立った、金色の斑点と縞模様のある、悪臭を放つドレス》——に転位されたのである。語り手とアルベルチーヌの関係の根源には、プルーストが母に対して抱いていた禁忌の欲望があること、また、ゲルマント夫人も母親の役を分担していたことをこれらのファンタスムが示しているように思われる。邪悪な男に迫害された不幸な女性が、ゲルマント家の始祖であるとされていることも意味深長である。われわれはすでに、祖母も、アルベルチーヌも、ゲルマント夫人も、結局不在の母の代理をつとめたにすぎないことに注目したが、それがこのように蝶のイメージによって補強されているわけである。さらに、小説の結末近く、語り手がコンブレーを再訪し、ジルベルトとともに月光に照らされた野原を散歩するときの謎めいた情景も、それと同じようなファンタスムとして読むことができよう。

《月の光を敷きつめた深く完璧な神秘の谷間に降りて行くまえに、私たちは一瞬足をとめた。まるで青みがかった萼の中心にもぐり込もうとしている二匹の昆虫のように。》(「逃げ去る女」)

これは精神分析学のいう子宮回帰願望の表現ではないだろうか。プルーストが駆使したおびただしいイメージは、一つとして無動機、無意味なものはない。すべては彼の亡き母に対する愛惜と痛恨の情念を表す色に染まっているのである。光の部分と影の部分にはっきりと区分されている木立の見え方の謎も、そういう観点から解くことができるのではないだろうか。

木立の明暗

小説の終わり近く、語り手が長い間過ごした療養所からパリへの帰途、フランスで最も美しい田園風景の中で停車した汽車の窓から眺めた木立は、不思議なものであった。前章ですでに引用したのだが、読めば読むほど謎めいている。

《それは、今でも思い出すのだが、野原の真ん中で汽車が停まったときだった。鉄道線路に沿って一列に並んでいる樹木の幹の半分までを太陽が照らしていた。私は思った。「木々よ、おまえたちはもうぼくに言うべきことが何もない。ぼくの心は冷えきっていて、もうおまえたちの声が聞こえない。ぼくは自然のまっただなかにいるのに、それだのに、ぼくの目は、冷淡に、憂鬱に、おまえたちの日に照らされた額と、陰になった幹とを隔てる一本の線を見きわめているのだ。かつてぼくは自分を詩人だと信じたこともあったが、今ではもうそうでないことが分かっている［…］」

自然の中で、並木がこんな見え方をすることがありうるだろうか。しかし、なんとうまく失意の精神状態を表現していることか。この小説を初めて読んだ遠い昔から、私はそれが非常に気がかりで、ほかの木立の見え方と読み比べていろいろと考えてきた。光と影の縞模様という記述もある。並木の幹に斜め横から日が射せば、その反対側は陰になり、並木は光と影の縞模様を描くかもしれない。また、並木の幹に金色の帯が走っているさまと幹の斜線（いずれも単数）を正確に描写しようと試みた（「カイエ58」）という文案もある。一条の光の帯が横向きに走っているとすれば、並木全体は陰の中にあるはずだが、実際問題として自然の中でそんなことが起こるはずはない。光の帯は、樹木の一本一本を縦向きに走っているに違いない。そうすれば幹の斜線もはっきり見えるであろう。先の引用文では、夕日を受けて立つ並木の額、つまり上部の葉むらが照り輝き、幹の半分の高さまでが陰になっているという。葉むらを額というからには並木を正面から見ているわけで、葉むらに日が当たっていれば、その下にある幹にも同じ日が当たっているはずである。生い茂った葉むらの影が幹を暗くしているのもしれないが、そのためには木の上半分が葉むらで下半分が幹でなければならず、葉むらをひたいに見立てた記述と矛盾する。列車の影だろうか。その場合、列車は並木のすぐ横に停車していなければならず、そうすれば並木の全容を見渡すことはできないだろう。矛盾はそれにとどまらず、記述全体を読めば読むほど実際の情景を思い描くことができなくなる。

ところで、それは現実に見た情景であろうか。光と影の鮮やかなコントラストを示す木立をどこかで見たのは事実であっても、その記憶は長い間にあいまいになり、別の形に再構成されて、まったく主観的なイメージ、つまりファンタスムに化したのではないだろうか。コンブレーの風景が、月の光のもとですっかり幻想的な風景に様変わりしたという記述がある。第五章でその一部を取り上げたわけだが、「コンブレー」にも、「花咲く乙女たちの陰に」にも、見るときの状況と語り手の気分しだいで、風景や樹木の見え方ががらりと変わるという記述がしばしば現れる。特に明暗のコントラストは、樹木だけでなく、海面や空を含めて森羅万象におよび、重要な意味の担い手になっている。第四章で子細に形成過程をあとづけた種々のレミニサンスと同様、木立の明暗もさまざまに書き換えられているのだから、実際に観察された自然の風景ではなく、情念の光源に照らされて変容するイメージとして解読すべきではないだろうか。特にプルーストは、感情の起伏が激しく、幸福感や歓喜と絶望や不安とが急激に、《間歇的に》交代した。彼はそういう精神状態を、明暗のコントラストとして表現することを版画に学んだようである。その一例を挙げてみよう。

ゲルマントの方向への散歩では、夕日を浴びて黄金色に輝く鐘塔のスケッチに成功したことがあり、大公夫人へのあこがれや、川遊びへの夢を存分に満足させた語り手は、幸福感に満ちてコンブレーへの帰途を急ぐのだが、たそがれの道は悲しみの色に染まっている。遠出をして帰宅が遅くなったときは、母のおやすみのキスが期待できないからである。

《しかし帰り道で、左手に一軒の農家がぽつんと、他の二軒がかなり接近しているのから離れて見え、そこから先コンブレーに入るには、カシの木の並木道を通るだけというところまで来ると、その並木道の両側には、それぞれ囲いのある牧草地があって、その中にはリンゴの木が規則正しく植えられて、夕日が射すと、日本のデッサンのような影を落としているのだが、私はにわかに胸騒ぎをおぼえるのだった。半時もたたないうちに私たちは帰宅し、ゲルマントの方へ行って夕食の始まりが遅いときはいつもそうであるように、[…]（母が）私のベッドへおやすみを言いに来てくれないことが分かっていたからである。私が今しも足を踏み入れた悲しみの区域と、つい先刻まで歓喜に満ちて突進していた区域とは、ちょうど空を描いた絵の中で、バラ色の帯が緑色か黒色の帯のようなもので分離されているのと同じくらい截然と分かれているのだった。鳥が一羽バラ色の中を飛んでいるのが見える。鳥はその端に近づき、ほとんど黒に接触し、その中に入ってしまう。[…]そんな具合に私に中で、ある周期をもって継起し、ついには一日を二分してしまい、高熱のように規則正しくぶり返して、一方が他方を駆逐する、そういう二つの精神状態を腑分けすることを学んだのは、ゲルマントの方向であった。》（「スワン家の方へ」）

いうまでもなく、語り手が通ったはずのカシの木の並木道はすでに暗く、日に照らされているリンゴの木の群れ――その輝きは黒々とした影によって強調される――と顕著なコントラストをなしている。プルーストにとってリンゴの木は歓喜の表象であり、カシやポプラやシラカバなどの木立は、苦悩と失意の表象だったようである。それは、これらの木は腕を広げて道端に立っている人の姿を彷彿とさせるのに、言葉が通じないからではないかと思われる。地面に届くほどこんもりと茂っているリンゴの木にはそういう印象はない。そして、絢爛豪華な花盛りを見せる。第3章で見たとおり、無意志的記憶によって祖母の面影がよみがえった後、語り手がかつて祖母といっしょに馬車で散歩した道で出会う花盛りのリンゴの木は、まさに芸術的達成の極致にある楽園のイメージとして描かれ、随所に美文をちりばめたこの小説の中でも圧巻である。

それに反して、並木は人間に対する無関心と言語の無力の表象であり続ける。なによりもまず、語り手は並木道を通らない。コンブレーの入り口にあるというカシの並木道を通ったはずだけれども、それについては何も語られない。ユディメニルの三本の木は並木道の入り口にあり、それにはさまざまなレミニサンスが盛り込まれているが、並木道については一言もない。語り手たちの馬車はその道を通るわけではない。その意味については、後ほど言及することにして、ここでは鉄道線路沿いの並木に限って考察しよう。

このモチーフはもともと鉄道線路と無関係に登場する。最初に現れるのは「カルネ1」のメモであり、一九〇八年七月、カブール＝バルベックで書かれたとされている。

《木々よ、おまえたちはもうぼくに言うべきことが何もない。ぼくの冷えきった心は、もうおまえたちの声を聞き取らない。ぼくの目は、冷淡に、おまえたちを影の部分と光の部分に区分けしている線を確認する。今やぼくの創作の源泉になるのは人間社会であろう。ぼくがおまえたちを詩にうたいあげたかも知れない人生はもう決して戻ってこないだろう。》

この詠嘆がほとんどそのままの文言で、「見いだされた時」の並木への呼びかけとなっているわけだが、当初どういう状況でそれが発せられたか分からない。プルーストが実際にそういう木立を見たとして、それが汽車、あるいは馬車の中からなのか、歩いているときなのか、見当がつかない。私はむしろ夢の中で見たことではないかと疑っている。どのような状況にせよ、自然の中で、並木がそれほど単純に明暗に二分されるということは想像し難いことだからである。そして、このメモの数日前に書かれた夢の中で母に出会う場面と底通している。すでに第3章で引用したが、読み返してみよう。

《夢。日が沈むころ、海岸の崖に沿って、急ぎ足に人びとの後を追う。人びとを追い越すが、それがだれなのかよく分からない。おや、ママンだ。だが彼女はぼくの人生に関心を示そうとしない。彼女はぼくにこんにちはと言う。この後何ヶ月も会えないという気がする。彼女はぼくの本を理解してくれるだろうか。だめだ。精神の力は肉体に依存しているわけではないのに。[…]》

道端の立木が人間のように見え、その中に母の面影をみとめて声をかけるが、母は立木のように冷淡なままである。母と言葉を交わせない絶望が、数日後にふたたび立木の夢となって現れたのではないだろうか。西日を受けた海岸の崖の影が立木の下半分を暗くしている。あるいは、幹の片側が夕日を受け、反対の側が陰になっている。そしてプルーストは人間に対するように立木に語りかける。最初は《木々よ》と複数の木に呼びかけているが、それ以後は代名詞の《おまえたちvous》だけの文になる。この代名詞は「おまえ」の複数形であると同時に、ていねいな言い方として「あなた」（単数）と「あなたがた」（複数）としても使われる。その場合樹木は擬人化されているのである。すると光と影は、木立を上下に区分するのではなく、一本一本、一人一人を縦に区分けしていると解されるのではないか。《ぼくの目は、冷淡に、あなた（＝あなたがた）を影の部分と光の部分に区分けしている線を確認する》と読むと、区分線は縦に走ることになる。この情景は次の段階で鉄道沿線の風景に組み込まれ、そこでは光と影は縦縞をなしている。

《思い出すのだが、旅行中のある日、汽車の窓から眼前を走り去る風景を眺めて、その印象を抽出しようと努めたものである。私は、田舎の小さな墓地が通り過ぎるのを見ながら書いた。木々に映える太陽の光の縞や、『谷間のゆり』の花のような道端の花々を記録した。その後しばしば、光の縞目のある木々や村の墓地を思い出して、その日のことを、つまり、その日の冷たい亡霊ではなく、その日そのものを喚起しようと努めた。しかし、それは全然だめだったし、また成功の望みも失ってしまった。ところが先日、私は昼食をしていて、スプーンを皿の上に落とした。するとあの日、停車中の汽車の車輪をたたいていた転轍手のハンマーの音とまったく同じ音を立てた。その瞬間、その音が鳴り響いたときの焼け付くような、目のくらむような時刻と、詩情に包まれたあの日のすべてが生き返った。ただし、村の墓地と、光の縞目のある木々と、道端のバルザックふうの花々だけは、意志的な観察によって獲得されたもので、詩的な復活には役に立たないので、そこには含まれていなかった。》(「序文草案」)

ここにはすでに、無意志的想起＝レミニサンスの原理が明確に述べられ、小説の構想が芽生え始めたことが分かるのだが、いま一つ注目すべきは、これが実際に観察されたものではなく、バルザックの『谷間のゆり』に描かれている情景の「想起」にほかならないことである。「村の墓地」はモルソフ夫人が葬られたところであり、草花は彼女に捧げる花束であり、それを摘む丘からアンドル川の美しい眺めを見下すことができる。《フランスで最も美しい》という賛辞に値する風景である。記述はすでに文学的レミニサンスの領域に移っている。プルーストは、それらは詩的な復活に含まれていなかったと言い訳することで、この情景の原画を示していることになる。そして間もなく「カイエ58」では、この原画に、さきに引用した「カルネ1」の並木の眺めが重ね合わせられる。

《それは午後五時であった。汽車は停まっていた。私は木立をじっと眺めることができた。幹の半分の高さまで午後五時の太陽の光が照らしていた。そして、ほんのつかの間線路に沿って流れる小川には、実にさまざまな草花と、美しい空の反映と混じり合った水ごけが見えた。そこで、文学に描かれた最も芸術的な光景に、鉄道線路でこんなふうに現実に出会うことができるということに驚いた。私は汽車の一時停車を利用して一枚の紙を取り出し、木々の幹の上にある金色の光の帯と、木の斜めの線とを正確に描写しようと努めた。しかし、それを描写することになんの喜びも感じられなかった〔…〕ので、陰鬱な失望とともに紙を手放した。私は（いくつもの）光の帯と、木々の線を眺め続けたが、それを眺めてもどんな喜びも感じなかった。そしてしばらく、自分を慰めるために、次のように信じようと試みた。きっと私は、自然によって、自然を描写することによって陶酔できるような年齢は過ぎてしまったのだ。そして人間の性格の研究や、美学論議だけが私に残されているのだと。そして、私には別の分野が確保されているのだと考えて自分を慰めるために、心の中でこう叫んだ。「木々よ、おまえたちはもうぼくに言うべきことが何もない。ぼくの冷えきった心はもうおまえたちの心を感じない。ぼくの目は冷淡に、おまえたちを影の部分と光の部分に区分けしている線を確認する。今やぼくの創作の源泉になるのは、人間社会であろう。ぼくがおまえたちを詩にうたいあげたかも知れない人生はもう決して戻ってこないだろう。」》

最後の詠嘆は、「カルネ1」の詠嘆とほとんど同じである。そこでは光と影の区分が横向きなのか、縦向きなのかよく分からなかったのだが、ここでは明らかに縦向きになっている。語り手は《いくつもの光の帯と、木々の線を眺め続けた》というのだから、明暗のコントラストは、それぞれの木の幹に沿って走り、並木は光と影の縦縞を見せているわけである。日本語では単数と複数の違いを表しにくいのだが、光の帯は複数なのである。「カルネ1」では一本の線が光の部分(単数)と影の部分(単数)に分けていると書いてあるので、《並木のカーテン》を上下に折半しているように読める。そこで「見いだされた時」の刊行本でも、明暗が上下を二分割することになる。しかも、それを明確にするために、額の部分は輝き、幹の部分は暗いとされている。

「カイエ26」には、明らかな上下二分割が現れる。しかもそれは汽車の窓からの眺めではなく、ピクニックの情景である。この草稿帳は、《カイエ58》より先に書かれ、「コンブレー」と「見いだされた時」が分離する直前の、両方の要素が混在した姿を示している。

《その年ぼくたちがコンブレーについてから、もうかなりの日時がたっていた。猛烈に暑い日にぼくたちを運んできた汽車に乗ったまま、鉄道作業員が何か分からない工事のため、レールをたたく間のかなり長い時間、ぼくたちは野原の真ん中に停止した。停止している間、ぼくは昇降口から外を眺めた。沿線にはありとあらゆる種類の草花が咲いていた。ぼくのまわりの人びとは、これは詩人がうたっているようなすばらしい場所だ、と言っていたが[…]ぼくは退屈と凡庸の印象を受けたにすぎなかった。

［…］それからしばらくたって、ぼくは女教師といっしょにコンブレーの森へ行って、おやつを食べ、幾何の第一教程本を勉強した。［…］ぼくは木の幹を半分の高さまで浸している日の光を眺め、それを表現しようと試みたが、同じ退屈さを味わっただけで、ぼくをコンブレーに運んできた汽車の中でと同じほど深刻に自分の凡庸さを痛感し、文学は退屈だと思った。［…］ぼくはパイを切ろうとしたが、フォークの置き方が悪かったので、お皿にぶつかった。［…］お皿にぶつかるナイフの音が、突然、猛暑と、渇きと、夏と、小川の印象と、［…］旅の印象をよみがえらせ、ぼくを酔わせた。［…］その後、不幸にしてぼくが過ごした時間は、汽車の中のほうが、このように鉄道から見た風景がハンマーの音によってよみがえった時間より多かった。その風景は、それ自体が一杯の紅茶から蘇生したコンブレーの森の中で蘇生したのである。》

一杯の紅茶から蘇生したコンブレーの野原の中で、汽車から眺めた野原の風景が蘇生する。核心の部分を目立たせる中心紋の構造によって、「レミニサンス」の重要性が強調されるわけである。そしてそこでは、明暗に二分された木立は、鉄道沿線の風景には含まれていない。それは《退屈》＝詩的能力の欠如という共通項によって、この草稿の後で、たぶん「カイエ58」において結びつけられたのである。

プルーストはなぜこのように、木立の明暗の表現にこだわったのだろうか。それは母への思いと関係があるのではないかと私は考えている。母の生前すでに、おやすみのキスが期待できないという見通しだけで並木道が暗転した。同じカシの並木道も、『ジャン・サントゥイユ』では、晴朗な歓喜にみなぎっている。次の文はブルターニュの実景のようだが、そのときのプルーストは母の愛に包まれ、親友レイナルド・アーンと連れ立っていた。

《ジャンは高い土手にはさまれた狭い切通しを長い間のぼった。土手の足元には大きな木が生えていた。木の葉は、夕方にはいつも西日に照らされて、燃え上がる穏やかな秋の火に赤く染まっていた。[…]日は沈もうとしていた。ジャンは足を速めた。ついに彼は教会にたどり着いた。教会は、貴族のようにおのが領地に安住していた。美しい草地が教会を取り囲み、両側には、高々とそびえる巨大な幹のカシの古木が、庭園の並木道のように二列に並んで枝を広げ、その下でイノシシの親子がどうどうめぐりをしていた。》

フォンテーヌブローの森においても、ジャンはゆるぎない幸福と歓喜の声を高らかに鳴り響かせる。しかし、母の死後は、樹木の印象は二分化する。彼は、そのころから、自然を観察することを止めていて、すべては暗室の中のヴィジョンとして想起されたようである。《並木のカーテン》という言葉がそれをよく言い表している。それは「カーテン＝スクリーンに投影される並木のヴィジョン」の言い換えにほかならない。そして、樹木のシルエットは亡き母の姿を喚起し、暗く悲痛な思いばかりでなく、明るい幸福感の源泉にもなった。

二分化は母の死とともに始まり、母のイメージは月の光のもとで、夢の薄明の中で、また冥府の闇の中で喚起される一方、母とともにあったころの幸福感も明るい木立の風景や、美しい月光に輝く姿として喚起されている。樹木だけでなく、鐘塔も、寺院のドームも、雲の形や色も、並木道の入り口にある三軒の農家も、海面や窓ガラスや室内の壁に映える夕日も、つまり森羅万象が母への思い、母のイメージにつながり、風景を明暗に染め分けるようになった。母への思いを源泉とするプルーストの想像世界に分け入ったら際限がないから、ここでは、あまり欲張らず、樹木の見え方に関心を限定しよう。

母を失った悲嘆と苦悩が最初に表現されているのは、さきほど挙げた「カルネ1」の夢の場面であるが、その後まもなく、樹木に母の面影を見いだして悲嘆にくれるありさまが語られる（「序文草案」）。


《[…]私は彼らの形、彼らの枝ぶりに見覚えがあった。彼らが描いている線は、私の心の中で震えているいとしい神秘的な素描を敷き写しているように思われた。しかし、私にはそれ以上のことは言えなかった。彼らも素朴で情熱的な態度によって、自分の気持ちを言い表せない無念さ、私に見抜く力がないとよく分かっている秘密を私に語るすべのない無念さを表しているように思われた。大切な過去の亡霊よ、大切に思うあまり、私の胸は張り裂けんばかりに高鳴った。彼らは、アイネイアスが冥府で出会った亡霊たちのように、無力な腕を私に差し出していた。それは、私が子供のころ幸福だったあの町の付近を散歩したときのことだったろうか。それともずっと後に、重い病に倒れた母を夢に見た、あの湖のほとりの、一晩じゅう月の光に照らされていた林の中でのことだったろうか。それはただ夢に見た土地にすぎないが、子供のころの土地と同じほど現実的なのだ。子供のころだってもう一場の夢にすぎないのだから。もう何もかも分からなくなった。》

この文章の最初のくだりは、ユディメニルの三本の木にまつわる多種多様なレミニサンスの最後に付け加えられて、語り手たちの馬車に追いすがり、言葉の通じない無念さに身をよじる樹木の姿に結び付いた。次の冥府くだりの場面は、ウェルギリウスの『アイネイス』で、アイネイアスが父に会うため冥府にくだる話に場を借りながら、実はホメロスの『オデュセイア』で、オデュセウスが冥府で母と対面する場面を想起させるものである。

母の亡霊は、アケロンの川のほとりに姿をみせるが、声をかけても寄り付こうとしない。しかし彼女は、息子の捧げた犠牲獣の黒々とした血を飲み干すと、すぐ息子を認め、おろおろ声で嘆きながら語りかけてくる。そして、自分が死んだのは病気のせいではない。《そなたの帰国を待ちこがれ、そなたの分別、優しい心遣いがないため》だと恨みを言う。そこで息子は、母の魂魄を捕らえようと三度跳びかかるが、三度とも《影と等しくまた夢のように、ふわりと飛んで逃げてしまい、［彼の］胸には鋭い悲嘆が増すばかり》である。

この言いようもない悲嘆と悔恨の念を、プルーストは、湖のほとりの、月光に照らされた木立の夢で表現したのである。彼が瀕死の母とともに一夜をすごしたレマン湖畔のホテルの周囲には、実際に木立――月光のもとで幻想的な銀色に光る白樺、あるいはポプラであろう――があって、その彼方には湖面が見えていたのであろう。月の光に照らされた樹木の幹が亡霊のように見え、その情景が母を失う悲嘆とともに彼の脳裏にしっかりと焼き付いて、夢に現れたのであろう。あるいは純粋なファンタスムかも知れないが、何れにせよこれは伝記的事実、ないしは真実にかなり忠実な情景であろう。しかし、次の場面では、母の面影と、樹木と月光の組み合わせは、完全な文学的転位を受けている。

《ママンは、月の光（と青い常夜灯の光）がろうそくの明かりと重なって、小さな活字が読みにくい、という口実を見つけた。そして、ママンもぼくもちっとも眠くなかったし、ぼくが（何もしないで暗闇の中に）じっとしていたら、また悲しい思いに落ち込むのではないかと心配して、『魔の沼』は少し大きな活字で印刷されていると信じているふりをして、その第一部を全部読んでくれた。［…］ママンは魔法にかけられた夜の章まで読み進んだ。そこでは、魔の沼のそばで、月の光に照らされた木立の下で、マリがピエール少年にとても上手にお話をするのだ。ジョルジュ・サンドはこう書いていた。「月はダイヤモンドをまき散らし始めた。木の幹は荘厳な闇の中に沈んでいたが、白い枝は死の装束をまとった一列の亡霊たちのように見えた。」そんなふうにして、ママンとぼくは、そのほとんど非現実的な梢が

部屋の外できらきらと輝き、部屋の中にはくっきりとその影が映っているアカシアの木のもとで過ごしたのであった。》

この文案は、『失われた時を求めて』の草稿帳のうち最も早い時期に属する「カイエ8」に書かれている。『魔の沼』は後に『フランソワ・ル・シャンピ』に取り替えられ、月光のロマンティスムは削除された形で、母の愛の思い出として就寝のドラマに取り入れられた。後者は、養子にして育てた少年と最後には結婚する母親の話で、プルーストのマザー・コンプレクスの表現として意味深長であるが、最初はこのように、母の面影を亡霊のような樹木のイメージで表した場面であったことは、さらに意味深長である。この草稿は一九〇九年秋に書かれたとされている。それは「序文草案」よりほんのわずか後にすぎない。ごく短期間に、母の面影と樹木の結びつきは、急速に文学的変容をけみし、悲嘆は幸福感に変わることができたわけである。彼は母と共にいるかぎり、母の記憶の刻印された事物に囲まれているかぎり、そしてとりわけ母と心＝言葉が通じるかぎり幸福であった。そのもう一つの例を「花咲く乙女たちの陰に」から引用しよう。ユディメニルの三本の木に出会った後、語り手と祖母とヴィルパリジ夫人を乗せた馬車は、バルベックの海岸沿いの道にさしかかる。第三章でみた花盛りのリンゴ畑もこのあたりにあった。

《この道は、フランスの各地で出会うこの種の道と同様、かなり急な坂を登ったあと、長いゆるやかな下り道になっていた。そのときは、私はたいした魅力を感じないで、ただ帰宅するのがうれしかった。しかしその道は、その後私の記憶の中で、それより後の散歩や旅行の途中で通ることになる、似たような道すべてが、切れ目なくただちにそこに接続し、そのおかげで私の心と直接に交流することが可能になる、入り口のようなものとして残り、歓喜の源泉となったのである。なぜなら、馬車や自動車がこのような道に入り込むやいなや、[…] 木の葉がよく匂い、夕霧が立ち始め、次の村の彼方に、木々の間から夕日が見えたのだが、それはまるで次に訪れる、遠い森の中の、その夜のうちには到着できない土地のようであった。》

このように、遥かな未来の土地に「楽園」を望み見る、歓喜あふれる情景は、長大なこの小説を通じてここだけではないだろうか。母の生前はそうではなかった。『ジャン・サントゥイユ』には、フォンテーヌブローの森の中で、レンブラントの油彩を彷彿とさせるような黄金色の光輝に包まれ、歓喜に満ちたジャンの姿が登場する。そのころのプルーストは、母から遠く離れていても幸福だった。頻繁に手紙を書き、電話で母の声を聞くことができたからである。今はもうそれもできない。彼が降霊術に凝っていた時期があるそうだが、そうまでして母と言葉を交わしたかったのであろう。すべて帰らぬ昔となってしまった今、幸福感に満ちた昔の散歩を思い出しているのである。《そのときは、私はたいした魅力を感じないで、ただ帰宅するのがうれしかった。》家には母が待っていた。おやすみのキスの味を菓子パンのイメージで想像したり、帰りが遅くなったときは、キスの時間がなくなるのが心配で気もそぞろになり、見慣れた景色が一変したり、というのがコンブレーの散歩であった。プルーストは九歳のとき喘息の発作に襲われ、それ以後は、花粉アレルギーになる危険の多いイリエに行くのはやめて、潮風の吹くノルマンディやブルターニュの海岸で休暇を過ごした。母との散歩、母の待つ場所へ帰るよろこびは、バルベックの方にあったに違いない。

母の死とともに、海岸沿いの道は失われた幸福の形象に転じる。さきにあげた夢のなかで、プルーストがとりつくしまもない、たそがれどきの樹木のような母に出会ったのは、まさしくその道であった。スワンがオデットにつれなくされ、置き去りにされる夢を見て、涙に濡れて目を覚ますのも、海岸沿いの、波しぶきのかかる、ゆるやかに起伏する坂道であった。この波しぶきは、祖母を求めて冥府に下る語り手を濡らす暗い川の水でもある。しかし他方では、海岸沿いの、木立の間から遠くの森を見はるかす道は、幸福な思い出に満ちた過去のすべての道への入り口でもあった。私たちが昔よくうたった懐かしい歌を思い出す。《この道はいつか来た道、ああそうだよ、お母さんと馬車で行ったよ。》

このようにプルーストは、樹木に託して母への思いの明暗を描き分けたのだが、さらに、並木道には個人的な感懐を越えた文学的なテーマが隠されているように思われる。三本の木は並木道の入り口にあったが、語り手はその木のそばを通るだけで、並木道には入らない。ゲルマントの方への散歩から帰るとき、並木道の先にコンブレーが見えているのだが、語り手がその道を通るときのありさまは語られない。鉄道線路沿いの並木もただ冷淡に眺められるだけである。このような語り手と並木との関係は、まさにボードレールの詩「万物照応」の対極にあり、詩的能力の欠如を印象づけるものにほかならない。ボードレールの詩人は、道の両側に並んで枝葉を差しかわし、教会の内陣のような聖なる空間を形作っている並木の下を歩き、その《象徴の森》の光と闇に溶け込んだ共感覚の霊感を享受する。語り手はそのような詩的言語の空間に入ることができない。

《自然は一つの神殿、そこでは生きた柱たちが
ときおり何かよく聞き取れぬ言葉をもらす、
人は、象徴の森を通ってそこを過ぎ行き、
森は、親しげなまなざしで人を見守る。》

もともとプルーストは、アレルギーのもとになるので、森や木立を避けていた。パリでの住居も、ノルマンディの別荘も、大木の近くは絶対だめだという条件で探した。結局、母の思い出のために選んだオスマン大通り一〇二番地のアパルトマンは、街路樹のプラタナスの大木が窓をこすることになったが、寝室をコルク張りにして難を免れた。そうでなくとも、彼は自然の中で日に照らされる樹木の下を通る

ことなどほとんどなかった。リンゴの木の描写が必要なときは、月の光のもとで、窓を密閉した車の中から観察したそうである。したがって、彼は樹木に対して距離を保ち——語り手は村娘の姿を求めてコンブレーの森の中をさまようのだが——印象主義の画家のように、木立の中やすぐ近くで描くことはなかった。その場合は、木の幹や人物に木漏れ日が落ちて、明暗のまだら模様ができるはずであり、明暗の二分割や縞模様はありえないだろう。

『失われた時を求めて』は、このように亡き母への思いに徹底的にこだわることで、ギリシア、ラテンの叙事詩以来の西欧文学の正統につながった。プルーストは、寝室の闇の中で、自分自身の幼いころの「視覚的記憶」から出発し、それを原風景として、その上に文学、哲学、絵画、音楽、建築、歴史、伝説、写真、料理、風俗、地名辞典、人名事典などなど、ありとあらゆる文化遺産と、同時代の文化現象や時事問題からの引用、借用、転用、逆用、暗示、隠蔽、変形、などを塗り重ね、複雑で多層的な絵巻を展開して見せている。細部の関連や意味を問題にしていたら際限がない。またあるイメージの意味を限定しようという努力は徒労に帰すであろう。彼自身がそれをできるかぎり多義的に仕立てようと腐心したのである。それは瀕死のベルゴットが得た『デルフトの景観』からの啓示でもあった。われわれは虚心に、その想像世界のイメージの饗宴に参加すればよいのではないだろうか。

あとがき・書誌

思い起こせば五十年以上も昔、フランス語の実力をつけるには、原文で小説を読むに限ると思い定め、辞書を片手に、一語一文につまずきながら、想像力をフル回転させて小説の世界に分け入り始めました。まず『狭き門』、次に『谷間のゆり』、それから『ボヴァリー夫人』を最後まで読み終えたときは、確実な手応えがありました。そこで『失われた時を求めて』に取りかかりましたが、これは未だに完全に読み終えたとは言えません。何度読み返しても何のことかよく分からない文言が残り、読み直すたびに違った意味やイメージが現れます。おびただしい量にのぼる研究文献に助けを求めて多大の時間をかけても、先達の訳文を参照しても、なかなか読解は確定しません。また自明の理として通用している通説にも疑問が生じてきます。それは小説の一部分では適切であっても、別のコンテクストでは納得できないことがあります。その最たるものが「無意志的記憶」という用語の意味内容です。これは『失われた時を求めて』のキーワードですが、作者は一般の理解とは違ってそれを限定的に使ったのではないかという疑念をもちました。それを解決するには、プルースト自身に語らせること、彼の作品すべてとその草稿類、書簡など、彼の書いたものをすべて精査して、この用語の素性を明らかにし、記憶の問題全体のなかに位置づける必要がありました。その他の用語や概念についても同じことです。

まず、小説の原文を始めから終わりまで、時にはうんざりするほど冗長な文章を一語たりともおろそかにせず、忠実に読み通し、作品の全文と構造をしっかりと頭に入れること。それは一般に考えられている以上に渾然としたひとかたまりの球体をなしています。プルーストはそれを四次元の世界とみなしたわけですが、たとえて言えば、平面ではなく立体のカレイドスコープのようなものです。小説全体に張りめぐらされ、もつれあっているフィクションの迷路の中で、言葉とイメージが錯綜しています。しかし、プルーストは、いくつかの基本的な観念を、コンテクストによって別の言葉で言い換え、別のイメージで表現していますので、類推によってそれを読み取り、共通性を抽象してみますと、そこに基本的な観念が明瞭な姿を現します。そして、さしも複雑多様な彼の想像世界が、いくつかの要素に還元され、その構造がはっきりと見えてきます。見えにくいときは、この小説以前に書かれた『楽しみと日々』と『ジャン・サントウイユ』、膨大な量にのぼる小説の草稿類と創作ノート（『サント＝ブーヴに反して』を含む）を読み合わせると、地下の根が見えてきて正体が明らかになります。そして、彼にとって「記憶」はほとんど「想像力」の同義語であったこと、それを彼はレミニサンスと呼んでいたことが分かってきます。それはおもに、文学作品の記憶と絵画および音楽の印象から自然に生まれてくる幻想のようなものでした。

クロード・シモンは、プルーストと同じような「視覚的記憶」だけによる小説を書きました。そして『路面電車』の扉をプルーストの言葉で飾りました。《イメージが本質的な要素であるから、現実の人物たちをきっぱりさっぱり消去する単純化こそが決定的な完成なのです》（平岡篤頼の訳による）。この原理はスワン氏とアリ・ババの関係に最もよく現れています。私も第5章で、スワンがアリ・ババにたとえられたのではなく、逆にアリ・ババのイメージからスワンが生まれたのであり、『失われた時を求めて』の起源に『千一夜物語』がある、という主張の論拠にこの箇所を引用しました。実はアラビア綺譚こそは、想像力の饗宴そのものであり、時間と空間と個体間を自由自在に飛び越える想像力の世界を、プルーストの小説は現代に再現したのではないか、とずっと昔から考えてきました。その見解を十分に展開する機会を得たことをうれしく思います。

実はプルーストには、その正反対というべきモデルがあります。サン＝シモンの『回想録』で、これは現実社会、現実の人間関係の観察記録ですが、プルーストはその分野でも大いに才能を発揮して、同時代の人間模様を描いて見せました。小説の最良の部分はむしろそこにあるのかもしれません。しかし、それも彼の想像力をもってしてはじめて可能なことだったように思います。それについては、第2章でわずかばかり触れました。

この本は、全体として、研究書としてではなく、気楽な読み物として、フランス語になじみの少ない方々にも興味をもってもらえるように書いたつもりです。それでもやはり、難解な部分が残っているでしょう。それは、すぐれた哲学者でもあった作者が、人間の心の真実を見きわめるという課題にまともに取り組んでいるからでしょう。どんなに読みやすさを心がけても、プルーストを語るのに、その点を避けて通ることはできません。

この本は、原文の一語一文にこだわりながら、プルーストの文章にすべてを語らせることを原則にしています。そこで訳文はすべて、先達の訳を参照しながら、私自身の読解に従っています。そんなわけで、書誌としては、使用した原典と、日本語の出版物のうち、この本の中で言及したものと、これまで特に参考にした単行本とに限って記載します。

Marcel Proust: A la recherche du temps perdu, 4 vols, Gallimard, 1987～1989

Contre Sainte-Beuve, Gallimard, 1971

Jean Santeuil, Gallimard, 1971

Matinée chez la Princesse de Guermantes, Gallimard, 1982

Carnets, Gallimard, 2002. Le carnet de 1908 (Cahiers Marcel Proust 8), Gallimard, 1976

Ecrits de jeunesse 1887-1895, Institut Marcel Proust International

Correspondance, 21 tomes, Librairie Plon, 1970～1993

『プルースト全集』全一八巻、筑摩書房、一九八四～一九九七

『失われた時を求めて』全一三巻、鈴木道彦訳、集英社、一九九六～二〇〇一

ジャン＝イヴ・タディエ著、吉川一義訳『評伝プルースト』上・下、筑摩書房、二〇〇一年
吉田城『「失われた時を求めて」草稿研究』、平凡社、一九九三年
ミシェル・エルマン著、吉田城訳『評伝マルセル・プルースト』、青山社、一九九九年
鈴木道彦『プルースト論考』筑摩書房、一九八五年
　『プルーストを読む―「失われた時を求めて」の世界』集英社新書、二〇〇二年
阿部宏慈『プルースト　距離の詩学』、平凡社、一九九三年
牛場暁夫『マルセル・プルースト「失われた時を求めて」の開かれた世界』、河出書房新社、一九九九年
吉川一義『プルースト美術館』、筑摩書房、一九九八年
保苅瑞穂『プルースト・印象と隠喩』、筑摩書房、一九八二年
　『プルースト・夢の方法』、筑摩書房、一九九七年
武藤剛史『プルースト　瞬間と永遠』、洋泉社、一九九四年
湯沢英彦『プルースト的冒険、偶然・反復・倒錯』、水声社、二〇〇一年

著者略歴

1931年生

1958年　九州大学大学院フランス文学専攻博士課程修了

1972年　パリ第4大学文学博士

現　在　西南学院大学名誉教授

著　者　*Les problèms du roman dans les premières œuvres d'André Gide jusqu'à Paludes.*（西南学院大学学術研究所）

学園探究 ― アンドレ・ジードの思想と文学 ―（駿河台出版社）

小説の探求 ― ジード・プルースト・中心紋 ―（駿河台出版社）

訳　書　P・ギロー『言葉遊び』（白水社）

P・ギロー『言語と性』（白水社）

『欧米文芸登場人物事典』（大修館書店）

『メリュジーヌ ― 蛇女＝両性具有の神話 ― 』（大修館書店）

プルーストの想像世界

中村栄子　著

二〇〇六年一一月二〇日　初版印刷
二〇〇六年一一月三〇日　初版発行

定価三九九〇円（本体三八〇〇円＋税）

発行所　株式会社　駿河台出版社
発行者　井田洋二
東京都千代田区神田駿河台三丁目七番地
電　話　〇三(三二九一)一六七六(代)
FAX　〇三(三二九一)一六七五番
振　替　〇〇一九〇-三-五六六六九

組版・製版　㈱フォレスト
印刷・製本　㈱三友印刷

ISBN4-411-02225-7　C3095　￥3800E